Mas em que
mundo tu vive?

José Falero

Mas em que mundo tu vive?

Crônicas

todavia

*Para a melhor mãe deste mundão.
Te amo, dona Rita Helena.*

De vinte em vinte eu paguei duzentas flexão
Caçando um jeito de burlar a lei e a minha depressão
Menino bom, mas pobre, feio, fraco, infeliz, só
Se sentindo o pior, vários monstro ao meu redor

Mano Brown, "Eu sou função"

1. Assalariados

Mas em que mundo tu vive? 15
Uma vitória da tua gente 22
Boas festas 28
Alegria 33
Insônia 37
Para não enlouquecer 42
Assalariados 44
Eu e os outros cocô tudo 47
De volta ao campus 56
Dor de dono 61
AVC 63
Pá, pum 65
Eu entendo quem desiste 69

2. Em construção

Redundância 77
A faxineira 80
Gre-Gre para dizer Gregório 84
Leite derramado 88
Passe livre 92
Amsterdam 96
Em construção 99
Perseguição 103

Nego Pumba 108
Excesso de exceções 113
C98 e D43 117
O absurdo assado na brasa e metido no palito 120
"Sweet Child O' Mine": Primeira parte 126
"Sweet Child O' Mine": Segunda parte 129
"Sweet Child O' Mine": Terceira parte 133
"Sweet Child O' Mine": Quarta parte 136
"Sweet Child O' Mine": Quinta parte 140
"Sweet Child O' Mine": Última parte 144

3. Branco é a vó

Onde filho chora e mãe não vê 153
Revolução em curso 157
Sobre o direito à cidade 162
Fomes 166
Linha de risco 168
Branco é a vó 175
Quarentena 178
Um país dividido em dois 183
Ateu, graças a Deus 186
A resistência 188
Agora é que a cidade se organiza? 192
Racista, não racista e antirracista 194

4. Entre as tripas e a razão

Homem ou rato? **199**
Caminho das letras **204**
Campo minado **216**
O abraço **223**
Nascido pra cantar e sambar **226**
Senhor de todos os músculos **230**
Anseio e glória **234**
Eu tinha toda a razão **240**
Dia D **242**
Pereba eterno **249**
Já me diverte **252**
Frente fria **259**
Entre as tripas e a razão **262**
As caixinhas **267**
Uma derrota no cais Mauá **271**

Referências musicais **278**

I.
Assalariados

Mas em que mundo tu vive?

Como não estava a par das circunstâncias nas quais meu primo havia abandonado o trabalho logo após o primeiro dia, resolvi perguntar:

— Por que tu largou fincado do trampo lá, meu?

Vem ao caso comentar que eu era parte interessada no assunto. Com a saída dele, convidaram-me para substituí-lo, e não me senti inclinado a recusar uma vez que estava desempregado havia já alguns meses. Antes de ir aceitando, contudo, achei que valia a pena tentar descobrir se o motivo de sua evasão, na véspera, não colocaria também a mim mesmo para correr no dia seguinte.

— Tu quer mesmo saber qual é a cena? — começou ele. — Então eu vou te dar a real: aquilo de lá é uma bomba, mano! A maior bomba!

— Veja!

— Mas! Te liga só: o alemão lá não manda eu e o Michel destruir *um senhor* casarão só com um martelinho cada um?

— Não creio!

— Tô te falando!

— Tá, e marreta? Já não inventaro marreta?

— Aí que eu te falava, sangue bom. É ou não é pra largar fincado? Mas o pior tu nem sabe.

— Tem mais?

— Ô! Tamo lá, eu e o Michel tirando só lasca dos tijolo maciço com aquelas porra daqueles martelinho, fritando no olho do sol, lavado de suor, daí me chega aquele filho da puta daquele alemão e fica só na volta, só olhando, que nem um peru. Nós louco de fome, louco de sede, louco de cansado, louco de tudo, e ele ali na volta, bem belo, com um caldo de cana bem gelado numa mão e um pastel bem quentinho na outra, e nós só sentindo o cheiro.

— Não creio!

— Tô te falando! Depois disso, ah!, se eu te contar, aí é que tu não vai crer mesmo. Acaba o dia (claro que não fizemos nem cosquinha no casarão, tu imagina, cada um com uma porra dum martelinho!), lá vou eu me explicar pro homem: "Tu vê, né, chefe, não deu pra fazer muita coisa porque sem marreta fica ruim, mas mais uns três dia, quatro dia no máximo, o casarão já era, pode ficar descansado". O alemão, no maior desplante, me olha e me diz: "Não, não, tudo bem, tudo bem, nem esquenta, nem esquenta. Amanhã vem a retroescavadeira e derruba isso aí num minuto. Eu só pedi pra vocês irem derrubando pra não ficarem sem fazer nada o dia inteiro hoje". Rapaz, mas eu fiquei tão bravo, mas tão bravo! Pedi o dinheiro do dia e já dei a letra: "Ó, amanhã, nem me viu! O senhor ouviu bem? Nem me viu!".

Não demorei a me dar conta de que aquela era uma conversa inútil. Com um extenso histórico de fugas semelhantes, que inclusive lhe rendera o apelido de seu Madruga, meu primo não chegava a ser exatamente flor que se cheirasse. Podia ter razão naquela história, mas também podia não ter: sua versão dos fatos não era a melhor base possível para eu tentar decidir se aceitava substituí-lo ou não. Ademais, eu não estava em condições de sair por aí recusando propostas de emprego. Longe disso, para falar a verdade. A fome já despontava em meu horizonte, e mesmo que o trabalho de fato fosse o quadro do terror pintado por meu primo, eu tinha obrigação de pelo menos tentar suportar o suplício pelo maior tempo que pudesse.

No dia seguinte, sacolejando dentro do ônibus lotado, lá íamos nós, eu e o Michel, que, segundo meu primo, havia baixado a cabeça, isto é, havia se conformado com a situação supostamente desfavorável.

— É, meu primo não ficou lá muito contente com esse trampo — comentei, na esperança de ouvir do Michel uma interpretação menos medonha dos acontecimentos.

— Só se o teu primo fosse louco pra ficar contente. — Sorriu ele, com o bom humor que lhe era característico.

— Então é uma bomba mesmo?

— É um caralho voador, aquilo de lá! Deus que me perdoe!

Ri da expressão "caralho voador", que para mim era nova. Em seguida, perguntei se procedia a história de destruir um casarão de tijolos maciços com martelos.

— Sim! O alemão lá é ruim, meu. Teu primo ficou putaço. Ficou puto até comigo, pra tu ter uma noção.

— Ué! Contigo? Por quê?

— Porque o alemão pediu pra gente ficar trampando até seis e meia...

— *Seis e meia?* — interrompi-o, assustado.

— Seis e meia, sem cuspe nem nada. Tô te falando que o cara é ruim. Daí, quando passou das seis hora, nós lá, os dois podre, os braço pura câimbra de ficar martelando aquelas porra daqueles tijolo maciço, eu comecei a cantar, só pra viajar: "São seis horas e dez minutos, já rezei minha ave-maria".

Tornei a rir. Era impossível ficar perto do Michel sem dar pelo menos uma risada a cada minuto. Mas, ao mesmo tempo, compreendi que meu primo tivesse se irritado com ele: quando se está amofinado, as piadas costumam surtir efeito contrário.

— E é verdade que, no fim, esse tal de alemão disse que uma retroescavadeira ia derrubar o casarão?

— Sim, sim. Essa aí foi a gota d'água pro teu primo. Porra, tu tinha que ver que engraçado que foi os dois discutindo! O teu primo, bufando: "Mas que loucura é essa? Se a máquina vai derrubar o bagulho, passei o dia martelando essa porra pra quê? Sou palhaço, por acaso?". E o alemão, com aquela voz anasalada dele: "Vem cá, tchê, mas em que mundo tu vive? Vocês já tavam aqui, eu ia ser obrigado a pagar o dia de vocês de qualquer jeito, e não tinha outra coisa pra fazer. Tu achou que eu ia te pagar pra passar o dia sentado, é?".

Ri mais uma vez, com vontade redobrada. O Michel reproduzindo a fala do tal alemão, imitando à perfeição aquele porto-alegrês anasalado dos brancos endinheirados da cidade, era algo digno de aplausos.

Nem bem chegamos ao local da obra, vi que havia, no flanco esquerdo do terreno, um amontoado de cacarecos: colchões, cobertas, roupas, latas, bancos, tudo imundo e sem a mínima condição de uso.

— E esses bagulho?
— É dos mendigo.
— Que mendigo?
— Morava uma pá de mendigo nesse casarão, porque tava abandonado. No primeiro dia, tivemo que mandar todo mundo embora. O que eles pudero carregar, carregaro, mas agora o alemão não deixa eles entrar pra pegar o que ficou pra trás. Vai ir tudo fora.
— Porra, esse tal alemão é ruim mesmo.
— Tô te falando. Mas esse lance não é coisa dele, na real. Ele é só o encarregado da obra, arquiteto, engenheiro, sei lá. A dona mesmo, pelo que eu entendi, é uma outra alemoa, que aparece aí de vez em quando, e foi ela que falou que não era pra deixar os mendigo voltar pra pegar os bagulho.

Começamos a trabalhar. Cavamos, carregamos, martelamos, serramos: tudo debaixo de sol forte, porque não havia uma minúscula sombra sequer no terreno inteiro. Para piorar, a água do local ainda não fora ligada, de maneira que, após o almoço, quando a tarde ia a meio, já não aguentávamos mais de sede.

— Olha lá a mulher regando as planta. Vamo lá com uma garrafinha e vamo pedir um pouco d'água.

Tivemos que abandonar o trabalho por um instante para procurar garrafinhas de refrigerante ou qualquer coisa assim que alguém eventualmente houvesse jogado fora. Em seguida, já de posse dos recipientes, nos aproximamos da vizinha da obra, que regava distraidamente suas samambaias.

— Boa tarde, tia. Será que a senhora consegue um pouco d'água?

Ela nos olhou de cima a baixo, de baixo a cima, e disparou:
— Não.

Incapaz de acreditar naquela categórica negativa, imaginei que a mulher talvez tivesse entendido errado.

— Só um pouco de água nessas garrafinha aqui, ó. Claro que não queremos usar a água da senhora na obra.

— Não — repetiu ela, ainda mais categórica.

Voltamos com o rabo entre as pernas, rindo de nossa própria desgraça. E o Michel, ciente de que, entre suas palhaçadas daquele dia, eu gostara particularmente de vê-lo imitando o alemão, tornou a entrar no personagem.

— Vem cá, tchê, mas em que mundo tu vive? Tu pensa que a água é de graça, é?

Para nossa sorte, havia um supermercado na outra esquina, e o Michel tinha trazido consigo uns trocados, que deveriam bastar para comprar uma garrafinha de água mineral. Para nosso azar, os seguranças do supermercado não nos deixaram entrar alegando que constrangeríamos os clientes por estarmos muito sujos.

— Vem cá, tchê, mas em que mundo tu vive? Tu pensa que pode entrar nos lugares assim, parecendo um indigente, é?

E o resto do dia não foi melhor. O tempo arrastou-se como nunca antes, cada minuto parecendo durar um mês inteiro à medida que íamos experimentando infortúnio após infortúnio. A cereja do bolo foram os sacos de cimento. *Trezentos* sacos de cimento, para ser preciso. Tínhamos passado a tarde inteira esperando chegar a carreta que os traria, engolindo a vontade de chorar que nos assaltava só de imaginar que teríamos que carregá-los um a um até um canto adequado, e quando por fim o relógio marcou seis e meia da tarde sem que houvesse o menor sinal da carga, fomos ingênuos o bastante para nos deixar arrebatar pelo alívio de ter escapado pelo menos daquilo. Trocamos de roupa, usamos a saliva e o polegar parar remover dos braços uma ou outra sujeira mais grossa e tentamos disfarçar nosso bodum com desodorante. Tão logo estávamos prontos para ir embora, a carreta chegou.

Desnecessário comentar que nem por um segundo passou pela cabeça do alemão mandar a carreta ir embora e voltar no dia seguinte; ao contrário, bastou o veículo aparecer e buzinar, lá estava ele com a maior boa vontade do mundo fazendo as vezes de flanelinha.

— Isso, estaciona aqui, pode vir, pode vir mais, isso, vem, vem, mais um pouco...

Tornamos a colocar as roupas de trabalho e nos pusemos a descarregar a carreta levando saco de cimento após saco de cimento até o local que o alemão achara melhor: do outro lado do terreno, exatamente no ponto mais afastado possível de onde a carreta tinha estacionado.

O leitor por acaso já carregou cimento? Há algo curioso a respeito disso: quanto mais sacos se carrega, tanto mais parece pesar cada um deles. Quando chegamos ao saco de número duzentos, a dor permanente que havia se instalado em nossas costas era o de menos: nossos joelhos, a essa altura, pareciam ter adquirido vontade própria e, de vez em quando, num passo ou outro que dávamos com o acréscimo de cinquenta quilos no ombro, ameaçavam se dobrar sob o peso extra, de tal modo que precisávamos fazer esforço para não cairmos de quatro no chão.

Numa das ocasiões em que eu ia levando um saco e meus joelhos vacilaram brevemente, o Michel, que cruzava comigo naquele preciso instante, bem no meio do terreno, já retornando com o ombro livre após largar seu saco lá do outro lado, tentou me fazer rir para que eu perdesse as forças de vez e acabasse de quatro no chão: parou onde estava, colocou as mãos nas cadeiras e se empertigou todo, dizendo:

— Vem cá, tchê, mas em que mundo tu vive? Tu tá morrendo pra carregar esse saco de cimento, é?

Até hoje imitamos aquele alemão nas mais variadas circunstâncias. Eu, por exemplo, tenho ímpetos de imitá-lo quando aparecem os progressistas de meia-tigela, os intelectuais de araque, que não sabem da missa a metade, que não fazem a mais vaga ideia do que as pessoas sempre passaram em Porto Alegre e que se surpreendem com o fato de a ascensão fascista dos últimos tempos ter sido amplamente apoiada na capital gaúcha só porque era aqui que aconteciam as cirandas do Fórum Social Mundial.

— Vem cá, tchê, mas em que mundo tu vive? Tu acha que uma cidade vira fascista da noite pro dia, é?

Uma vitória da tua gente

Recém-chegado de lá do fundão da cidade, ali tá tu, a bordo do Bonsucesso, comendo a pipoca doce que tu pegou baratinho na mão dum piá que nasceu chorando, como todo o mundo, mas não no Moinhos de Vento, e sim num lugar que ensinou ele a parar de chorar bem antes do tempo. O bonde atravessa o túnel da Conceição e, aí, olhando pela janela, tu viaja no viaduto. Tu sabe: algum cara completamente diferente do teu pai ganhou uma fortuna pra calcular a quantidade exata de aço que aquele bagulho tinha que ter pro vento não acabar derrubando tudo com o passar dos dia, mas foi uma pá de cara idêntico ao teu pai que ganhou um salário de fome pra virar todo o concreto que foi usado ali. Puta obra de engenharia, tu pensa. Mas, na real, pra ti que mal e porcamente domina as quatro operação básica da aritmética, até os barraco de pau da invasão lá perto da tua casa já são tudo umas puta obra de engenharia.

    Tu segue viajando no viaduto. Tu sempre viaja nele quando passa por ali. É um bom viaduto, tu pensa. Não porque cumpre o seu papel há várias década, não porque resiste firme e forte ao aumento do tráfego, não porque é ousadamente curvo. É um bom viaduto porque tu avalia como um bom lar caso a tua vida venha a degringolar. Tu pensa nas vantagem daquele viaduto: por exemplo, a maior parte das pessoa que tu conhece não vem pro Centro por ali, e sim pela João Pessoa, e isso é importante porque, se tu virar morador de rua, tu não vai querer ser visto pelas pessoa que gosta de ti, que te ama; tu prefere perder contato com elas e deixar elas pensando que tu tá bem, em algum lugar digno; tu não quer fofoca sobre a tua desgraça rolando solta lá na tua quebrada, como tu já viu acontecer.

Isso te faz lembrar daquele cara. Aquele, pai do teu bruxo, conhecido pelas bebedeira e pelas confusão. Aquele que, durante a tua infância, morou na tua vila. Aquele que pedia pra tua vó aplicar as injeção que ele tinha que tomar na bunda, e que um dia xingou a tua vó e que, por isso, tomou um rapa dum primo teu. Aquele que, quando bebia, tentava se comunicar com os outro num inglês fajuto pra fazer todo mundo dar risada. Aquele que um dia sumiu sem deixar vestígio. Aquele que anos mais tarde foi visto por alguém, numa avenida qualquer, sentado numa cadeira de roda, pedindo esmola.

Tu também lembra daquela outra figura, aquele cara que era só pouca coisa mais velho que tu e que um dia engravidou uma mina e não quis assumir o filho. Tu lembra de como o pai dele ficou puto por achar que aquilo não era atitude de homem e aí resolveu botar ele pra fora de casa. Ninguém nunca mais soube daquele malandro por bastante tempo. O primeiro da quebrada a voltar a ver ele foi tu, tu mesmo! Tu lembra muito bem como aconteceu: tu era pião de obra e foi trabalhar na construção dum prédio de sete andar ali no Jardim Botânico, perto do shopping. Nos primeiros dia, tudo o que tinha pra fazer era demolir uma casa abandonada. Foi foda demolir aquela casa porque tu sabia que uma pá de morador de rua tinha ido morar ali, e tu tinha chegado pra destruir a casa deles, pra construir no lugar um prédio de sete andar onde só ia morar gente que não tinha problema algum em arranjar moradia em qualquer outro canto da cidade e, pra piorar tudo, um dos cara que tu deixou sem casa era justamente aquele malandro lá da tua quebrada, aquele que o pai tinha expulsado.

Tu sente vontade de chorar. Tem uma pressão fodida dentro da tua cabeça amassando as tuas ideia. Tu sente vontade de gritar, ali mesmo, naquele instante, dentro do bonde. Tu pensa que vai ficar louco, até. Mas tu é igualzinho o piá que te vendeu a pipoca doce, então tu já sabe, tu aprendeu bem cedo como se faz pra não chorar.

Tu tenta esquecer esses barato e segue viajando no viaduto. Outra vantagem dele é que ele fica ali, naquela região central, onde é mais fácil ganhar alguma esmola, onde é mais difícil um playboy filho da puta querer te pegar dormindo e te espancar ou botar fogo em ti. O único problema que mais cedo ou mais tarde tu vai enfrentar se um dia tu morar embaixo daquele viaduto é a inevitável higienização daquela região. Tu se pergunta: quanto tempo será que ainda vai levar até a prefeitura chamar os porco e varrer todo mundo dali, como fez na Borges?

Porra, por que tu pensa nessas coisa, afinal? Será que todo mundo sai por aí olhando os viaduto da cidade e considerando a possibilidade de um dia morar embaixo deles, pensando nas vantagem e desvantagem de morar embaixo dum ou embaixo doutro? Bom, tu sabe. Tu formula a pergunta e na mesma hora lembra da resposta. Esses cara tudo que tá morando na rua não é tão diferente assim de ti. Né? É uma realidade próxima da tua realidade, *colada* na tua realidade. Um passo em falso e tu vai parar lá. Um dia que Deus teja de mau humor e tu vai parar lá. Tu sabe. Tu conheceu vários cabeça que mais tarde acabou indo parar na rua, e também tem os morador de rua que tu só conheceu depois, quando eles já morava na rua.

Como aquele senhor de idade, lembra? Tu pechava com ele no caminho de volta do teu trampo toda santa noite e vocês sempre tomava um latão junto, trocando uma ideia. Ele era moderado: só tomava um. Nunca aceitava o segundo quando tu convidava pra tomar mais. Às vez, tu tomava dois, três, quatro; ele sempre tomava só um e dizia que tava satisfeito. Hoje tu sente saudade dele e se pergunta como ele deve tá. Tu gostava das história que ele te contava. Tu gostava muito. Uma vez ele te contou que, quando era jovem e morava na Lomba do Pinheiro, ajudou a construir alguns dos prédio do Campus Vale da UFRGS. Lembra do que tu sentiu quando ele te falou aquilo? Foi um soco na boca do teu estômago. Tu quer fazer letras na UFRGS um dia, não quer? Mas a verdade é que tu conhece mais morador de rua igual a ti do que gente formada em letras igual a ti. A verdade é que tu mora no mesmo bairro que aquele senhor já tinha morado um dia e tu já foi peão de obra exatamente como ele já tinha sido um dia e tu inclusive já trabalhou na construção dum galpão no Campus Vale também. E foi assim, naquela noite, ouvindo aquela história, que tu sentiu surgir dentro de ti esse medo que não te deixa em paz até hoje, essa tristeza que nunca mais foi embora, essa revolta eterna. Naquela noite, aos vinte e poucos anos, tu nasceu.

Hoje tá mais foda que o normal. A princípio, tu tinha planejado dar a volta no Centro e descer lá no Parobé, mas vai ser impossível. Se tu descer lá, vai tá perto demais da Escola Porto Alegre, que é onde tu tá indo, e assim não vai dar tempo de beber nada, e tu precisa tomar pelo menos um latão. É o calor? É a saudade da ignorância absoluta? É o medo do futuro? Ou será que tu é um alcoólatra? Não importa. Tu não quer ficar pensando nas possível explicação pra tua vontade de beber. Tudo o que tu quer é tomar pelo menos um latão, e é por isso que tu desce no Centro, no fim da linha do bonde, pra ir a pé dali até a Escola Porto Alegre, pra dar tempo de beber.

Tu fica feliz de já ter acertado a terapia. Talvez seja importante discutir com a psicóloga a tua relação com a bebida.

Já empinando o teu gelo, tu dá um bico na multidão do Centro e mais uma vez se assusta com a percepção de que ninguém tá nem aí pra porra nenhuma. Nem mesmo tu, com todo esse teu sofrimento que até pode ser sincero, mas que de qualquer forma não te leva a fazer nada, não te bota em movimento nenhum, não é útil pra ninguém. Tu tá indo na Escola Porto

Alegre, e depois tu quer escrever uma crônica sobre este dia, mas e daí? Tu te sente ridículo, porque o que tu escreve não muda a vida de ninguém, nem mesmo a tua própria.

Como é que tudo pode ser assim? Tu lembra daquilo que tu pensou, uma vez, sobre um acidente de avião imaginário. Tu imaginou um avião caindo bem no meio do Mercado Público, e tu ficou pensando que ninguém ia conseguir passar por ali com indiferença, fingindo que nada de mais tava acontecendo. *Ninguém*. Todo mundo ia tentar ajudar como pudesse ou, no mínimo, ia parar pra ficar olhando o fogo e a destruição, com espanto e tristeza. E tu acha que tinha que ser justamente esse o comportamento das pessoa por causa da tragédia de existir gente morando na rua. O trânsito devia parar, tinha que chamar toda a polícia, tinha que chamar os bombeiro, tinha que chamar as ambulância tudo, tinha que chamar prefeito, governador, presidente, tinha que pedir ajuda internacional, tinha que acionar a ONU, tinha que arranjar dinheiro, milhões e milhões, o que fosse necessário, tinha que acabar com o problema o mais rápido possível!

Mas a preocupação com os morador de rua não é desse tamanho. A preocupação com os morador de rua se mede pelo fato de eles continuar a morar na rua.

Tu fica feliz de já ter acertado a terapia. Tu não entende lhufas de como funciona uma terapia, tu não faz ideia de como a psicóloga vai trabalhar, mas, por causa do que tu viu nos filme, tu imagina que em algum momento ela vai te aconselhar a não ser tão duro contigo mesmo. E essa te parece uma boa ideia, inclusive. Não seja tão duro contigo mesmo, tu pensa, respirando fundo e olhando pro céu. É o conselho que tu acha que um dia vai vir da psicóloga, mas que tu já precisa dele hoje, e que por isso tu te antecipa e dá ele pra ti mesmo hoje. Não seja tão duro contigo mesmo. E nem com os outros, tu acrescenta. Afinal, tem um monte de gente se esforçando, ajudando como pode. Tem gente trabalhando todo santo dia pra pelo menos tornar o mundo menos terrível, pra pelo menos possibilitar um pingo de dignidade e de alegria a alguém. Gente como o pessoal da própria Escola Porto Alegre, onde tu acaba de chegar.

E pronto: ali tá tu, prestes a assistir à formatura no Ensino Fundamental de vários aluno e aluna em situação de vulnerabilidade social, a maioria deles adulto morador de rua. Olha eles feliz. Olha eles contente. Fica feliz e contente com eles. Comemora com eles. Experimenta o mesmo orgulho que eles tão sentindo. Por enquanto, esquece todos os motivo que tu tem pra reclamar da vida e agradece por este momento.

É uma vitória da tua gente.

Boas festas

Na última segunda, 23 de dezembro, saí para refazer a minha certidão de nascimento, porque tinha perdido a primeira via. Era um compromisso que eu vinha adiando por falta de grana. E também deve ter sido por falta de grana que boa parte da população da Lomba do Pinheiro não fez as compras de Natal com antecedência, deixando para ir ao Centro justamente naquela segunda. Resultado: ônibus insanamente lotado.

Ônibus insanamente lotado num dia insanamente quente. Um verdadeiro forno com um monte de pessoas estressadas amontoadas umas por cima das outras. Ar-condicionado? Esquece. Café de louco não leva açúcar. Mas, como praticamente todos os coletivos da cidade, também aquele apresentava, no para-brisa, um cartaz padronizado com a seguinte mensagem: "boas festas". E eis que, colocados ali pela mesma empresa que se nega a fornecer condições de transporte minimamente dignas para poder lucrar o máximo possível, os dizeres, direcionados aos usuários do coletivo, soavam pura e simplesmente como piada de extremo mau gosto e inacreditável desplante. Quase dá para imaginar os empresários rindo e mordendo a língua marotamente logo após conceberem a ideia:

— Bah, e se a gente colocar "boas festas" no para-brisa dos ônibus? Essa vai ser boa!

O leitor duvida de tamanha cretinice? Duvida que se possa ter tamanho desprezo por pobres? Porque se duvida, recomendo, então, que pesquise como foi que o Boris Casoy reagiu quando dois garis apareceram desejando felicidades na vinheta de fim de ano do *Jornal da Band*, há uma década. Sem saber que ainda estava no ar, o então apresentador do telejornal disse assim, aos risos:

— Que merda! Dois lixeiros desejando felicidades do alto das suas vassouras! *Dois lixeiros!* O mais baixo da escala do trabalho!

Pois é. Isso existe. Então, por favor, não me peçam para descartar a hipótese de que o "boas-festas" no para-brisa dos ônibus seja exatamente o que parece: um deboche proposital, um insulto premeditado à classe trabalhadora que abarrota os coletivos da capital todo santo dia.

Já o "boas-festas" que ganhei da atendente do cartório tinha gosto de nada com chuchu. Surgiu de súbito no meio do breve diálogo que tivemos.

— Infelizmente, o senhor não foi registrado neste cartório, e sim no da primeira zona. Só poderá obter a sua certidão lá.

— Mas a minha mãe disse que eu fui registrado aqui.

— Então ela se enganou. Boas festas. *Próximo!*

Confesso que tive vontade de chorar. Não pelo "boas-festas" insípido da moça, claro, mas pelo longo caminho que se materializava diante de mim: até então impensada, de repente fazia-se necessária a ida a pé da Venâncio até a Comendador Coruja debaixo de sol forte. Fui pela Lima e Silva, para aumentar as probabilidades de, por acaso, passar por um bar. E dei sorte: cinco minutos depois, já estava empinando um latão.

Vindo na direção oposta, um homem pingando suor trazia uma bicicleta no ombro. Era uma bicicleta recém-comprada, reparei logo, pelo fato de as rodas estarem embaladas em sacolas das Lojas Americanas. Por coincidência, paramos os dois para descansar à sombra da mesma árvore, ao mesmo tempo, como se tivéssemos combinado um encontro ali.

— Aí, irmão: vai?
— Pô, era bem o que eu precisava!
Ele escorou a bicicleta no tronco da árvore, pegou o latão da minha mão e tomou dois ou três goles de uma vez.
— Ah! Bem gelada!
— E essa bike aí?
— Pois é. Faz horas que tô prometendo pro bacura. Ele nunca teve uma. Quero só ver qual vai ser o motivo pra me atazanar agora. E tu? Indo pegar o presente da mulher?
— Antes fosse. Tô indo ver a mão da minha certidão lá na Comendador Coruja. E é chão!
— Mas e eu, que vou até a Alameda?
— Puta merda! E essa lua, ainda, pra ajudar...
— Pois é. Não deixaram subir no bonde com a bike. Tu acredita? Olha aqui, o bagulho nem é tão grande, nem ocupa tanto espaço. Além disso, o bonde volta vazio pra vila a essa hora. Quer dizer, o que custava deixar eu subir? Sacanagem!
— Sacanagem da grossa! E ainda colocam "boas festas" no para-brisa.
— Pois é. É foda. Mas é o seguinte, mano: vou nessa. Valeu pelo gelo, sangue bom! Boas festas pra tu e pra tua família. Certinho?

Quando uma pessoa dá um "boas-festas" não só para mim, mas também para a minha família, sempre fico pensando comigo mesmo que essa pessoa deve dar valor à própria família. Porque quase todas as palavras que saem da nossa boca, já saem dando meia-volta, procurando os nossos próprios ouvidos. No fundo, a maior parte do que dizemos aos outros, dizemos é para nos escutarmos dizendo aquilo. Diálogos — diálogos *mesmo* — são menos frequentes do que parecem. Sim, aquele homem devia dar valor à própria família. Tanto que lá ia ele, despencando-se do Centro até a Alameda a pé, naquele sol, para não deixar o filho sem presente de Natal.

Lembrei de quando ganhei minha primeira bicicleta. Lembrei do que senti. E sorri. Andando pela rua, sorri. Como um bobo, sorri. Gostei de imaginar que, em algum canto da Alameda, um menino estava prestes a experimentar aquele mesmíssimo sentimento que um dia experimentei. Felicidade. Sabe? Felicidade.

Só que quando cheguei na Farrapos, tive profunda vergonha de conseguir pensar em felicidade. Odiei a mim mesmo, com todas as forças, por conhecer essa palavra que, de repente, parecia tão horrível, tão suja. Felicidade. Me senti mal. Mal de verdade. Me senti inútil e pequeno. Desejei, do fundo do coração, que me acometesse a pior das desgraças, para que nunca mais eu fosse capaz de esboçar o menor sorriso. Impossível deixar de se alegrar para todo o sempre, eu sei. Ninguém aguenta o peso da realidade por tanto tempo, eu sei. Talvez já no dia seguinte, lá estivesse eu, iludido com alguma bobagem, os dentes todos de fora, a razão novamente engolida. Mas naquele momento, quando cheguei na Farrapos, não pude suportar a ideia de felicidade nem mesmo a ideia de um minúsculo instante feliz.

Atiradas na calçada, uma mãe e duas crianças pequenas pediam esmolas.

No fim das contas, a felicidade — essa capacidade que às vezes temos de nos sentirmos bem e em paz e alegres e vibrantes, ignorando todo o sofrimento existente neste mundo —, a felicidade talvez seja a maior desumanidade possível.

Dei dez reais à mulher. Era tudo o que eu podia dar. Ela, então, olhou para mim e, para terminar de me devastar, disse o seguinte:

— Boas festas!

E de todos os "boas-festas" que recebi nesse dia 23 de dezembro, é justamente esse, o dessa mulher, que faço questão de pegar emprestado para oferecer ao leitor. O "boas-festas" da gente sem eira nem beira. O "boas-festas" que nos acusa a todos. Para que não nos esqueçamos de que, afinal, cá estamos, todos nós, integrando esta sociedade doente, onde nenhuma alegria, nem mesmo a menorzinha das alegrias, deixa de ter aspecto indecente. Para que não nos esqueçamos de que, afinal, cá estamos, todos nós, mergulhados num contexto social que vai de mal a pior, onde há muito tempo a comemoração tornou-se absolutamente obscena. Para que percamos por completo a fome em plena ceia de Ano-Novo, incapazes de esquecer aqueles que não têm o que comer. Para que percamos por completo o sono, incapazes de esquecer aqueles que não têm onde dormir. Para que percamos por completo a vontade de sorrir, incapazes de esquecer aqueles que só têm motivos para chorar.

Boas festas.

Alegria

Pouca gente sabe, mas entre todos os tipos de trabalho que já tive um deles foi o de palhaço, ou clown, como alguns preferem dizer. De nariz vermelho e tudo, eu tocava violão no espetáculo *João Filó*, do grupo TIA de teatro. Apresentávamos principalmente para crianças das escolas de Canoas.

Aquele período da vida me rendeu o apelido de Krusty, porque o Marcelo e a Mariana, do TIA, me achavam parecido com o célebre palhaço fumante e beberrão dos *Simpsons*. E, pensando bem, talvez tenha sido por isso — por acreditar que eu precisava de uma fonte de alegria mais saudável do que o tabaco e o álcool — que eles compartilharam comigo as canções de um cara que eu não conhecia, mas que eles imaginavam que eu iria gostar bastante. Copiei as músicas num pen drive, se não me engano, e prometi escutar assim que estivesse de volta em casa, depois da nossa pequena temporada de apresentações do *João Filó* em Canoas, durante a qual fiquei no apartamento deles para economizar passagens de ônibus e de trem.

E aconteceu que, finda a temporada, no retorno a Porto Alegre, vinha eu caminhando pela BR até a estação de trem mais próxima, com as canções a serem experimentadas no bolso, quando, de repente, me percebi com grande fome. Na mesma hora, os meus olhos ficaram atentos às fachadas, procurando qualquer tipo de anúncio de comida e, não demorou muito, achei uma lanchonete logo adiante.

Ao chegar mais perto, verifiquei que estava fechada, mas, para a minha sorte — ou para o meu azar, nunca se sabe —, um cara resolveu sair dali no exato instante em que eu passava. Aí, num impulso, movido pela fome, me fiz de louco e aproveitei a entrada momentaneamente aberta para invadir o lugar, passando espremido por entre o cara e o umbral, rápido que nem flecha.

Agora que eu já tinha entrado, era mais fácil me venderem logo alguma coisa do que ficarem me explicando que a lanchonete ainda não estava aberta — foi o que pensei, otimista. Só que o cara plantado lá atrás do balcão me lançou um olhar estranho. Um olhar que não consegui decifrar muito bem, cheio de algum tipo de surpresa. Não a simples surpresa de quem vê alguém adentrar o seu estabelecimento antes da hora; outro tipo de surpresa, mais bicuda, mais ofendida.

— Tem pastel, mano?

Ele só fez que não com a cabeça.

— E bolinho de batata, tem?

Ele só fez que não com a cabeça.

— Enroladinho de salsicha, então?

Ele só fez que não com a cabeça.

Fui obrigado a rir.

— Pô, e o que que tem, então?

Pela primeira vez, ele se dignou a falar.

— Tem nada pra ti aqui, magrão.

Teimoso, na esperança de provar que o sujeito estava enganado, olhei ao redor, procurando qualquer coisa de comer. Um salgadinho desses com gosto de isopor, uma bolacha recheada dessas que dão dor de barriga, umas balas de hortelã dessas que cortam todo o céu da boca, qualquer coisa. Não achei nada. Ele parecia ter razão. Os mostruários do balcão estavam todos vazios. Não existiam prateleiras nem baleiros nem freezers para bebidas. Nada.

Só o que havia, à minha esquerda, lá junto à parede, era uma mesa enorme com alguns caras sentados em volta. Imediatamente percebi que eles tinham interrompido algum trabalho para ficar me olhando e, um segundo depois, me dei conta de que o trabalho em questão era embalar aquele montão de cocaína que estava em cima da mesa.

Agradeci ao balconista com um aceno de cabeça e fui me retirando de fininho. E só então notei que o cara que estava de saída e que tinha aberto a porta, possibilitando a minha passagem forçada, permanecia imóvel à entrada com os olhos cravados em mim, a mão na cintura por baixo da camisa. Mas me deixou passar e ir embora.

Quando a gente passa por uma experiência de quase presunto como essa, uma voz até então desconhecida grita forte, lá no fundo, dentro da gente:

— Não! Agora não! Ainda não! Por favor, só mais uma chance!

É uma súplica. Não sei a quem, não sei a quê, mas é uma súplica. Uma súplica por mais uma chance. E depois de sair ileso daquela lanchonete, me atrevi a perguntar a mim mesmo: só mais uma chance para quê? Qual era, afinal, esse meu objetivo tão precioso que me levava a considerar inaceitável o fim? O que, afinal, me fazia tão apegado à existência, por mais dura que fosse?

Com surpresa, notei que muitas coisas podiam responder a essa pergunta. E, com mais surpresa ainda, percebi que nem uma dessas coisas era grandiosa. O sorriso da minha mãe no meio da maior adversidade. O vento fresco no meio da tarde mais quente. A conversa leve no meio do trabalho mais pesado. O pão sem nada no meio da maior fome. O carinho no cachorro no meio da maior tristeza. A marquise oportuna no meio da maior chuva.

Alegrias. Alegrias simples. Alegriazinhas bestas.

Naquele dia, depois da experiência de quase presunto, caminhei pelas ruas com a clara percepção de que a rotina é uma farsa. Porque os dias são todos inéditos, sabia? Não importa se todo dia a gente vai para o mesmo trabalho pelo mesmo caminho depois de dormir na mesma cama e tomar café à mesma mesa. Não importa. Os dias são inéditos. As horas são inéditas. Esses minutos e minutos a se desenrolar vertiginosamente bem debaixo do nosso nariz possuem cada qual o seu próprio segredo, cada qual a sua própria alegria escondida.

Como a alegria de chegar em casa são e salvo para escutar as músicas do cara desconhecido. Fui logo espetando o pen drive no computador. E a primeiríssima faixa que escutei, por incrível que possa parecer, começava com um pequeno diálogo:

— Cartola, manda aquele teu samba "Alegria".
— É verdade! Me lembrei! Vou cantar esse samba!

E daí por diante, o tal de Cartola seguiu cantando:

Alegria era o que faltava em mim
Uma esperança vaga eu já encontrei

Pois é. Foi assim que conheci o Cartola. E nunca mais parei de escutar. O Mestre a quem sempre recorro desde então, sobretudo quando a alegria parece impossível.

Sei bem que, um dia, vou entrar numa lanchonete para nunca mais sair. Uma lanchonete sem nada. Só espero poder escutar bastante Cartola até lá.

Insônia

Tentei dormir, mas não rolou. Então, vou contar uma história. Na verdade, algumas histórias. Todas verídicas, por mais incríveis que possam parecer.

    Não vou citar nomes, pra não ficar chato, mas esses dias, lá no CAp, onde eu estudo, disseram que tenho cara de ladrão. Disseram isso com todas as letras: que tenho cara de ladrão.

    — Mas o Zé tem cara de ladrão, não tem? Olha ali, olha bem pro Zé. Se tu tá indo pela rua e vem vindo o Zé, assim, com esse capuz? Tu não atravessa a rua?

    Não fiquei surpreso com aquela "brincadeira", é claro. E até pensei em perguntar ao camarada como é que é uma cara de ladrão, mas, nesses últimos tempos, tenho me esforçado pra me manter fora de discussões inúteis.

    Ele não é o único a pensar assim. Acho que todos acabamos reproduzindo falas e pensamentos preconceituosos aqui e ali. Uns reproduzem mais do que outros, mas acho que ninguém escapa. O que me faz lembrar de quando completei a maioridade. Em vez de os meus amigos e familiares virem me dizer "Ei, já pode tirar carteira de motorista!", o que eles vinham me dizer era "Ei, agora, se te pegarem roubando ou traficando, tu não sai tão fácil da cadeia!".

    Mas se existe a cara de ladrão no âmbito do senso comum preconceituoso deste país, também existe a cara de vítima, e essa cara eu sei que não tenho. Os ladrões não parecem me ver como uma vítima em potencial.

Uma vez, de noite, eu sozinho numa parada de ônibus, um cara me aborda e diz o seguinte:

— Ei, mano, tem uma passagem de apoio aí?

Disse que não tinha e ele desabafou:

— É foda! Passei a tarde toda pedindo uma passagem pras pessoas, e todo mundo se fazendo de louco! Não vou voltar a pé pra casa, irmão. E não vou pedir carona também. Daqui a pouco, vou é tocar alguém pra cima, na real, não quero nem saber. Não queria fazer isso, mas vou ter que fazer.

Isso assim, escrito, do jeito que tá aqui, pode dar a entender que o cara tava me ameaçando. Mas ele não tava. Tenho certeza. O tom de voz, a expressão facial, enfim, tudo nele deixou muito claro que era um desabafo. Ele me via como alguém com quem podia falar sem reservas, desabafar mesmo.

E o que eu fiz? Eu ri. Ri, porque achei engraçada aquela expressão: "Tocar alguém pra cima". Ri e ainda por cima repeti a expressão:

— Ai, ai, "Tocar alguém pra cima"...

Ele não se aguentou e acabou rindo também.

— Mas é, mano! Porra, o que que custa pagar uma passagem pro cara, né?

Num determinado momento da minha vida, achei que era melhor bolar uma estratégia caso um dia fosse assaltado. Nunca considerei a possibilidade de reagir a um assalto, em nenhuma circunstância. Mas também não posso me dar ao luxo de sair dando as poucas coisas que tenho e o pouco dinheiro que tenho. Se dou o meu celular a um assaltante, por exemplo, não faço ideia de quando poderei comprar outro. Então, precisei pensar num meio-termo entre o reagir e o não reagir. E esse meio-termo foi a ideia de argumentar.

Foi o que sempre planejei: se um dia me assaltassem, em primeiro lugar eu estudaria a situação, tentaria sentir o clima, pra saber se cabia argumentar. Por exemplo, se o assaltante estivesse muito alterado, eu não argumentaria. Mas se depois de estudar a situação sentisse que era seguro argumentar, argumentaria.

Só tentaram me assaltar uma única vez. E pude argumentar. E a argumentação funcionou.

Eu tava com um amigo numa parada de ônibus. Dois caras se aproximaram e anunciaram o assalto. Um deles tinha uma faca. O outro dava a entender que tinha uma arma embaixo da camisa, mas não tenho certeza se tinha mesmo.

Comecei a argumentar assim:

— Porra, mano, tu vai roubar a gente, é isso mesmo?

Só que, antes que eu pudesse desenvolver o argumento, o meu amigo já tava metendo a mão no bolso e isso enfraqueceu o meu discurso. O cara que tinha a faca disse assim:

— Vou! Vou roubar vocês! Olha, o teu amigo já tá se coçando, é melhor tu se coçar também!

Só que o meu amigo tirou uma moeda de cinquenta centavos do bolso, dizendo:

— Aí, mano, é isso aí que eu tenho...

Bah, o cara da faca ficou louco:

— Tá até me pegando, negão! Vai te foder com essa moedinha!

O outro rapaz, que tava com a mão na cintura o tempo todo, sempre dando a entender que tinha uma arma, começou a rir por causa da moeda de cinquenta centavos. Mas não era um riso de raiva. Não era um riso sarcástico. Era riso mesmo, ele foi pego de surpresa pela situação e achou engraçado, e não conseguiu segurar o riso. Daí eu me senti à vontade pra rir também, e aproveitei pra continuar com a minha argumentação:

— Ô mano, eu perguntei se tu ia mesmo roubar a gente porque é isso aí que tu tá vendo: a gente aqui é fodido, mano. A gente não tem nada e tu vai roubar a gente?

Eu tava falando com o cara da faca, que era o mais bravo. Esperei pra ver como ele ia reagir ao que eu disse, se ia ficar mais bravo ou não, pra saber se podia continuar falando. Senti que podia e continuei:

— O que que tu esperava? Tamo aqui esperando o ônibus. Tu achou que a gente ia ter um milhão nos bolsos? Olha aqui a minha barba, toda malfeita. Tu acha que eu gosto de andar assim? Não tenho dinheiro nem pra comprar um prestobarba, sangue bom.

Apelei mesmo. Fiz uma choradeira. E o outro rapaz, o que supostamente tinha uma arma, era um palhaço: se matou de rir quando falei da barba malfeita. E fiquei tentando pensar em outra coisa que deixasse claro o quanto eu era pobre. Lembrei do Blitz, que era o cigarro que eu fumava. O cigarro mais vagabundo de todos os tempos. Tirei a carteira de Blitz do bolso, mostrei pro cara da faca e disse:

— Olha aqui o que eu fumo, mano. Olha isso. Se ratiar, eu tô pior do que tu, e tu vai querer me roubar?

Ouvi um barulho de alarme de carro do outro lado da avenida. Olhei. Era um casal saindo duma churrascaria, se preparando pra entrar no carro e ir embora. Apontei na cara dura:

— Olha lá, mano. Olha lá o dinheiro indo embora. É lá que tá o dinheiro, mano, e não aqui, na parada do ônibus. Aqui só tem fodido.

O cara da faca me olhou bem sério. Depois, balançou a cabeça e disse:

— Tá bom. Me dá um cigarro aí, então.

E dei o cigarro e eles foram embora.

Conto essa história pra todo mundo quando o assunto é assaltos sofridos. E, certa vez, contei pra uma jovenzinha que tinha vindo do interior.

Essa jovenzinha, acho que posso considerar ela uma ex-amiga. Porque não nos falamos mais, hoje em dia. Não tenho nada contra ela. Até considerava ela uma pessoa bacana. Eu trabalhava como porteiro no prédio onde ela morava, na Bela Vista.

E ela sempre me tratou bem. A gente costumava conversar bastante. Até que vieram as eleições Dilma x Aécio. Ela viu minhas postagens defendendo a Dilma e me excluiu do Facebook. Não é uma mera suspeita: quando me dei conta da exclusão, perguntei pra ela o motivo e ela disse que foi exatamente isso.

— Ah, na real, excluí todo mundo que tá defendendo a Dilma no Face. Me desculpa.

Ela tinha vindo do interior pra cursar direito em Porto Alegre. E o pai dela, então, simplesmente tinha comprado um apartamento pra ela. Na Bela Vista. No prédio onde eu trabalhava. Também lembro do carro zero que ela ganhou um tempo depois, e do iPhone de última geração que ela tinha. iPhone esse que roubaram dela num assalto, e que ela repôs logo na semana seguinte, comprando outro iPhone de última geração novinho em folha, assim, como quem compra bala de banana.

Foi por causa de terem roubado o iPhone dela que entramos no assunto dos assaltos sofridos. E foi aí que tive a oportunidade de contar a minha história de argumentação contra os assaltantes. Mas, quando cheguei naquela parte "A gente não tem nada e tu vai roubar a gente?", eis que a jovenzinha me interrompe e solta esta:

— Pois é, criatura! A gente não tem nada e eles vêm querer roubar a gente! Não é um absurdo?

Por um momento, pensei que fosse uma piada e olhei pra ela pronto pra soltar uma sonora gargalhada. Mas não era uma piada. Ela tava falando sério. Então, acabei concordando:

— Ô. Bota "absurdo" nisso!

Para não enlouquecer

Quando chega esta época do ano por aqui, os cupins se comportam como se fossem os donos do mundo. E eu — que não tenho lá grandes posses, mas aprendi a ser paciente — gosto de vê-los encontrar a morte na lâmpada do quarto. Para eles, assim como para nós, parece haver algo mais urgente do que a própria vida.

Ontem de noite, atentei para um cupim desgarrado. Alheio à nuvem que envolvia a lâmpada da morte, zanzando pelo quarto sem destino certo, a princípio inspirou-me dó. Contudo, logo fui capaz de ressignificar sua solidão e tratei de batizá-lo mentalmente: Transgressor (palavra pela qual tenho muito gosto e respeito desde que a vi empregada para adjetivar um cachorro que costumava cagar em frente a uma delegacia).

Bem, adianto logo que, não obstante minha simpatia pelo Transgressor, ele não durou muito. Poucos segundos após ser batizado, lá estava o infeliz em apuros, enredado numa teia de aranha, exatamente na junção do forro com a parede onde penduro o cavaquinho e o violão. Tudo o que teve tempo de fazer foram duas ou três tentativas inúteis de libertar-se e, por fim, acabou engolido. O curioso é que não foi a aranha dona da teia a devorá-lo, e sim uma lagartixa morta de fome que estava pela volta e correu a aproveitar-se da situação.

Ninguém gosta de perder o jantar. Muito menos para uma lagartixa que, de olhos arregalados e lábios esticados de orelha a orelha, por assim dizer, parece sempre ocultar a custo um largo sorriso de deboche. Compreendo, portanto, a aranha, que não hesitou em abandonar o recôndito da fresta entre a parede e o forro para ir tirar satisfações. Enfurecida, percorreu a teia com impressionante rapidez e logo estava face a face com a miniatura de jacaré. Não houve como evitar as vias de fato.

Nem bem iniciaram a contenda, despencaram as duas lá de cima e, no meio da queda, o rabo da lagartixa chegou a tirar um discreto sol maior das cordas do cavaquinho. Lagartixa que, inclusive, era cinzenta: fiquei me perguntando se, a exemplo de Gandalf, que também combateu Balrog enquanto ambos caíam, ela algum dia retornaria como branca caso derrotasse a aranha.

Essa ligeira distração bastou para que eu perdesse as duas de vista completamente. Fiquei sem saber o ponto exato do chão onde aterrissaram, e também não encontrei rastro de nenhuma olhando ao redor e por baixo dos móveis.

Hoje, depois de uma noite de sono — por mais curta que tenha sido a noite e por pior que tenha sido o sono —, estou inclinado a concluir que nada daquilo aconteceu realmente. Deve ter sido uma alucinação, um delírio. Ou talvez tenha sido a necessidade de fabular. A necessidade de fabular mesmo quando a parede do quarto se torna o único horizonte por vários dias a fio. A necessidade de fabular para não enlouquecer.

Assalariados

Pedra Bonita: condomínio da zona sul de Porto Alegre, onde o apartamento mais barato é um milhão. Ajudante de gesseiro: lá tava eu, ajudando o Michel e o Matheus. Ajudando a fazer um forro, ajudando a levar a vida. Correr atrás do ouro com os mano que tu te criou tem seu valor. Quem sabe, sabe. Nem se compara a entrar numa empresa grande e construir amizade do nada com um bando de colega desconhecido.

Gente de bem: família tradicional, brancos que nem papel, bem-alimentados, pele saudável, mãos macias, donos do mundo, donos da porra toda, donos do forro que a gente tava fazendo. O pai era rato graúdo (alto cargo da Polícia Civil). Até pediu o nosso RG e pesquisou os nossos antecedentes criminais antes de decidir se a gente era digno de entrar no apartamento dele pra trabalhar. A esposa conseguia ser ainda mais indigesta. Reclamava da sujeira a cada cinco minutos, e a cada dez reclamava da demora pro serviço ficar pronto. O filho era um bicho-preguiça. Toda vez que eu via aquele guri, parecia que tinha recém-acordado. Andava de arrasto. Acho que nunca lavou um copo na vida. E acho que nunca vai lavar.

Uma história absurda: a mulher tava tentando conseguir alguns benefícios pro guri dela na faculdade. Teve algumas conversas acaloradas por telefone com algum funcionário de lá. Pelo que eu entendi, o problema passava por comprovação de baixa renda. Não sei o que ela tava tentando garantir pro filhote dela, mas, pra conseguir o que ela queria, precisava comprovar, de algum jeito, que a família era pobre. E não deve ser fácil fazer isso morando num apartamento de um milhão.

Numa dessas, a mulher desligou o telefone e foi conversar com o marido, indignada.

— Que raiva dessa gente! Esses assalariados! Amanhã eu vou lá! Vou lá conversar bem de pertinho com eles, e aí eu quero ver! Ora, onde já se viu? Esses assalariados!

O marido concordava.

— É. É um absurdo mesmo.

Gostaria que houvesse algum recurso gráfico que me permitisse expressar aqui, neste texto, toda a repugnância que aquela mulher colocava na voz quando dizia "assalariados".

— Esses assalariados!

Ela dizia "assalariados" com a mesma careta de nojo que a gente faz pra explicar que pisou na merda.

Até hoje a gente brinca com isso, eu e os guri. Quando um de nós faz algo reprovável, a gente diz: "Tinha que ser esse assalariado!". Mas, apesar do nosso bom humor no trato com esse tipo de coisa, a gente tem, sim, consciência do que aquele episódio representou, e também da tragédia de o mundo ser como por enquanto é. A gente sabe. A quebrada sabe.

Vivemos tempos sombrios, e o povo parece que perdeu a capacidade de se enxergar no espelho no meio de tanta escuridão. Parece que perdemos a capacidade de perceber as coisas mais óbvias: nossos interesses nunca serão defendidos por aqueles que não experimentaram as nossas dores. Mas eu boto fé. No momento certo, na hora que o bicho pegar, todos vão lembrar direitinho quem é que tem as mãos calejadas e quem é que peidou dormindo a vida inteira.

"Hei, pé de breque!/ Vai pensando que tá bom.../ Todo mundo vai ouvir, todo mundo vai saber."

Em tempo: quando contei essa história a Dalva, perguntei:

— Será que a mulher não ficou com vergonha de dizer "assalariados" daquele jeito, com aquele nojo, sendo que tinha três assalariados ali, trabalhando no apartamento dela e ouvindo tudo? Ou será que ela falou de propósito, pra nos humilhar?

A resposta de Dalva, como sempre, não podia ser mais lúcida:

— Não. Vocês não importavam pra ela. Eram invisíveis. Foi como se vocês não estivessem ali.

Eu e os outros cocô tudo

Falando em trampo, hum!, mano do céu! Teve uma vez que me arrumaram uma bomba lá em cima, no Petrópolis. Deixa eu te dizer: era um caralho voador aquilo de lá!
    Véio, pensa em louça pra lavar! Imagina: já é uma porra lavar louça na baia, aí tu vai pro trampo e o teu trampo é lavar louça e lavar louça e lavar louça. Mas eu digo louça! *Louça!* Tipo, tu tem cinquenta prato sujo pra lavar, aí tu lava trinta e já tá chegando mais setenta prato sujo pra tu lavar, e assim vai indo, e quanto mais tu lava, mais tem prato sujo pra lavar!
    E lavar não era nada. Ô, se fosse só lavar! Não, não; não era só lavar. Quem preparava a porra dos lanche tudo era eu também. Na real, era só eu na cozinha, tá ligado? Lavar tudo e fazer os lanche tudo. Uns lanche era no micro, outros era no forno. Tinha coisa feita na fritadeira também. Os ingrediente era tudo porcionado e pá, mas adivinha quem é que porcionava tudo também? Era eu, véio. Claro que era eu. Era só eu na cozinha. Então, se acabasse os saquinho com as exata trinta e duas grama de queijo prato, ou se acabasse os saquinho com as exata vinte e sete grama de queijo lanche, lá tava eu ralando queijo prato ou ralando queijo lanche e usando a balança de precisão pra pesar as porção certinho e embalando tudo nas porra dos saquinho pra poder usar nos lanche depois; e enquanto eu ia fazendo isso, não pensa que parava de chegar louça suja, não pensa que os barman parava de pedir suco de

laranja ou limonada pra fazer os drinque lá no bar, não pensa que os garçom parava de chegar trazendo as comanda dos lanche que os cliente tavam pedindo lá no salão. Era difícil não enlouquecer: louça suja que não acabava mais, suco, porção, lanche, sobremesa, tudo ao mesmo tempo, tudo numa correria fodida!

Detalhe: eu tinha que assinar um cartão que dizia o seguinte: "Eu, Fulano, tô entrando pra trampar à meia-noite". Ali também dizia: "Eu, Fulano, tô parando de trampar às oito da manhã". Beleza, eu tinha que assinar. Só que na real, o lance é que eu entrava pra trampar às seis da tarde e não à meia-noite. Entendeu? Era pra eles não precisar pagar hora extra pro cara. E sabe que hora eu saía? Tipo, eu só saía quando o último cliente decidia ir embora. Não adiantava chorar: era só quando o último cliente decidia ir embora, e o dono do bar não pedia pros cara sair. Tá entendendo? Então, às vez uns branquinho filho da puta tavam de festa, porque alguém tinha se formado em direito ou alguma coisa assim, e aí eles decidia ficar lá, trovando fiado, bebendo até dez da manhã. E nós, os funcionário? Pica bem dura pra nós e foda-se nós! A gente tinha que esperar os bonitão ir embora, mano. Então pensa: às vez a saga era das seis da tarde até às dez da manhã do outro dia, e esquece as hora extra, por causa do lance do cartão que eu te expliquei. Pra todos os efeito, tu trabalhou da meia-noite até oito da manhã. Beleza, daí tu me pergunta por que eu não reclamava. E eu te respondo: porque se eu reclamo, é pé na minha bunda, e lá fora tá cheio de morto de fome desempregado querendo o meu lugar.

Era difícil não enlouquecer. Mas eu não enlouqueci. Eu dei conta do bagulho, tá ligado? Eu achava até massa, na real. Eu gostava de ver os nego tudo apavorado, pensando que eu não ia dar conta de tanta coisa que tinha que fazer, e eu dando conta dos bagulho tudo, tá ligado? Um furacão indo pra lá e pra cá e fazendo tudo, sem deixar faltar nada! Isso aí é nask pra caralho, os nego te tiram pra fodão e pá. Na real, eu fui parar lá naquela porra daquela cozinha porque ninguém parava lá. Tipo, neguinho aguentava no máximo dois mês e fugia, mas fugia correndo. Eu não! Eu fiquei lá seis mês, mano. E eu teria ficado mais, na real. Eu teria ficado mais, porque eu precisava — eu precisava muito! É só eu e a minha mãe em casa, e ela tava sem trampo nessa época. Entende? Eu tava segurando as ponta dentro de casa com o que eu ganhava lá naquela tortura.

Então, fiquei lá seis mês. E eu só saí por causa da treta... Deixa eu te explicar a treta.

É assim: quem me arranjou a bomba lá foi um bruxo meu, que era segurança lá, e que se dava bem com o gerente. Foi por isso que eu consegui o trampo. Beleza. Um dia, rolou um boato que o dono do bar vendeu o bar pra mesma mulher que tinha vendido o bar pra ele antes. E tava todo mundo dizendo que a véia era o terror. "Terror tem nome!", os nego dizia. E aí, te liga só: o gerente, que me contratou, tinha bronca com ela, bronca da antiga. Ele disse que se ela tivesse mesmo comprado o bar de volta, ele ia vazar. E assim se fez, mano: a véia tinha mesmo comprado o bar de volta, e o gerente vazou mesmo. Beleza. Daí um dia, a mulher apareceu no bagulho. Todo mundo lambendo bem lambido o cu dela. E ela lá, cumprimentando os nego tudo, porque ela conhecia vários funcionário da antiga, do tempo dela. Daí, te liga só: ela perguntou assim prum dos garçom:

— E aquele magrinho ali, na cozinha?

Ela perguntou isso aí sem fazer a menor questão de se esconder de mim, tá ligado? Ela perguntou dum jeito que eu pude ouvir bem e pá.

— Aquele ali foi o Alexandro que contratou.

Pronto: ali o garçom assinou a minha sentença de morte. Porque o Alexandro que ele falou era o gerente que já tinha até ido embora por causa das bronca dele com a véia. E como ele já não tava mais ali, tinha sobrado eu pra véia pisotear, tinha sobrado eu pra véia descarregar toda a raiva que ela tinha do tal Alexandro.

Vou te contar uma coisa pra tu, pobre fodido que me lê: olha, tu nunca pensa que um inferno não pode ficar pior. Porque pode, sim. Essa gente em cima de nós, esses branco fodido que a gente leva nas costa, eles são sempre capaz de coisa que tu nem imagina, que tu nem sequer sonha.

A véia me aprontou várias. Me aprontou tantas que se eu for contar tudo aqui, este texto ia fazer a Bíblia parecer um microconto. Mas eu não vou contar tudo o que a véia me aprontou. Eu vou contar só o recorde que ela me fez atingir.

Um dia ela me disse:

— Que tal a gente fazer uma faxina nessa cozinha?

E eu:

— Demorô: faxina na cozinha.

E ela:

— Perfeito. Amanhã, então, tu vem mais cedo. Vem meio-dia.

E, no dia seguinte, eu apareci meio-dia. Foi uma tarde perversa. *Uma tarde perversa.* Tive que arrastar as coisa pra limpar atrás: fogão, fritadeira, armário. Tive que esvaziar todos os armário e as geladeira, limpar por dentro e colocar tudo de volta. Tudo sozinho. Uma limpeza sem fim. Esfreguei os azulejo da parede e do piso. Enfim. A véia na minha volta. Apontando aqui e ali.

— Zé, meu filho, ali não tá bem limpo.

— Zé, meu filho, limpa melhor ali.

— Zé, meu filho, esfrega melhor aquilo lá.

— Zé, meu filho, parece que tu não enxerga a sujeira. Não tá vendo ali?

Eu era gurizão. Eu era inexperiente. Se não me falha a memória, era recém meu segundo emprego com o gibi assinado.

Então, eu era ingênuo. Eu tinha pensado que, por chegar meio-dia nesse dia, eu sairia mais cedo. Mas depois eu fiquei pensando... Quem é que ia ficar na cozinha no meu lugar quando o bar abrisse?

Pica bem dura pra mim e foda-se eu! Segue o baile, toca a ficha, o bar abriu, e é tudo comigo! Tu acredita? Pois é, mano!

E foi uma daquelas noite como a que eu expliquei: tinha uma playboyzada comemorando os dezoito ano de alguém no bar. A função foi até às onze da manhã do outro dia. Então faz as conta aí, sangue bom; não é difícil. Eu trabalhei do meio-dia às onze da manhã do dia seguinte. Foi vinte e três hora rebolando. Vinte e três hora! Mas eu não quero ser injusto: não foi *exatamente* vinte e três hora seguida. Como de costume, ali pelas três da manhã, eu tive direito a um intervalo de quinze minuto pra engolir um pão. Um pão que eu não precisei comprar porque eles me davam de graça. Enfim. Quase vinte e três hora. Sem receber hora extra. Vinte e três hora recebendo por oito. Esse foi o recorde que a véia fez eu atingir. Eu devo ser o cidadão que trabalhou mais hora numa mesma jornada em toda a história de Porto Alegre. E se não for eu, eu devo tá pelo menos no top três.

A escravidão acabou, né? Claro que acabou. Afinal, é o que diz o cartão que eu assinava: "Eu, Fulano, tô entrando pra trampar à meia-noite" e "Eu, Fulano, tô parando de trampar às oito da manhã". Ou seja, oito hora de trabalho. Tá tudo certo. O mundo é massa. Viva a meritocracia. Iurru! Eba! Manda mais, Senhor! Multiplica, Senhor! No meio disso tudo, se eu quiser, e se eu me esforçar bastante, eu posso até achar tempo pra tentar fazer uma facul!

A véia seguiu comendo o meu cu, todo santo dia. Sem passar cuspe. Até o dia que eu não aguentei mais.

Aqui eu vou pedir um pouco de paciência pra tu que me lê. Porque eu preciso descrever bem o dilema que eu tava. É importante pra mim explicar isso.

Bom, aquilo de lá era um inferno. Acho que isso já ficou claro. Mas, saindo de lá, outro inferno me aguardava. Era um inferno que eu já conhecia: eu e a minha mãe dentro de casa, olhando um pro outro, loucos de fome e sem ter o que comer. Esse era o meu dilema. Eu fiquei tentando pesar os dois inferno na minha mente pra saber qual deles era mais pesado. Por isso não foi fácil pra mim sair daquele inferno. Ficando lá, no inferno-bar, tinha a véia que, entre outras coisa, aparecia na cozinha pra me xingar de incompetente pra baixo quando eu errava um lanche ou mandava o lanche um pouco queimadinho; e além de me xingar, ela também atirava o prato com lanche e tudo na pia e me gritava pra fazer outro correndo que o cliente tava esperando. Mas, se eu saísse de lá, eu ia pro inferno-minha-casa, e nesse outro inferno tinha a minha mãe com fome, me olhando, e eu também com fome, olhando pra ela, e tinha também a vergonha de pedir alguma coisa de comer pros parente. Então, não era uma escolha fácil. Fiquei horas pensando nisso enquanto trabalhava. De repente, eu decidia abandonar o trampo e dava um passo pra sair da cozinha; de repente, eu lembrava da fome da minha mãe e voltava a lavar os prato. Eu ia e voltava o tempo todo. Ameaçava ir embora e não tinha coragem. Foi assim. Foi uma indecisão terrível. Eu ia e voltava. Eu ia e voltava. Eu decidia ir, e depois eu decidia ficar.

Pronto: agora que eu já vomitei o dilema que eu tava, vou seguir com a história. Eu acabei decidindo definitivamente ir embora mesmo. Vazar daquele bar. Mas eu não fui embora simplesmente, tá ligado? Eu me vinguei. Eu me permiti me vingar. Eu achei que eu merecia me vingar.

Cruzei os braço na cozinha. Não fiz mais nada. Mas eu deixei todo mundo pensar que eu tava trabalhando normalmente. Os garçom seguiram trazendo prato sujo pra eu lavar. Mas eu não lavei mais nenhum. Uma hora, um deles disse:

— Aí, Zé, tá acabando os prato, mano!

E eu respondi:

— Segura aí! Segura que eu já, já tô te mandando uns prato limpo!

Os barman também começaram a pedir as coisa.

— Não tenho mais suco de laranja!

— Já vai!

— Não tenho mais limonada!

— Já vai!

— Não tenho mais morango picado!

— Já vai!

Os prato sujo era tanto, mano do céu, que não cabia mais na pia. Eu tive que deixar umas pilha de prato sujo tudo espalhada pela cozinha, em cima do micro, em cima do forno, dentro dos armário. Eu deixei acabar todos os suco, todas as fruta picada, todas as porção de ingrediente de todos os lanche. Eu joguei fora todos os molho que eu tinha preparado. Eu deixei tudo o mais caótico que eu podia. E aí, sim, eu fui lá falar com a véia pra dizer que eu ia embora. Pra dizer que eu não ia mais trabalhar ali.

Uma coisa importante que eu descobri nesse dia: um grito de liberdade não se guarda na garganta. Não se guarda de jeito nenhum. Mesmo que esse grito traga a fome depois. Mesmo que esse grito traga até a morte depois. Não se guarda na garganta.

Foi a minha vez de gritar com aquela véia. Foi a minha vez de falar de cabeça erguida. Eu olhei dentro dos olho dela. Eu não precisava mais me encolher. Eu chorei. Eu chorei de o ranho escorrer. Eu mal conseguia falar. Ela disse pra eu voltar pra cozinha. Ela disse que eu podia pedir as conta amanhã, depois do expediente. Mas eu disse que não. Não! Não, porra, vai se foder! Não e não! Mas o que é isso?

— Não, porra! Vai tomá no cu! Vai tu praquela porra daquela cozinha, mulher maldita! Mulher do inferno! Eu nem sei por que não te espanco agora mesmo! Eu nem sei por que não te corto a cabeça fora agora mesmo! Véia filha da puta!

Tu, pobre-diabo que me lê, precisa experimentar, se ainda não experimentou: virar bicho, bem na frente do inimigo. Essa meia-liberdade que nós temo nos garante uns pequeno prazer como esse. Levantar a cabeça e mostrar que tu é capaz de tudo. É uma delícia ver como o inimigo fica com medo. É uma delícia ver como o inimigo olha ao redor, procurando pra onde fugir, procurando onde se esconder, procurando a quem pedir ajuda enquanto a gente bota fogo pelas venta. É uma delícia.

Bom, o bar é (ou era) lá em cima, no Petrópolis, como eu disse antes. E os filho da puta me davam só uma passagem de ônibus de ida e uma de volta, e não duas de ida e duas de volta como seria o ideal pra mim. Então, pra ir trampar, eu tinha que subir toda a Barão a pé, da Bento até a Protásio, e depois de trampar tinha que fazer o caminho de volta. Na noite que eu soltei os cachorro na véia, não foi diferente: lá tava eu descendo a Barão, quatro da manhã.

Na Ipiranga, eu tive que parar pra pensar na vida. Os meus pensamento tavam me engolindo já. Me escorei de frente no corrimão de ferro da pontezinha que passa por cima do arroio. E fiquei ali, tá ligado? Vendo passar a água do arroio, pensando se eu tinha feito certo e me preparando espiritualmente pro que tava por vir: a cara de fome da minha mãe, a minha cara de fome, a gente se olhando com fome, como tantas vez aconteceu e vem acontecendo nesta vida maldita. Tudo sumiu. Sumiu os carro, sumiu os prédio, sumiu as rua, sumiu as estrela. Eu fiquei pensando na vida e tudo sumiu. Agora, só tinha eu. Eu e os outros cocô tudo, boiando na água do arroio. Porque eu me sentia um cocô, como os cocô boiando na água do arroio. É tudo uma questão de poder. E dinheiro é poder. E quem tem dinheiro, pode. E quanto mais dinheiro, mais pode. E eu não tinha dinheiro. É tudo uma questão de poder, e eu tinha tanto poder quanto os outros cocô tudo, boiando na água do arroio lá embaixo.

Depois dessa madrugada triste e fria, eu levei bastante tempo, bastante tempo mesmo, pra conseguir deixar de me sentir um cocô.

P.S.: Um tempo depois, o segurança que tinha me conseguido o trampo lá me contou: tiveram que colocar todos os garçons na cozinha pra dar conta do caos que eu tinha deixado lá.

De volta ao campus

Existiu um período da minha vida em que o Campus Vale da UFRGS foi familiar para mim. Durante alguns meses, o matagal ao redor dos prédios ouviu com paciência todas as queixas que desde aquele tempo já iam no meu coração. Durante alguns meses, eu subi aquela triste lomba do campus, e em cada passo eu botava o dobro da força necessária. Porque era com a mais profunda sensação de rancor que eu subia aquela lomba.

Durante alguns meses, eu e o Altair fomos para o campus todo santo dia, bem cedo, quando a cidade estava recém-acordando. Descíamos do ônibus lotado na parada um da Lomba do Pinheiro e fazíamos o restante do caminho a pé. Quinze minutos a gente perdia só na Bento, caminhando desde a entrada do Pinheiro até a entrada do campus: esses quinze minutos eram o tempo exato de fumar um cigarro. Depois, mais um cigarro enquanto subíamos a lomba do campus, sempre tomando o maior cuidado para que o T8 não passasse por cima da gente. Não íamos até o topo: no meio do caminho, saíamos da avenida principal e enveredávamos por uma ruazinha estreita.

Essa ruazinha nos levava mato adentro e terminava em seguida. Não me pergunte a que se destinava o núcleo que existia ali. Para mim, parecia algum tipo de laboratório, embora eu não compreendesse o sentido de um laboratório escondido no meio do mato. Aluno nenhum botava os pés ali. Apenas homens de jaleco branco apareciam, às vezes. Havia tambores enormes de algum produto inflamável: lembro muito bem disso, porque não podíamos fumar depois de chegar ali. Depois de chegar ali, só o que podíamos fazer era trabalhar. O Altair era o pedreiro; eu, o ajudante. A gente construiu uma espécie de galpão.

Conforme sabemos, uma das funções do ajudante de pedreiro é ir comprar o refrigerante do meio-dia. O pedreiro paga e o ajudante vai comprar: desde que o samba é samba é assim. Então, toda manhã, por volta das onze e trinta, eu abandonava a pá e a betoneira e ia comprar uma coca. E eu ia comprar lá em cima, no topo da lomba do campus. Era lá em cima que eu tinha que ir: lá onde ficavam os prédios, lá onde havia manadas de alunos. Era lá que eu tinha que ir comprar o refrigerante: no meio dos universitários.

Durante alguns meses, eu fui o guri todo sujo de argamassa usando um havaianas remendado com prego que aparecia caminhando no meio dos alunos, indo comprar refrigerante. Durante alguns meses, eu fui o intruso que andava encolhido, com vergonha, por entre os prédios da UFRGS. Durante alguns meses, eu fui o pobre-diabo que passava por ali e que imaginava, com razão ou não, ser o alvo de toda e qualquer gargalhada que soasse à sua passagem. Durante alguns meses. Toda manhã. Perto do meio-dia.

Quando o galpão finalmente ficou pronto, eu dei graças a Deus. Creia-me, leitor: não existe ambiente mais hostil para um pé-rapado do que um ambiente acadêmico. É impossível ficar à vontade. Nada ao redor traz sensação de conforto, nada ao redor lembra minimamente as vielas e os barracos que estamos acostumados a ver à nossa volta, ninguém ao redor nos desperta a mínima sensação de identificação ou nos inspira empatia, é todo mundo pálido demais, é todo mundo civilizado demais, é todo mundo bem-vestido demais, é todo mundo sem ginga, é todo mundo sem suingue, é todo mundo tão diferente de nós, e em tantos sentidos! Eu dei graças a Deus quando o galpão finalmente ficou pronto e eu soube que não precisaria mais ir comprar refrigerante no meio dos universitários.

Fiz uma promessa boba para mim mesmo naquele dia: quando eu voltasse àquele ambiente, seria como estudante de letras. Jurei para mim mesmo, tendo como testemunha o matagal que circunda aqueles prédios: em nenhuma circunstância eu voltaria ali, exceto como estudante de letras. Ou bem eu voltava como estudante de letras, ou bem não voltava jamais.

Mas, um dia, anos depois, tive que quebrar essa promessa boba. A Érica Peçanha vinha ministrar naquele campus o seu curso sobre literatura marginal-periférica, e eu não podia perder essa. Era de graça, então cabia direitinho dentro do meu orçamento.

Cheguei a me preparar espiritualmente para ir a pé, desde a minha casa. Seriam cerca de duas horas de caminhada, da parada doze da Lomba do Pinheiro até o campus. O curso começava às treze e trinta, então eu teria que sair de casa às dez e trinta, mais ou menos (incluindo aí um tempo extra para imprevistos). Mas não foi necessário ir a pé: na última hora, o primo Pereba apareceu para me emprestar um par de passagens.

O primo Dodô emprestou a companhia: foi comigo para me ajudar a enfrentar toda aquela hostilidade que paira no ar dos ambientes acadêmicos. Foi comigo para me ajudar a segurar essa barra que é gostar do que não parece ser para o nosso bico.

O trajeto que a gente fez foi idêntico ao que eu costumava fazer com o Altair, anos atrás: de ônibus até a parada um da Lomba do Pinheiro e dali a pé até o campus. Eu e o Dodô subimos juntos a triste lomba tomando o maior cuidado para que o T8 não passasse por cima da gente.

Não fazia muito tempo, a Dalva, que ainda não era minha namorada, tinha publicado um texto que falava sobre "como é bom estar junto com os nossos". Pude experimentar essa verdade assim que eu e o Dodô subimos as escadas e surgimos no meio da manada de universitários.

— Mano, que ambiente mais hostil!

— Porra, pode crê! O cara não fica em paz, não dá pro cara se sentir bem e pá.

— Pode crê!

É uma delícia não ter que dar um monte de explicações. É uma delícia ser compreendido no ato.

Procura daqui, procura dali. Em que prédio se daria o curso? Mandei uma mensagem para a Érica perguntando onde ia ser. Achei que ela talvez não respondesse: devia estar ocupada, preparando o curso. Mandei uma mensagem para a Caroline, minha irmã, perguntando se ela por acaso sabia onde ia ser. A Caroline pertence ao melhor tipo de pessoa: sempre responde às mensagens de pronto. Disse que não sabia exatamente onde seria, mas que ia tentar descobrir; pediu para eu esperar. Decidi esperar perguntando por aí. E, assim, acabei descobrindo que o curso ia ser na sala 205 do prédio de letras. Descobri isso antes de a Caroline responder: mandei uma mensagem para ela avisando que não precisava mais tentar descobrir onde seria. Ela aproveitou para explicar que uma amiga nossa viria também, a Mayura. E a Mayura apareceu em seguida para, juntamente com o Dodô, atenuar a minha sensação de medo, a minha insegurança. Agora, éramos três.

Para o meu desespero, uma das primeiras coisas que a Érica disse, em alto e bom som, logo no início do curso, foi:

— O José Falero conseguiu chegar?

Se ela soubesse o pavor que eu tenho de ouvir o meu nome sendo dito em alto e bom som, não teria falado aquilo. Se ela soubesse o tamanho da minha vontade de desaparecer quando todos os olhos se voltam na minha direção, como aconteceu naquele momento, não teria falado aquilo. Mas ela falou e eu tive que responder. Acompanhado de dois atores — a Mayura e o Dodô —, quem teve que interpretar fui eu. Enquanto a minha autoestima desmoronava dentro de mim, botei na cara o sorriso mais verossímil que me foi possível e respondi:

— Tô aqui, sim, consegui chegar!

Foi só uma pergunta e uma resposta. Cinco segundos que me pareceram um século inteiro.

O curso, por outro lado, passou voando, como costuma acontecer com as coisas magníficas. O assunto me interessava demais. Me defino como um autor marginal-periférico e, portanto, o que eu via ali, como objeto de estudo daquele ambiente acadêmico, não era senão eu próprio e a minha obra representados na figura de outros autores e de outros textos. Pela primeira vez na vida, eu senti certo conforto num ambiente acadêmico, por menor que tenha sido. Eu tinha propriedade para falar de tudo aquilo. Não me atrevi a abrir a boca, mas que eu tinha propriedade, ah, isso eu tinha! E me bastou.

Na parte final do curso, assistimos ao *Curta Saraus*. Tudo me emocionava demais. E qual não foi a minha surpresa quando surgiu no vídeo a Naruna Costa declamando "Da paz"! Foi difícil segurar as lágrimas. Mas segurei.

Findo o curso, era hora de descer a triste lomba do campus. Era hora de pegar o ônibus lotado e voltar para as profundezas do Pinheiro. Era hora de ir para casa escrever sobre aquele dia fantástico! E era hora, sobretudo, de fazer mais uma promessa boba, tendo como testemunha o matagal em torno dos prédios da UFRGS: jurei que só voltaria ali na condição de palestrante!

Dor de dono

Eu trabalhei um tempo no Nacional — nome curioso, inclusive, para um supermercado que, na época, já pertencia aos Estados Unidos (Walmart) e que, antes disso, tinha pertencido a Portugal (Sonae).

E foi lá — na famigerada Loja Cem, então localizada dentro do shopping Rua da Praia — que conheci a expressão "dor de dono". Dona Guilhermina, a gerente, explicava o conceito como ninguém nas reuniões mensais que aconteciam no depósito:

— A gente nunca vai alcançar as nossas metas aqui na empresa sem dor de dono. Me digam: quando um amigo bagunceiro vai à casa de vocês e derrama uma xícara de café, indo embora sem limpar, por acaso vocês deixam o chão sujo? Não! Vocês limpam, porque, afinal de contas, a casa é de vocês. Vocês limpam, porque querem que a casa de vocês esteja limpa. Não importa quem sujou. Aqui, não pode ser diferente. Esta empresa é de vocês também, e vocês precisam se conscientizar disso. Vocês precisam ter dor de dono. Se um cliente derruba uma garrafa de vinho, vocês precisam ser os primeiros a querer ver o chão limpo o quanto antes.

As palestras da dona Guilhermina pareciam surtir efeito. Os funcionários gostavam do conceito de dor de dono. Mais do que isso, *cobravam* a tal dor de dono uns dos outros. Mais ainda, efetivamente *sentiam* a tal dor de dono. Posso citar, como exemplo, o episódio do vendedor de guarda-chuva.

Uma chuva interminável tinha começado a cair em Porto Alegre. E, como sempre acontece em dias assim, surgiram vendedores de guarda-chuva em todos os cantos do Centro. Em frente ao shopping Rua da Praia, se instalou um sujeito alto, magro, com cara de fome, e ficou oferecendo guarda-chuva para todo mundo. Mas acho que não conseguiu vender nada, porque, em determinado momento do dia, entrou no shopping, se dirigiu até o supermercado, andou pelos corredores, olhou os preços de tudo e, por fim, resolveu ir embora sem comprar nada, mas levando uma bolacha recheada escondida na cintura.

Quem viu a tentativa de furto foi um faxineiro que, prontamente, avisou um segurança. O segurança, por sua vez, abordou o vendedor de guarda-chuva e o conduziu até uma salinha escondidinha. Lá, o coitado apanhou até não querer mais. Todos os funcionários tinham direito a ir lá lhe dar uns tapas e pontapés. O convite era feito nos corredores do supermercado mesmo, com cochichos entusiasmados:

— Ei, tu já foi lá dar uma bifa no vendedor de guarda-chuva?
— Como assim?
— Um vendedor de guarda-chuva tentou roubar uma bolacha. O segurança levou ele pra salinha. Corre lá, dá uma bifa nele lá.

Dor de dono. Os funcionários se sentiam donos da bolacha que o vendedor de guarda-chuva tentou roubar.

AVC

De volta do bairro civilizado onde trabalhava ao bairro selvagem onde vivia, ainda metido no uniforme amarrotado da empresa de portaria, seu Leopoldo, homem de respeitável cabelo branco, avançou na direção do boteco experimentando um princípio de tontura. Não andava com o sono em dia e supunha que só podia ser essa a razão do mal-estar. "Ah, mas agora, agora chego em casa, dou um beijo na Preta, como uns pão, deito, durmo, descanso bem, e daí depois acordo novinho em folha", pensou, com o otimismo displicente de quem já está habituado àquele tipo de vertigem.

    Mais de quatro décadas trabalhando como porteiro noturno tinham feito de seu Leopoldo uma criatura dada a suspiros profundos. E foi assim, expulsando toneladas de ar pelas narinas peludas, foi assim que o idoso esperou sua vez de ser atendido junto à grade de ferro da entrada do boteco. Diante dele, na maior algazarra, crianças de mochila às costas e sem a mínima pressa faziam questão de perguntar ao dono do estabelecimento o preço de cada coisinha à venda antes de, por fim, decidirem quais bobagens comprar com seus punhados de moedas. Do outro lado da rua, onde havia uma criançada ainda mais numerosa e ainda mais estridente, os portões da escola de ensino fundamental da região, prestes a serem abertos, brilhavam ao sol da manhã.

    Quando enfim chegou a vez de seu Leopoldo de ser atendido, lhe ocorreu uma pequena preocupação. Tudo o que pretendia comprar era um par de pães, e como só tinha uma nota de cem reais para pagar, talvez o dono do boteco resmungasse e fizesse cara feia, por causa do troco. Contudo, não foi isso o que aconteceu. Quem resmungou e fez cara feia foi ele próprio, porque seu mal-estar agravou-se de repente.

— Opa, opa, o senhor tá sentindo bem? — perguntou o comerciante ao vê-lo amparar-se na grade.

— Ai, ai, num tô, não... Eu acho inté que...

Sem completar a frase, seu Leopoldo sentiu uma dor aguda dentro da cabeça, fraquejou, soltou as barras de ferro, desabou. E ali, esparramado na calçada, ao lado de um cão encardido que ficara perceptivelmente preocupado com sua queda, o idoso, antes de perder por completo os sentidos, ainda teve tempo de ver o rosto de um menino que acabava de chegar para comprar vinte centavos de jujubas. Ágil como um gato, esse menino abaixou-se junto dele, arrancou-lhe da mão a nota de cem reais e saiu correndo o mais rápido que podia, a mochila quicando nas costas como um bate-bate.

O dono do boteco não perdeu tempo: sacou do bolso a chave da grade e apressou-se a abri-la. Era uma situação de máxima urgência: não podia deixar aquele fedelho escafeder-se com os cem reais! Se alguém devia ficar com o dinheiro, então que fosse ele, ora bolas! Disparou no encalço do menino.

— Para já aí, moleque dos infernos! Dá cá esse dinheiro!

No momento seguinte, a multidão de crianças que até então se achavam reunidas lá na entrada do colégio, esperando os portões serem abertos, trataram de atravessar para o lado de cá da rua, às carreiras, aos gritos, como uma manada de animais enfurecidos. Aproveitando que o comerciante tinha saído e deixado a grade do boteco aberta, invadiram o estabelecimento e puseram-se a saquear as prateleiras.

Enquanto isso, o cão encardido lambia os beiços de seu Leopoldo na tentativa desesperada de reanimá-lo.

Pá, pum

Um mano meu tinha um cachorro que tinha uns desmaios bizarros. Assim, do nada. Era pá, pum. Num segundo o bicho tava correndo e no outro tava caído. Era assim: pá, pum. Pá: tava correndo, pum: tava caído. Pá, pum.

E o Centro, de noite? Toda aquela aura maligna, todo aquele ar pesado e venenoso... Qualquer um pode sentir, a menos que seja muito estúpido. Existe uma boa dose de perigo no clima de diversão. Jovenzinhos e jovenzinhas circulam pra lá e pra cá tentando decidir qual baile invadir. Tudo pulsa, mas os ânimos estão constantemente tensos. Existe medo no meio das risada. Uma piscada pra mina errada pode ser fatal. Olhar torto pra um malandro pode ser fatal. Qualquer gesto pode ser fatal. Tem sempre uma sirene de polícia soando em algum lugar. Tem sempre alguma gritaria ecoando pelas rua. Muitos só querem se divertir, mas tem muita gente em busca de confusão também. Qualquer um pode sentir, a menos que seja muito estúpido. O perigo fica só espiando, em cada esquina; o azar tá sempre rondando, pronto pra dar o bote.

Ninguém pode invadir os baile tomando coisa comprada fora. Por isso, eu e uns mano meu ficamo dando um tempo no fim da linha do Pinheiro, na Salgado: a gente tava tomando uns latão que a gente tinha comprado. Depois de tomar tudo, a gente ia escolher um baile e invadir. Esse era o plano.

Uma lotação parou na nossa frente. Eu ainda não sabia, mas era uma tragédia começando a se desenhar. Tinha um porco à paisana dentro da lotação fazendo a segurança. É normal. Tem muita gente que assalta as lotação, principalmente de noite, e por isso os porco fazem bico de segurança de lotação.

Um bêbado tava passando na nossa frente, entre a gente e a lotação. Esse bêbado não era um atirado nem nada. Tava bem vestido e pá. Só que tinha bebido demais, e antes da hora. Tinha queimado a largada. Já tava tri louco logo no início da farra. Ele tava passando da esquerda pra direita, descendo a Salgado, trocando as pernas.

Três guri vinha subindo a Salgado. Três adolescentes. E no exato momento que eles cruzaram com o bêbado, tudo se alinhou: a lotação, o bêbado, os adolescentes, eu e os meus mano. Tipo, a gente tava aqui, escorado nas porta fechada das loja; um passo diante de nós, bem na nossa frente, tava os adolescentes e o bêbado; e mais um passo adiante, tava a lotação estacionada junto da calçada.

Os adolescentes começaram a roubar o bêbado. Na mão grande. Dois seguraram ele e o terceiro foi metendo as mão no bolso do cara. O cara tava tão bêbado que tentava falar "Não cabe, não cabe" e não conseguia falar. Foi tudo muito rápido. Em questão de segundos, os guri já tavam seguindo em frente com o celular do bêbado. Mas, de dentro da lotação, o policial à paisana tinha visto tudo. Ele saiu da lotação. Pistola em punho.

— Ei, ei, não corre!

Por que ele gritou isso? Não fazia sentido nenhum. Os adolescentes nem tinham visto ele. Era só ir caminhando rápido atrás dos adolescentes e então abordar eles de surpresa. Era impossível que eles tivessem armados. Ladrão armado não precisa assaltar um bêbado entre três, com dois segurando e um pegando as coisa. Ladrão armado rouba loja, rouba taxista, rouba pedestre normal. Quem é que rouba um bêbado, e ainda por cima entre três? Isso é coisa de quem não tem arma. Isso é coisa de quem não tem nem uma faca de cortar pão no bolso. Isso é coisa de quem não tá armado com nada. É óbvio. Então, por que não ir atrás dos adolescentes e abordar eles de surpresa? Pra que gritar "Não corre"? Eu pergunto e eu mesmo respondo: o filho da puta gritou "Não corre" justamente pros guri correr.

Os guri correram.

O porco tava parado bem na nossa frente. Dobrou um joelho pra poder mirar melhor. Estendeu a pistola. Fez mira. Não acreditei que ele fosse mesmo atirar. Os adolescentes se espalharam: cada um correu prum lado diferente. O porco ficou escolhendo em qual mirar. Escolheu o guri que já tava lá do outro lado da Salgado, correndo em direção às Aerolíneas Argentinas. O porco atirou. Cara, o porco atirou mesmo! A pistola cuspiu fogo bem na nossa frente. Um monte de faísca bem na nossa frente.

Lá do outro lado da Salgado, o guri tava correndo. E de repente não tava mais. Foi assim. Pá, pum. Tava correndo e, de repente, não tava mais. Pá: tá vivo, pum: tá morto. Tiro certeiro. Na cabeça.

— Vai!, vai!, vai!, vai, caraio! — Isso o porco gritou entrando de volta na lotação. Ele tava dizendo pro motorista ir embora. E o motorista obedeceu. A lotação saiu cantando pneu e dez segundos depois já tinha desaparecido dali.

Eu vi. Ninguém me contou. Não vi num filme, não vi no jornal. Vi na minha frente, ao vivo. Um policial à paisana matou um adolescente desarmado por roubar uma porra dum celular dum bêbado. Foi bem na minha frente. Imagina a mentalidade introjetada naquele monstro pra julgar que a vida daquele adolescente valia menos do que uma porra dum celular. Até ver uma coisa dessas, por mais numerosas que sejam as notícias, até ver uma coisa dessas com os teus próprios olhos, na tua frente, até aí tu simplesmente não acredita que coisas assim aconteçam de verdade. Até ver uma coisa dessas, tu não acredita que alguém seja capaz de uma covardia desse tamanho. Mas eu vi. Eu vi e eu sei: "O Robocop do governo é frio, não sente pena/ Só ódio, e ri como a hiena".

E o guri parecia comigo.

Eu entendo quem desiste

Faz tempo já que tava ali, atirado no canto do meu quarto, o único par de tênis que eu tenho, todo podre, sem condição de uso nenhuma.

Eu não suporto usar tênis. Prefiro chinelo. Mas eu fiquei pensando: "Uma hora dessa, eu vou ter um compromisso que eu vou ser obrigado a ir de tênis e, daí, esse troço ainda vai tá aí, sem condição de uso nenhuma". Por isso, resolvi botar o bendito tênis de molho num balde antes de sair.

Lá fora, vi que o meu primo tava mexendo no celular, do outro lado da rua, escondido do sol forte debaixo do toldo. Me abaixei atrás da caixa de luz e fique jogando pedra nele, só pra ver ele sem saber de onde vinha as pedra. Sou infantil quando tô de bom humor.

Mas parece que o vizinho também tava de bom humor hoje. Posicionado atrás do muro, onde eu não podia ver, e percebendo o que eu tava fazendo com o meu primo, ele resolveu fazer parecido comigo: ficou me jogando água, e eu não conseguia ver de onde vinha. Era uma situação ridícula: eu não queria me levantar, pro meu primo não me ver, mas, ficando abaixado, eu não conseguia ver quem tava me jogando água.

Quando uma quantidade um pouco maior de água atingiu a minha nuca, achei que já era demais e resolvi me levantar pra identificar o malandro. Flagrei o vizinho preparando novo ataque.

— Ah, viu só? — ele disse, rindo. — Com os outro é bom, né?

Eu também ri. Mas uma coisa me irritou um pouco: quando eu me levantei, eu tava com o pé meio torto no chão, e lá se foi a alça do chinelo. Por um segundo, pensei comigo mesmo que não tinha problema nenhum: era só eu colocar o tênis... E na mesma hora eu lembrei do troço lá de molho no balde.

Não é incrível? Eu deixei o bagulho esquecido no quarto vários mês. Nunca precisei dele pra nada. E justamente no dia que eu resolvo botar de molho, o que acontece? Me arrebenta a alça do chinelo.

Voltei pra casa e usei um fio de cobre pra remendar a alça do chinelo. Depois, tornei a sair pra rua e, dessa vez, resolvi seguir o meu rumo direto, antes que acontecesse outra coisa pra me atrasar.

Eu tava indo no centro comercial da Lomba do Pinheiro: a parada dezesseis. Precisava tirar foto 3x4 e fazer xerox dos documento pra fazer a matrícula no Colégio Aplicação da UFRGS. Juntando as moeda e as nota no meu bolso, não dava vinte pila, e era por isso eu tava indo a pé, no forte do sol: se eu pegasse um ônibus pra ir até a dezesseis, não ia sobrar dinheiro pra pagar as foto, os xerox dos documento e as passagem de ida e volta pro Campus Vale.

Só Deus sabe como eu queria tomar um gelo hoje. O calor tava demais, a caminhada tava acabando comigo. E eu tava com esse dinheiro no bolso, sendo tentado pela ideia de esquecer a matrícula e gastar tudo em latão. Foi por isso, por causa dessa tentação, que eu reparei, pela primeira vez na vida, como tem boteco da vila Sapo até a dezesseis. Perdi as conta de tanto boteco. Cara, como tem boteco! Boteco, boteco, boteco. O que mais tinha no caminho era boteco. Não parava de aparecer boteco. E em cada boteco, sempre tinha alguém debaixo de sombra, tomando um gelo, e eu ficava imaginando que aquele gelo devia tá bem geladinho, bem saboroso. As moeda e as nota no meu bolso pesava uma tonelada a essa altura.

Mas, dessa vez, eu não troquei o futuro por dois ou três latão.

Quando eu cheguei na dezesseis, tomei uma facada muito pior que a do Bolsonaro: quinze conto pra tirar as foto. "Me fodi", eu pensei.

— Mano, quantas foto?

— Oito.

— Mas eu só preciso de duas. Sai mais barato se eu tirar só duas?

— Não é assim. É um bloquinho com oito. Não dá pra imprimir menos de oito.

Pedi um momento pra decidir o que fazer. Fiquei pensando: se eu tirasse as foto, e se sobrasse dinheiro pros xerox, eu não ia poder pagar as passagem de ida e volta pro campus. Mas se eu guardasse o dinheiro das passagem deixando de tirar as foto, não adiantava nada eu ir até o campus, porque eu precisava das foto pra fazer a matrícula.

Resolvi tirar as foto e fazer os xerox. Me sobrou um real e setenta centavos. Cada passagem de ônibus é quatro e lá vai paulada. Comecei a cogitar a ideia de ir a pé até o campus e voltar de lá também a pé.

Me permiti comprar um docinho pra alegrar a vida. Entrei no primeiro mercadinho que apareceu.

— Tem bombom?

— Tem?

— Quanto é?

— É um real.

— Ouro branco?

— Não. É este aqui, ó.

Ela me mostrou o bombom. Era duma espécie que eu nunca tinha visto.

— É bom isso aí?

— Bem bom.

Comprei. Comi. Ao contrário do que diz a música, aquilo era bombom, mas não era bom.

Voltei a pensar se era melhor ir e voltar do campus a pé ou pedir um par de passagem emprestado pra minha tia e ir amanhã. O meu estado de espírito tava bom: eu não me importava de caminhar. Além disso, argumentei assim pra mim mesmo: "Quando começar as aula, certamente vai acontecer de eu não ter passagem, e eu vou ter que ir e voltar a pé; talvez seja bom eu já ir me acostumando". Mas o sol tava forte de verdade. Eu temia passar mal no meio do caminho.

O que me fez desistir da caminhada foi a visão que eu tive do alto da parada catorze da Lomba do Pinheiro, e que registrei nessa foto. Repara só naquele morro lá no fundo. O último. Lá atrás. Aquele meio azulado de tão distante. O Campus Vale da UFRGS é lá, na base daquele morro. E eu tava cá, a sei eu lá quantos quilômetros de distância.

Vou ter que fazer esse caminho, ida e volta, a pé, algumas vezes enquanto eu estiver estudando lá. Vai ser normal pra mim. Mas não foi hoje que eu comecei a me acostumar. Não tive coragem de encarar uma caminhada dessa no sol forte que tava. E me senti culpado por isso. De qualquer forma, tá tudo bem, eu tô determinado. Eu não vou desistir de me formar dessa vez. Eu morro, mas não desisto.

Só que, sabe, eu entendo quem desiste.

Escrevi essa crônica no dia 18 de janeiro de 2019 e postei no Facebook, junto com a foto. Hoje, mais de dois anos depois, estou prestes a me formar no ensino médio. Me formo neste semestre. Cumpri a minha promessa. Não desisti. Em muitas ocasiões, tive que ir e voltar a pé: duas horas pra ir e duas horas pra voltar, às vezes debaixo de chuva, às vezes com câimbra nas pernas. Em muitas ocasiões, achei o ambiente do colégio hostil. Depois, veio ainda a tragédia da pandemia e, com ela, a problemática EAD. Mas cumpri a minha promessa. Não desisti.

E agora, mais do que nunca, eu entendo quem desiste.

�# 2.
Em construção

Redundância

Há coisas que a gente só consegue entender depois que cresce. Mas, às vezes, penso comigo mesmo que algumas das coisas mais importantes da vida a gente só pode compreender bem durante a infância e, pouco a pouco, o perverso passar do tempo fatalmente tratará de desensiná-las.

    O entendimento da beleza do mundo e da vida, por exemplo, me parece reservado à pouca idade. Que o diga o Urso, meu primeiro cachorro. O pulguento, já há muito falecido, testemunhou tudo, tudo, tudo o que já fui capaz de compreender. Costumávamos sentar lado a lado sobre a pilha de tijolos que havia no pátio para, juntos, perdermos o fôlego com a maravilha da existência explodindo ininterruptamente diante dos olhos enquanto lambíamos um sorvete. Claro que o Urso nunca teve um sorvete para repartir comigo; era sempre eu que compartilhava o meu: uma lambida para mim, uma lambida para ele. E nesses momentos fugazes, que nem por isso deixaram de ser eternos, o rabo do pulguento, lembro bem, balançava com mais vontade do que nunca, o que me levava a imaginar que os cachorros deviam ter o coração ali, no rabo.

    Naquela época de verões mais exuberantes, cujas noites abrigavam vaga-lumes e cujas tardes distribuíam cigarras, as árvores reservavam segredos a quem enfrentasse o medo dos bichos cabeludos e nelas trepasse. Quanto mais alto se conseguia ir, mais numerosos e mais interessantes eram esses segredos. A certa altura, podia-se ver que, por alguma razão, todas as mães do mundo — cada qual em seu próprio pátio, cada qual com a barriga encostada em seu próprio tanque —, todas elas lavavam a roupa dos filhos num mesmíssimo horário; um pouco mais para cima, descobria-se que o telhado de todas as casas era recoberto de limo e que, de algum jeito, todos os brinquedos perdidos da história tinham ido parar lá, em cima deles; num galho ainda mais alto podia-se, de vez em quando, flagrar abraços estranhos e prolongados que as pessoas só se davam às escondidas, nos quais as mãos de uma não apertavam as costas da outra, mas, sim, a bunda; e uma vez eu consegui subir tanto, *mas tanto*, que acabei descobrindo a existência de muitas outras casas lá longe, bem para lá do matagal, e elas me lembraram um formigueiro, de tantas que eram e de tão minúsculas que pareciam àquela distância.

Acho que o Urso nunca me perdoou por não conseguir levá-lo para cima das árvores comigo. Sempre que eu subia, ele ficava latindo uma porção de desaforos lá de baixo. Só que quando eu descia de volta, fazia questão de recompensá-lo enchendo as suas orelhas e o seu pescoço de cafuné enquanto lhe contava tudinho o que tinha visto, tudinho o que tinha descoberto. Nessas ocasiões, ele me lambia sem parar, mas aquele não era o seu jeito de retribuir ou agradecer pelo carinho e pelo compartilhamento do meu aprendizado, e sim a sua maneira de implorar que eu desse um jeito de levá-lo junto da próxima vez.

E eis que, de alguma perspectiva, hoje me percebo um completo imbecil. É só com muito esforço, muito esforço *mesmo*, que consigo resgatar um pouquinho de toda a poesia perdida daqueles tempos. O adulto triste que sou hoje — com o perdão da redundância, já que "adulto" e "triste" não deixam de ser sinônimos —, esse adulto olha para uma pedra e vê pedra mesmo, como diria Adélia Prado. Já não consigo mais supor que o céu imenso e laranja do fim da tarde talvez seja um gigantesco bolo de cenoura feito por Deus, muito menos que a noite derramada por cima dele seja cobertura de chocolate, e menos ainda que as estrelas surgindo aos poucos sejam gotas de merengue. Nada disso. O entardecer, agora, limita-se a entardecer; a noite, agora, é apenas noite; as estrelas, agora, são só estrelas; e eu, adulto triste, não passo de adulto triste.

Com o perdão da redundância.

A faxineira

Sou um negro de pele clara, e teria o maior prazer em explicar por que me defino assim não fosse o fato de que, na verdade, me cansei de explicar isso e já não tenho mais prazer nenhum em fazê-lo. O que importa é que acredito ter alguma consciência racial, ainda que desenvolvida tardiamente: foi só depois dos trinta anos que comecei a me livrar um pouco do senso comum e pude refletir sobre minha própria essência de maneira mais escura. Isso mesmo: de maneira mais escura. E, desde então, procuro me manter nesse movimento constante de conhecer e reconhecer cada vez mais minha negritude.

Tomar consciência de si próprio como negro é um acontecimento ruidoso, porque faz uma porção de fichas acumuladas caírem de uma hora para outra. Compreende-se, por fim, toda uma série de eventos da vida pregressa para os quais não tinha sido possível encontrar explicação razoável. Assim, mesmo um negro que até ontem não se considerava negro e, portanto, teria negado a ocorrência de qualquer manifestação racista contra sua pessoa, hoje, já consciente de sua negritude, é perfeitamente capaz de citar inúmeros casos. Eu, por exemplo, poderia narrar aqui qualquer uma das diversas abordagens policiais abusivas que sofri; abordagens essas que só fizeram sentido para mim depois, quando, além de me reconhecer como negro, tomei consciência do racismo como elemento integrante da estrutura social que nos cerca. Quanto a isso, Sueli

Carneiro foi precisa em "Negros de pele clara", uma matéria originalmente veiculada no Portal Geledés: "[...] sendo esses jovens, em sua maioria, negros de pele clara como um dos seus principais ídolos e líderes, Mano Brown [...]. O que esses jovens sabem pela experiência cotidiana é que o policial nunca se engana, sejam eles mais claros ou escuros".

Eu também poderia contar aqui sobre como os colegas me chamavam, na época em que trabalhei num certo supermercado: macaco branco, babuíno malpassado. Ou, então, poderia falar sobre como o pessoal da Bela Vista, onde trabalhei como porteiro, corria a guardar o celular tão logo botava os olhos em mim. Mas não vou escrever nada nesse sentido. Prefiro contar uma outra história, na qual eu mesmo fui o racista, apesar de toda a magnífica, gloriosa e extraordinária consciência acerca da problemática racial que, àquela altura, eu já acreditava ter. E conto esta história não só pelo peso que a confissão de uma falta confere à retórica, não só pela estratégia batida de primeiro depor contra um ato próprio para nisso embasar o depoimento contra atos de terceiros; conto esta história, também, e sobretudo, para destacar a importância do autopoliciamento na luta antirracista. Vamos lá.

Aconteceu, uma noite, que encontrei uma senhora esperando seu ônibus no mesmo ponto onde eu costumava esperar o meu depois da aula. Perto dali, havia um condomínio inaugurado não muito tempo antes, e essa senhora ganhava a vida faxinando um dos tantos apartamentos daquele prédio. A princípio, tendo em vista que aquele setor escuro e deserto da cidade não poderia inspirar em quem quer que fosse a menor sensação de segurança, tudo o que desejei foi que a senhora não me tomasse por ladrão. No intuito de dissipar essa possibilidade, tratei logo de tirar as mãos dos bolsos e tentei ser o mais simpático possível; já cheguei com um "Boa noite, tudo bem?". Ao que ela respondeu com um enorme sorriso, dizendo "Tudo ótimo!".

Agora, relembrando aquele sorriso lindo e acolhedor, percebo que toda a simpatia da senhora, muito mais profunda e mais espontânea do que a minha, já era forte indício de que ela tinha mais a me acrescentar do que eu a ela. No momento, porém, não fui capaz de fazer essa reflexão.

Depois dessa noite, começamos a nos encontrar ali com frequência. Tornamo-nos amigos de ponto de ônibus. Rapidamente, desenvolvi grande carinho pela senhora, e gosto de pensar que ela também desenvolveu algum carinho por mim. Passei a nutrir o desejo de ajudá-la de uma ou outra forma, caso pudesse. Isto é: me partia o coração pensar naquela pessoa tão simpática, tão propensa ao sorriso, fazendo faxinas para ganhar a vida, sem qualquer perspectiva de uma vida melhor; eu, que havia voltado aos estudos não fazia muito tempo, retomando o ensino médio na modalidade EJA, senti que talvez pudesse aconselhá-la nesse sentido; pensei comigo mesmo que, se lhe contasse com suficiente entusiasmo sobre meu sonho de um dia cursar letras na UFRGS, conseguiria contagiá-la e fazê-la sonhar também com um futuro mais digno.

Foi com isso na cabeça que, num dos nossos encontros noturnos no ponto de ônibus, comentei, assim, como quem não quer nada, sobre minha volta aos estudos e sobre minha vontade de cursar letras para, mais adiante, ser professor em colégios da periferia. Aí, nesse momento, a senhora abriu aquele seu sorriso cheio de afeto, aquele sorriso quente, sorriso de mãe, e me contou, com alegria, que era licenciada em letras. Não só era licenciada em letras como tinha feito mestrado e doutorado. Não só tinha feito mestrado e doutorado como já exercia justamente a profissão que quero exercer algum dia: era professora.

Está bom assim?

A esta altura, caro leitor, talvez lhe passe pela cabeça que eu o ludibriei. Afinal, o próprio título deste texto é "A faxineira" e, além disso, cheguei mesmo a escrever com todas as letras que "essa senhora ganhava a vida faxinando um dos tantos apartamentos daquele prédio". De fato, caro leitor, de fato. Me pegou. Realmente o ludibriei, na dura cara de pau. Não lhe dei, em momento nenhum, a chance de imaginar que essa senhora pudesse exercer outra profissão que não a de faxineira. Me perdoe. Ocorre, porém, que eu, ao vê-la pela primeiríssima vez naquele ponto de ônibus, também não tive (não concedi a mim mesmo) a chance de imaginar que ela pudesse exercer outra profissão que não a de faxineira; e assim, lembrando de que ali perto havia o tal condomínio inaugurado pouco tempo antes, concluí de imediato, com toda a certeza e sem medo de erro ou sombra de dúvida, que a senhora só podia ganhar a vida faxinando um dos tantos apartamentos daquele prédio. Do mesmo jeito que, percorrendo estas linhas, o leitor a princípio há de ter mentalizado uma faxineira, para depois surpreender-se com a condição de licenciada, mestra e doutora daquela mulher, assim também procedi mentalmente nos encontros que tive com ela. Não fui capaz, nem por um segundo, de imaginá-la fora do estereótipo de mulher que ganhava a vida faxinando algum apartamento; estereótipo esse que se desenhou de maneira automática em minha mente, sem deixar espaço para a consideração de qualquer outra possibilidade.

Porque era uma mulher negra.

Gre-Gre para dizer Gregório

Como qualquer criatura apreciadora de oxigênio, também eu já tive verdadeiro horror a fumaças e fumantes, claro. Houve tempos, inclusive, nos quais minha mãe, coitada, não podia sequer acender um cigarro às escondidas na boca do fogão enquanto cozinhava porque, mesmo com a bunda no quarto e a cabeça ainda mais longe, eu precisava de apenas dois ou três segundos para sentir o cheiro e, ato contínuo, escancarar a boca.

— Pô, mãe, vai empestear a casa toda, mesmo? Fuma lá fora!

Devo observar que, em comparação a todas as mães num raio de muitos quilômetros, a minha me tratava com notável paciência apesar das línguas empenhadas em incitá-la contra mim, que não eram poucas. Frases venenosas como "Ah, se fosse meu filho!" ou "Isso é falta de laço!" conheciam muito bem o rumo dos ouvidos de minha mãe; melhor até do que os piores mosquitos das piores noites de verão. Mas, em defesa dos que orbitavam nossa relação com a boca cheia de maus conselhos, digo que, a exemplo de outros costumes terríveis, também a pedagogia da surra há de encontrar explicação nas configurações sociais. Para mim, não são surpresas o império da cinta e a taxa de uma criança espancada por metro quadrado onde tudo é estresse, onde não há descanso, onde não há lazer, onde não há paz; surpreende-me — isto, sim — a enorme tolerância que minha mãe foi capaz de cultivar em tão adverso ambiente.

Tudo, porém, tem limite. Filho drogado, por exemplo, é algo que minha mãe jamais se mostrou disposta a aturar. Nem de longe saborosas, nossas conversas a respeito de drogas seguiam sempre, e a rigor, uma mesmíssima receita: iniciavam ralas, logo após assistirmos a alguma reportagem sobre o assunto na televisão; engrossavam aos poucos, conforme íamos discordando e interrompendo um ao outro; atingiam o ponto em que eu fazia uso de todas as minhas reservas de coragem para murmurar timidamente que maconha não chegava a ser um bicho de sete cabeças; e ficavam prontas quando minha mãe punha as mãos na cintura para dizer:

— Junior, Junior, Junior! Ai, ai, ai! Se tu for fumar essas porcarias, cuida pra eu nunca sentir o cheiro delas em ti. Porque se eu sentir, não tem Gre-Gre pra dizer Gregório: te faço sair desta casa pela janela.

Nunca a decepcionei. Isto é: sempre tomei todas as precauções para que ela não sentisse o cheiro de maconha em mim. Contudo, alto lá! Antes de correr a execrar-me, reflita o leitor que, conforme dito, tudo tem limite, e a isso não havia de compor exceção a obediência de um adolescente, muito menos seu apreço por oxigênio. Àquela altura, portanto, confesso que já encontrara — e transpusera — o limite de ambas as coisas, tendo me bastado, para tanto, uma explicação clandestina, sussurrada nos corredores da escola à hora do recreio: o efeito da maconha assemelhava-se ao do vinho, tirando a parte do enjoo e da ressaca.

Não vem ao caso minha descoberta de que, na verdade, era muito melhor. O que convém contar é que quanto mais passava o tempo, tanto maior tornava-se minha preguiça de empreender esforços para esconder de minha mãe o novo hábito. Então, uma tarde, farto de bater coxas para ocultar-me em matagais distantes, decidi fazer como todo mundo e, cercado de amigos, acendi a paz pertinho de casa, no fundo daquilo que, por alguma razão, chamavam de "praça". Ocorre, porém — e isto não há quem me tire da cabeça —, que a habilidade de pecar debaixo de um nariz sem que um olho repare é talento inadquirível, com o qual se precisa nascer. E posto que não tivera eu tamanha sorte, já aquela primeira ousadia expôs-me ao mais indesejado flagrante.

Contudo, não devo me queixar do acaso, uma vez que teve ao menos a gentileza de livrar-me do vexame em público. À distância, mas com os próprios olhos, minha mãe vira, sim, o filho a soltar fumaça tal qual chaminé; se aproximava, entretanto, o ônibus, e, em favor do embarque, ela guardou para depois a bronca e o que mais fosse cabível.

Que eu me lembrasse, as horas, os minutos e os segundos entre a ida de minha mãe ao trabalho e seu retorno ao lar nunca haviam transcorrido tão tensas. E tampouco podia eu recordar de qualquer ocasião anterior em que meu espírito tivesse apresentado tanta disposição aos afazeres domésticos. Lavei louça. Varri chão. Dobrei roupa. Não que nutrisse esperança de, com isso, escapar ao castigo; muito mais modesto, meu objetivo era abrandá-lo, ainda que minimamente: já me daria por satisfeitíssimo caso houvesse Gre-Gre para dizer Gregório.

Tão fã das alegorias chinesas como das alegorias atribuídas aos chineses, aprendi com uma delas que a sorte pode parecer azar e o azar pode parecer sorte. Foi exatamente o que aconteceu. Ao chegar em casa, minha mãe lançou-me de pronto um olhar grave, mas não punha fogo pelas ventas.

— Vem cá. Vamos conversar.

Eis que, para minha alegria imediata, tudo terminava em sermão. Desde o início, no entanto, perturbava-me o pressentimento de algum mal-entendido por trás da inesperada brandura. E não demorei a decifrá-lo por completo: minha mãe, entendi ao longo da repreenda, pensava que tinha me visto fumando cigarro, e não maconha.

Teve início, então, um de meus infernos particulares. Embora detestasse cigarro com todas as minhas forças, passei a comprá-los e a fumá-los na presença de minha mãe como forma de sustentar o mal-entendido que salvara minha pele. E seria cômico, se não fosse trágico, o fato de que, passado algum tempo, parei de fumar maconha sem qualquer dificuldade, mas vi meu vício pelo cigarro aumentar de tal maneira que hoje me parece impossível largá-lo. O desespero tornou-se meu companheiro para todas as horas: não há nada que eu faça sem ter vontade de fumar, nem há cigarro que eu fume sem ter vontade de chorar. Não há noite em que eu vá dormir sem prometer a mim mesmo que a bagana recém-espremida no cinzeiro terá sido a última, nem há manhã em que eu desperte sem precipitar-me a quebrar a promessa. E, às vezes, quando me dói o pulmão e me assalta o medo de enfisema, ou quando me dói a cabeça e me assalta o medo de AVC, não posso deixar de pensar que teria sido infinitamente melhor abrir o jogo com minha mãe, mesmo que isso tivesse me rendido a maior surra da história.

Antes não tivesse havido Gre-Gre para dizer Gregório.

Leite derramado

Bah, uma vez eu tava gostando duma mina que tinha grana, e daí caí na asneira de contar prum bruxo meu, nós no bonde, dando um rolê. Mas *na mesma hora* ele começou a gargalhar, com vontade. Foi imediato. Pareceu até que ele já tava com a gargalhada pronta na garganta, engatilhada, só esperando eu abrir o coração pra vomitar ela em cima de mim.

— Ah, não, Zé!
— Qualé, meu?
— Te liga só, irmão...

O palhaço não conseguia sequer falar. Tentava começar, mas logo se engasgava e já tava gargalhando de novo, com vontade. Fosse lá o que fosse que ele tinha pensado e que tava tentando me dizer, parecia muito engraçado. Eu, claro, não achei graça nenhuma. Pelo menos, não a princípio.

— Que arriada, hein, mano? Se eu soubesse que tu ia ficar nessa aí, nem te contava essa fita, nas que é.

— Não, sério, olha só, olha só, te liga aqui. Imagina tu levando ela pra conhecer o teu chão lá. Daí, aquela pá de cachorro tudo solto pela rua, andando de bandão, vinte, trinta cachorro. Imagina só o desespero da mina, Zé! E quando a cachorrada parece que vê bichinho no cara, então? Tá ligado? Quando eles já vêm cuidando o cara lá de longe, com o olhar venenoso, cheio de maldade, só esperando o cara chegar mais perto pra abrir o bocão a latir: imagina se rola essa cena, tu chegando com a mina! Não, e o pior é que daí é só um deles começar e o resto vai tudinho na onda, já viu? Tudinho louco de fome, querendo comer o cara vivo, e tu "Passa!", "Passa!", e "Te some daqui!", "Te some daqui!", e não adianta bosta nenhuma. Não sei o que que acontece, os bicho do nada parece que fica tudo louco, como se tu fosse um lobisomem, e é cachorro saindo de baixo dos carro estacionado, é cachorro saindo dos beco, é cachorro saindo de tudo quanto é canto pra te infernizar, e tu apavorado, "Passa!", "Passa!", e "Vai te deitar!", "Vai te deitar!". Imagina, Zé, o desespero da mina! A mina com os olho deste tamanho, se pendurando no teu pescoço, "Ai, amor!", e tu sem saber o que fazer, num suador só, pisando forte no chão, se abaixando e ameaçando pegar pedra, fazendo um bolo, e os cachorro sem carinho contigo, latindo sem arrego, e os malandro no boteco tudo vá risada de ti, e a mina querendo largar fincada, e tu "Não corre, amor, que é pior!". Não, não, e isso aí é só a chegada, isso aí é só a chegada. Imagina depois, vocês dois enfurnados dentro do barraco, mil grau lá dentro, meia hora dando tapa no ventilador pra fazer funcionar, e quando o bagulho finalmente funciona, é ar quente pra todo lado, aquele bafo, parece até um secador de cabelo. A mina acostumada com tela plana, Smart TV, Full HD e o escambau, e aí tu liga aquela tua catorze polegada véia de guerra, que foi até da tua vó, aquela de tubão, da época que os botão era de girar, e na real já até sumiu a pecinha de plástico dos botão tudo e só dá pra trocar de canal e aumentar o volume com o alicate. A imagem toda chuviscada, cheia de fantasma; o som, uma chiadeira só; e tu jogando a antena pra lá, jogando a antena pra cá, tentando sintonizar no Faustão. Enquanto isso, o arzinho da tarde, em vez de te ajudar e ir lá pro outro lado, não, ele vem todinho pro lado da tua baia, trazendo o aroma do valão que passa lá atrás. Ah, mano, te liga! E daí a coitada da mina lavada de suor dentro daquele forno que é o teu barraco, nunca que a coitada da mina suou tanto na vida, e ela pede pra tomar um banho, quase chorando já. Bah, imagina o fiasco! Tu na janela, gritando pra tua tia pra ninguém ligar o chuveiro lá na casa dela porque a mina vai entrar no banho, e se ligar dois chuveiro ao mesmo tempo é brete, dá ruim, cai o disjuntor e desliga tudo, fica todo mundo sem luz, porque é um gato só pra todo mundo e o bagulho não aguenta dois chuveiro ligado ao mesmo tempo. Beleza, daí a mina tá lá, no banho, e chega alguém pra perguntar se tu tem um pouco de pó de café pra emprestar. Sempre tem um, é impressionante! Mentira, tá ligado? Nem quer pó de café coisa nenhuma, quer só fofocar, ficou sabendo que tu tava com a mina ali e quer dar um bico no naipe dela pra depois sair falando, e daí vem com essa de pó de café, na cara dura. E o pior é que o teu banheiro tá lá, escancarado, nem porta tem aquilo de lá, e daí é aquilo: "Entra, entra, tenho pó de café, sim, pode entrar, mas não olha pro banheiro que a fulaninha tá no banho". Imagina, Zé, que vergonha! Me diz, irmão, onde tu ia te socar de tanta vergonha? Não, e depois do banho da mina, como é que ia ser? Pra se secar, como é que ela ia fazer? A mina com a pele toda macia, pele de pêssego, trabalhada afu no creme hidratante, aquele Monange Flor de Lavanda, e as toalha da tua baia tudo parecendo lixa 40. Bah, que tragédia! A mina ia sair do banheiro todinha em carne viva, dos pé à cabeça. Daí, claro, chega, já era, acabou; ela ia querer ir embora, ia querer sumir dali o quanto antes, e tu ia querer mais era levar ela embora mesmo, porque não ia aguentar mais de tanta vergonha, mas imagina se, bem nessa hora, o bicho resolve pegar! Já pensou, Zé? Bah, vocês prontinho pra ir embora, tudo certinho, a mina já com a Louis Vuitton no ombro, dando beijinho no rosto da tua coroa, aquela coisa toda e, quando vê, os contra resolve dar um atentado na tua quebrada, e aí a bala começa a comer, tiro pra tudo que é lado, e é aquele "Ai, ai, ai", aquele "Ui, ui, ui", aquela correria, todo mundo se trancando dentro dos barraco, e a mina quase morrendo do coração, e tu tentando acalmar ela, dizendo pra ela ir pro banheiro, que é a única peça da baia que é de tijolo e é mais seguro ficar lá. Não, não, não! Sem chance, irmão, sem chance! Vê se tem como dar certo um troço desse! Olha só: resumindo tudo, se a mina conseguisse voltar viva pra casa, a primeira coisa que ela ia fazer era ir na justiça pedir medida protetiva contra ti. Tá ligado esse bagulho, medida protetiva? Tipo, pra tu ficar sempre pelo menos a quinhentos metro de distância dela, e se tu chegar mais perto que isso, tu vai preso. E pronto: acabou o amor, bem ligeirinho.

Quando ele parou de falar, eu já tava com a barriga doendo de tanto que eu ria. E não era só eu que achava graça, porque esse meu bruxo é escandaloso, fala tudo gritando, e ninguém no fundo do bonde ficou sem ouvir a viagem dele, e agora tava todo mundo rindo e balançando a cabeça.

E depois dizem que não temos consciência de classe.

Passe livre

Uma vez, há coisa de mil anos, quando podíamos circular livremente por aí, testemunhei um acontecimento notável. Foi numa viagem de ônibus, onde suspeito ocorrerem todas as coisas dignas de nota. Meu destino, então, já não o recordo, mas embarquei no mesmo lugar de sempre: a parada número doze da Lomba do Pinheiro.

Basta dizer que era dia de passe livre. Levei metade da viagem para vencer os três passos entre a porta e a roleta e não pude deixar de me perguntar quem, afinal de contas, seria o Ulisses na fila do pão. Depois, avancei ainda o quanto pude para dentro da multidão compactada até já não saber mais quais joelhos e quais cotovelos me pertenciam.

Enfrentar o 398 em dia de passe livre talvez seja o melhor curso intensivo de dança que eu poderia recomendar. O sujeito embarca na doze e mais ou menos ali pela igreja São Jorge já deve estar expert em dançar "Stayin' alive", dos Bee Gees, porque, enquanto o ônibus galopa em direção ao Centro, a única forma de ir achando onde se segurar é justamente por meio de rigorosa obediência aos movimentos daquela coreografia, ora esticando o braço para cá, ora esticando o braço para lá, a perna sempre estendida no sentido oposto. De fato, observando o povo nesse balé, quase dá para escutar o refrão: *"Ah! Ah! Ah! Ah!/ Stayin' alive!/ Stayin' alive!"*.

Atraindo sobre si uma quantidade incalculável de inveja, vinda de todas as direções, dois malandros que estavam juntos no lugar certo e na hora certa foram agraciados com o milagre pelo qual todos ali orávamos: conseguiram, ao mesmo tempo, lugar para se sentarem, porque uma mãe e uma filha se levantaram *exatamente* diante deles. Sorriso de orelha a orelha, eis que estavam ambos livres da tortura coreográfica. Reparei melhor na dupla: bonés manchados, como os meus; dentes estragados, como os meus; barbas malfeitas, como a minha; camisetas de clube de futebol falsificadas, como as minhas; bermudas de tamanho impróprio, como as minhas; chinelos gastos, como o meu. O santo que concede assento no ônibus lotado é o único no qual ainda posso depositar um pouco de fé.

Colado na janela, um pequeno cartaz dizia, implacável: "Um fone na sua cabeça é um alívio para a cabeça dos outros". Mas, ignorando completamente o aviso e tampouco ligando para as caretas de desprezo que se desenhavam aqui e ali, os malandros não só ouviam funk a toda altura numa caixinha de som xexelenta como faziam coro ao cantor, impávidos. Pense o leitor o que quiser, mas eu, de minha parte, estou sempre disposto a perdoar inconveniências desse tipo, porque há poucas coisas no mundo capazes de me despertar tanta admiração quanto um espírito transgressor. Detesto regras. A maioria delas quer me ver morto.

E aconteceu que, a certa altura da viagem, decidiu embarcar naquele inferno uma senhorinha idosa, bastante frágil. Ela sabia muito bem do sufoco no qual estava se metendo. Não podia ser mais evidente que no interior daquele ônibus já não havia espaço sequer para pensar. Tanto que, ao longo do trajeto, o que não faltou foi quem desistisse do embarque tão logo o monstro de aço parava no ponto e abria as portas para oferecer a humilhação, a indignidade, o inaceitável, o absurdo. Se a senhoria decidiu embarcar, portanto, não tenho dúvida alguma de que foi porque não lhe restava alternativa.

A partir daí, o ônibus seguiu seu curso com um acréscimo considerável de desconforto. Pois ninguém que possuísse o mínimo de decência poderia ficar à vontade com aquela senhorinha bem ali, passando aquele perrengue todo, tentando achar onde se segurar, tentando achar uma posição menos desagradável, se esforçando para não voar longe a cada freada, a cada arrancada, a cada curva. O pior era que todos os bancos da parte frontal do coletivo já estavam ocupados por outros idosos, e não havia a menor chance de ela conseguir avançar por entre as pessoas, transpor a roleta e chegar ao outro lado, onde alguém talvez tivesse a bondade de lhe ceder o assento.

Como se tudo isso não bastasse, *o cobrador passou a destratá-la*.
Isso mesmo: *o cobrador passou a destratá-la*.
O cobrador passou a destratá-la.

E se o leitor não puder acreditar em tamanha estupidez, tudo bem: mesmo eu, assistindo à cena, não pude acreditar.

Quando o ônibus parava para mais gente subir, havia certa demora no embarque porque a senhorinha estava no meio do caminho, ocupando o único espaço disponível, dificultando a passagem das pessoas. Então, cada vez que isso acontecia, lá ia o cobrador:

— Poxa, a senhora não vê que tá atrapalhando?
— Minha senhora, eu já disse que a senhora tá atrapalhando!
— Assim não dá, minha senhora, assim não dá!
— Meu Deus, por que sobe no ônibus se vê que tá lotado?

Cada frase que saía da boca daquele homem me atingia em cheio. Cada uma delas era uma porrada violenta que eu recebia. Cada uma me fazia tremer por dentro.

Mas apanhei em absoluto silêncio. Não protestei. Não disse coisa alguma. E é com profunda vergonha que admito isso.

Quem nos salvou, claro, foram os funkeiros. Um deles se cansou daquilo e disse, indignado:

— Ô cobrador, vai na manha aí com a vó.

Ao que o cobrador respondeu:

— Ah, tá! Vai querer me ensinar a fazer o meu trabalho?

O outro funkeiro, então, muito mais explosivo do que o primeiro, tratou logo de encerrar a discussão da seguinte maneira:

— Fala mais alguma coisa aí pra vó, então, filho duma puta! Mas fala só mais uma coisinha! Fala, pra tu ver só se eu não vou aí enfiar a tua cara pra dentro a soco, arriado do caralho, pau no cu sem-vergonha!

E esticou o pescoço para lá e para cá tentando contato visual com o cobrador, caçando qualquer motivo para se levantar e ir às vias de fato. Motivo que o cobrador teve o cuidado de não conceder. Sem nem mesmo ousar estalar a língua em resposta, deixou-se cair em completo silêncio, e assim seguiu pelo resto da viagem, sem dizer uma única palavra sequer.

Às vezes, fico me perguntando em que momento da vida me deixei contaminar pela inércia moral que percebi em mim mesmo naquele dia. Porque não tive medo de mandar o cobrador calar a boca, entrar numa discussão cada vez mais inflamada, chegar às vias de fato e terminar apanhando dele. Não, não foi esse o meu medo. O meu medo foi ainda pior, ainda mais vergonhoso. Tive medo de parecer grosseiro aos olhos dos outros. Tive medo da participação no escândalo. Tive medo de "baixar o nível". Tive medo de atentar contra esse conceito burguês de "elegância". Tive, naquela oportunidade, o mesmo medo que agora parece paralisar a todos enquanto um canalha destrói o país. E o pior é que, infelizmente, não há funkeiros no jogo político.

São tempos de passe livre para o fascismo.

Amsterdam

Tem coisa na vida que a gente só dá conta de entender depois que gira uma chavezinha dentro da gente, como diz a Dalva. Mas também tem coisa que a gente parece que já nasce sabendo. Claro, pode não ser uma consciência plena, mas se manifesta dentro da gente, de algum jeito. Pode ser que a gente não consiga nomear, mas já era um incômodo antes mesmo de ganhar nome.

Lembro da minha infância. Final dos anos 1980, início dos anos 1990. A casa da minha avó materna era uma das poucas da rua feitas de alvenaria: imensa bondade do patrãozinho dela. Ele tinha pedido, ainda antes de eu nascer, que a minha avó dissesse como queria a sua casa, porque ele mandaria construí-la tal qual o seu desejo. E assim se fez: um quarto, uma cozinha e um banheiro, tudo feito de alvenaria.

Fico pensando nesse tipo de configuração residencial. A coisa mais comum em casa de pobre é não existir uma sala, ou a sala ser ao mesmo tempo cozinha. É como se não precisássemos de um espaço projetado unicamente para podermos apenas estar, sentar, pensar, fazer nada. A própria estrutura da nossa casa sugere o que podemos e o que não podemos fazer. Há o quarto, claro, pois temos o direito de dormir, e imagino que só temos esse direito porque não podemos evitar dormir; há o banheiro, claro, pois temos o direito de cagar e mijar, e imagino que só temos esse direito porque não podemos evitar cagar e mijar; e há a cozinha, claro, pois temos o direito de trabalhar no preparo da nossa própria comida, e imagino que só temos esse direito porque não podemos evitar comer. Mas o ócio, a reflexão, o estar à toa, tudo isso parece não nos caber. Uma sala é um cômodo perfeitamente dispensável em nossa casa.

E a casa da minha avó, fruto da imensa bondade do patrãozinho dela, possuía ainda uma outra particularidade: o banheiro havia sido construído em anexo, do lado de fora, de modo que era preciso passar pela rua para ir até ele. Claro, porque tudo bem cagar e mijar, mas ter um banheiro dentro de casa já seria uma comodidade exagerada.

Lembro que esse banheiro da casa da minha avó era o único para todos os que moravam no pátio. Quatro famílias, cerca de dezesseis pessoas, todas compartilhando aquele mesmo banheiro. A essa altura da vida, eu nem sequer fazia ideia da existência de sabonete ou shampoo. O que usávamos no banho, tanto para lavar a cabeça como para lavar o resto do corpo, era uma barra de sabão grosso, desses que não se usa mais nem para lavar louça. Uma barra de sabão grosso. Uma só. A mesma. Para dezesseis pessoas. E isso nos dizia algo. Isso sempre nos disse algo. Baixinho, bem baixinho, mas sempre nos disse. Esfregar aquele sabão fedorento e seboso em nós mesmos sussurrava em nossos ouvidos uma história sobre injustiças.

Lembro que os mais velhos saíam à cata de babosa para cortar e aplicar a seiva viscosa no cabelo das crianças, à maneira de creme capilar. Lembro das noites em que havia arroz, mas não havia feijão. Lembro do lamaçal em que a rua se transformava quando chovia, intransitável mesmo para pedestres, porque não havia asfalto. Lembro do esgoto a céu aberto. Lembro das famílias indo buscar água em vertentes, formando fila no meio do mato, com baldes debaixo do braço, porque a água encanada desaparecia por muitos dias. Lembro dos primos mais velhos repassando as roupas aos mais novos, que depois repassavam aos ainda mais novos, que depois repassavam aos ainda mais novos.

    Lembro da minha adolescência, quase toda gasta assistindo televisão. Lembro da admiração que eu tinha pelas pessoas que apareciam nos programas. Eu pensava: "Nossa, esse cara está no *Programa do Jô*, então deve ser muito competente e talentoso". E eu sentia, então, um intenso desejo de um dia ser bom em alguma coisa; bom o bastante para ser entrevistado pelo Jô. Ia roendo pedra dura, sonhando com pão de ló, como diz o poeta.

    Aos poucos, percebi uma constante entre as pessoas que iam ao *Programa do Jô*. Sempre chegava algum momento da entrevista em que o Jô dizia: "Temos aqui umas imagens suas". E então aparecia, no telão, cenas do entrevistado, ainda criança, sendo filmado em alguma traquinagem. Eu tomava o maior susto! E pensava: "Meu Deus, a família dessa pessoa já tinha câmera filmadora naquele tempo! Como isso é possível? Já existia câmera filmadora naquele tempo? Na minha infância, não existiu sequer sabonete!".

    Aí, o entrevistado normalmente ficava encabulado e explicava: "Pois é, nesse dia estávamos passando as férias em Amsterdam". E eu me apavorava de vez: "Caraio, véio! Amsterdam! O malandro mal tinha saído das fraldas e já tava sendo filmado nas férias em Amsterdam! Eu, nessa idade, às vezes jantava só arroz!".

    Há uma espécie de versão difusa e anônima da consciência de classe que esbofeteia cada pobre deste país desde cedo. E mesmo sem nunca ler Marx, logo a gente imagina coisas interessantes, como, por exemplo, a possibilidade de não ser por talento ou competência que as pessoas acabam indo parar nos programas de televisão. Talvez, elas acabem indo parar lá por haverem tido a infância filmada em Amsterdam.

Em construção

Pensando bem, o Pinheiro, aqui onde eu moro, é um bairro tão longe de tudo que dificilmente alguém viria parar nestas bandas por engano. Não consigo sequer imaginar uma pessoa dizendo: "Xi, que coisa, acabei no Pinheiro". Não. Definitivamente, não. Quem vem ao Pinheiro, nunca está perdido.

De qualquer forma, como me preocupo com vocês e lhes tenho imenso apreço, caríssimos leitores, fica aqui o meu alerta. Caso suceda, um dia, de vocês virem parar no fim do mundo, assim, sem querer, e, então, se vejam perambulando pelas ruas da Mapa, ou pelas ruas do Portal, ou pelas ruas da Nova São Carlos, ou pelas ruas da Sapo, ou pelas ruas da Vilinha, ou pelas ruas da Viçosa, ou pelas ruas do Vale, ou pelas ruas da Serra, ou pelas ruas do Mangue, ou pelas ruas da Bonsucesso, enfim, caso isso aconteça, evitem, a todo custo, qualquer contato visual com os moradores. Do contrário, pode ser que eles acabem sorrindo e dando "bom-dia".

Eu sei, eu sei: coisa mais ultrapassada essa de sorrir e dar "bom-dia" aos outros, mesmo que sejam desconhecidos. Só que por aqui quase tudo é assim mesmo, um tanto ultrapassado. A modernidade até que demonstra algum interesse em vir se esparramar de vez por estas bandas, mas parece ter medo de alguma coisa; vem se achegando bem aos poucos, com excesso de cuidados, como quem entra no rio muito devagarinho, por receio de que a água esteja fria demais. Assim, ainda não deu tempo de o povo daqui perder antigos costumes, como esse do sorriso que se abre sem esforço e do "bom-dia" que se deseja, com sinceridade, a quem quer que seja.

Uma pesquisa certamente terminaria comprovando o que já é suspeita: em relação a outros cantos da cidade, esta região deve apresentar altíssima taxa de beijos e abraços por metro quadrado. Démodé, eu sei, mas é assim: as pessoas por aqui ainda conservam acentuada tendência ao carinho e à empatia. E deve ser essa, inclusive, a explicação para o fato de que, no Pinheiro, todos são "vizinhos". Sim, porque aqui todos são "vizinhos". O cara pode morar na Austrália e estar no Pinheiro só de passagem, pode nunca antes ter pisado no Pinheiro, pode nem mesmo falar o nosso idioma; nada disso importa; aqui, as pessoas o chamarão de "vizinho". Aqui, as pessoas o reconhecerão como um próximo. Aqui, as pessoas não estão muito acostumadas com símbolos de distinção e, portanto, desconhecem meios pelos quais decidir quem é digno e quem não é da sua simpatia, de modo que, na dúvida, acabam sendo simpáticas com todo mundo. Aqui, todos são "vizinhos".

Sim, sim, por aqui quase tudo é assim mesmo, um tanto ultrapassado. Outro dia, quando fui à casa do poeta e amigo Duan Kissonde, lá no Portal, passei por um bando de crianças brincando de pega-pega, correndo soltas e faceiras pela rua. Dá para acreditar? Isso quando não decidem tomar banho de chuva e fazer guerra de lama. Coisa mais século XX, não? Pois é, por aqui ainda se vê dessas coisas: em plena era digital, crianças que teimam em agitar o corpo no arcaico mundo dos átomos em vez de restringirem a sua existência ao mundo dos bits. Mas, bem, sejamos justos: elas não são as únicas a gozar de antiquada liberdade: há, também, os cachorros. Muitos e muitos cachorros. E não estou falando de cães abandonados; nada disso. Estou falando de cães que têm, à porta de algum barraco, um pote com água, um pote com comida e mãos que não negam afago; cães que possuem um lugar para onde voltar depois de passarem o dia abanando o rabo e latindo por aí, desbravando as redondezas; cães que desconhecem coleiras.

Claro, nós, do Pinheiro, já estamos bastante habituados a vestir brim e nos plantar no ponto de ônibus para aguardar o biarticulado movido a diesel com suspensão a ar e câmbio automático, mas até hoje acontece de aparecerem galinhas e cavalos vagando a esmo pelas nossas ruas, sem muito respeito pelos pátios alheios, para que não nos esqueçamos de que por aqui quase tudo é assim mesmo, um tanto ultrapassado. É verdade que já conseguimos nos livrar dos vaga-lumes e das cigarras, abundantes lá nos meus tempos de infância, mas ainda não estamos livres dos pássaros, que são muitos. Também, com toda essa quantidade de árvores que ainda existe por aqui! Só podia mesmo dar nisso: um montão de pássaros que passam o dia inteiro cantando e voando para lá e para cá, nos fazendo perceber toda essa beleza que, um dia, há de cair no poço do completo esquecimento, substituída pelo concreto e pelo aço de um Pinheiro moderno.

Outra consequência de todo o verde destas bandas é o bendito ar puro. Ar que, às vezes, acaba nos faltando. Isso mesmo: volta e meia ficamos sem ar por aqui, absolutamente deslumbrados com o céu, porque ainda não há edifícios altos e numerosos o bastante para nos impedir de reparar na imensidão e na profundidade da sua nudez azul. Apenas o céu. Simplesmente o céu. O céu sem adereço. O céu bruto. O céu que, de tão real, quase ofende. E, além das faltas de ar, há também as faltas de luz, que são, inclusive, mais frequentes e mais duradouras. Só que como por aqui quase tudo é assim mesmo, um tanto ultrapassado, até hoje sabemos como proceder quando o diabo fica sem combustível. Os adultos ainda lembram como é fácil e gostoso se reunir para contar histórias de antigamente no breu das noites sem energia elétrica; as crianças ainda lembram como se faz para imaginar empolgantes aventuras quando a televisão não está disponível para lhes narrar tudo.

Sim, sim, por aqui quase tudo é assim mesmo, um tanto ultrapassado, e a palavra ainda possui bastante valor para nós. Se o fulano disse que comparecerá à nossa festa de aniversário, então esperamos mesmo que compareça, de modo que ficaremos magoados com a sua ausência; se o sicrano disse que uma hora dessas jogaria sinuca conosco no boteco da esquina, então esperamos mesmo que isso aconteça, de modo que o relembraremos da sua promessa todo santo dia. E sem assinar qualquer papel ou apresentar qualquer documento, é com a palavra, e só com ela, que se consegue crédito no mercadinho, ou no bazar, ou no salão do cara que corta cabelo.

O cara que corta cabelo, inclusive, pode nos jogar os búzios, caso desejemos; pode, também, colocar a cerâmica da nossa casa, caso precisemos; e pode, ainda, pegar um cavaquinho e um microfone para nos mostrar o samba de verdade, caso o desconheçamos. É que ele sabe fazer muitas coisas na vida, e está sempre a aprender coisas novas, não por boniteza, mas por precisão, como diria Guimarães Rosa. Ele está em construção, assim como eu, que tento concluir o ensino médio aos trinta e dois anos, também estou em construção. Na verdade, todos por aqui estão em construção. Não só todos, como tudo. Por todo lado, o que mais se vê são casas de alvenaria erguidas até a metade, ou menos da metade. Mesmo paredes completas esperam reboco. Mesmo paredes rebocadas esperam pintura. Nada nunca está pronto. Ninguém nunca está pronto.

Mas, como por aqui quase tudo é assim mesmo, um tanto ultrapassado, ainda sabemos, ainda lembramos do respeito e do carinho com que se deve tratar as pessoas. Temos consciência da nossa humanidade, por mais que ela seja negada diariamente nos jornais. E, convivendo um pouco com as pessoas daqui, os desumanos de verdade certamente conseguiriam reestabelecer a paz no coração e promover o tão esperado reencontro consigo próprios. Afinal, como eu disse antes, quem vem ao Pinheiro, nunca está perdido.

Perseguição

Antes de mais nada, preciso explicar que tive essa infância meio dividida: parte no Pinheiro, parte na Cidade Baixa. Aconteceu que, em algum momento do turbilhão louco que é a vida, meu finado pai foi assumir o cargo de zelador do edifício Francisco Lambert, onde até então trabalhava como porteiro. Sei o endereço de cor até hoje: rua Lima e Silva, 130. Era o mesmo prédio onde morou o jogador de futebol Arílson durante o período que atuou pelo Grêmio, o que naturalmente não tem importância nenhuma.

O novo emprego exigia a presença constante do meu pai no edifício e, por isso, fomos nós quatro morar lá: ele, minha mãe, minha irmã e eu. Habitamos o número 135 do décimo terceiro andar, que era o apartamento reservado ao zelador e sua família. Só tinha esse apartamento naquele andar, além, é claro, do terraço, onde os moradores às vezes iam tomar chimarrão ou olhar o Guaíba.

Uma noite, já bem tarde, interfonaram lá pra casa. Este, inclusive, é um detalhe que meu pai percebeu tarde demais naquele emprego, não sei se com desgosto, mas acredito que sim: a moradia lá no prédio não era pra facilitar a vida dele, não era pra livrar ele de atravessar a cidade duas vezes todos os dias em ônibus precários lotados de outros trabalhadores, mas sim pra garantir que ele estivesse à disposição dos condôminos vinte e quatro horas por dia, quando precisassem de algo.

Qualquer coisa. Qualquer coisa mesmo. Lembro que meu pai tinha atribuições fixas, como recolher o lixo em todos os apartamentos, por exemplo, mas de vez em quando alguém tinha a cara de pau de interfonar pra pedir que ele fosse trocar um chuveiro ou fazer algo desse tipo em algum apartamento.

Interfonaram, então, tarde da noite. Meu pai costumava morder a língua no canto da boca quando zangado, e era sempre assim que ele atendia o interfone, especialmente as ligações muito fora do horário de trabalho formalizado no contrato.

— Alô!

Depois que alguém explicou a situação do outro lado da linha, meu pai pareceu ficar meio apressado, com ares de urgência:

— Tá bom, tá bom, eu vou ver isso agora!

Desligou o interfone, jogou o chambre por cima do pijama, abriu a porta do apartamento e saiu correndo. Na verdade, pra ser sincero, não vi nada disso. Absolutamente nada. Tô apenas imaginando que tenha sido mais ou menos assim. O que eu sei é que a minha mãe ficou preocupada. Algo ruim parecia ter acontecido, algo que fez o meu pai sair do apartamento daquele jeito, e era razoável imaginar alguma possibilidade de perigo. Assim, minha mãe também saiu porta afora chamando pelo meu pai, e minha irmã e eu fomos junto, nos calcanhares dela.

Aqui, minha memória começa a ficar mais confiável: lembro, sim, da gente saindo do apartamento, e lembro, também, que não foi difícil concluir mais ou menos o que tava acontecendo. A porta do terraço tinha sido deixada aberta, como se tivessem saído dali com pressa demais pra perder tempo fechando. Deduzi que alguém talvez tivesse interfonado pro meu pai pra avisar sobre algo ruim que estivesse acontecendo lá no terraço, e que o meu pai, ao sair do apartamento, deu de cara com os malfeitores saindo do terraço, se preparando pra ir embora; então, no susto, talvez eles tivessem fugido correndo, deixando pra trás a porta do terraço aberta e descendo o prédio pelas escadas.

Sem falarmos nada entre nós, tive a impressão que minha mãe e minha irmã tinham imaginado a mesma coisa que eu. E lá fomos nós três, descendo as escadas do prédio atrás do meu pai. A preocupação nos dava vontade de correr, mas o medo de esbarrar num delinquente perigoso nos dizia pra ir devagar. Chamávamos pelo meu pai com gritos sussurrados, se é que isso existe, porque queríamos que ele nos ouvisse, mas não queríamos acordar o prédio inteiro.

A vida muitas vezes imita a arte, e foi o que aconteceu nessa ocasião: como se estivéssemos em um filme de suspense, encontramos, lá pelo décimo ou nono andar do prédio, o chambre do meu pai sem o meu pai dentro. Só o chambre, atirado no corredor, e aquilo, por alguma razão, nos inspirou pavor.

Agora, desculpem cortar bruscamente o clima, se é que consegui construir algum clima até aqui. Simplesmente, não me lembro de nada do que aconteceu depois. Não me lembro se encontramos meu pai nos corredores do prédio, em algum andar, ou se voltamos pra casa e ele retornou em seguida. Só o que eu me lembro é da gente rindo e contando essa história pra todo mundo, dias depois. E contando a história completa, incluindo os pedaços que agora já não posso mais resgatar do esquecimento pra colocar aqui.

Mas, apesar do riso e do gosto com que contamos a história nos dias seguintes, tive pesadelos secretos nas noites que se seguiram. Digo "secretos" porque não contei sobre eles pra ninguém. E não contei porque percebi que todos já tinham espanado qualquer possibilidade de perigo daquele acontecimento; todos já tinham entendido que não existiu perigo real em momento algum; só eu que, talvez por ser muito novo, permaneci impressionado, tendo aqueles pesadelos; pesadelos que guardei pra mim, pra não passar por cagão.

Uma vez li em algum lugar alguém descrevendo certos instintos primitivos dos cachorros. Instintos esses que já não fazem tanto sentido quanto teriam feito lá nos primórdios da civilização, quando começamos a usar os cães na caça. Por exemplo, até hoje os cachorros latem pro carro que passa, como se fosse uma fera a ser perseguida e abocanhada e trazida ao dono pro jantar. Mas, quando o carro para, com toda a indiferença do mundo, eis que o cachorro não sabe muito bem o que fazer. Dá mais umas latidas constrangidas, como quem acaba de cometer uma gafe, e depois vai embora, latir pra outra coisa.

Hoje em dia, penso que o meu pai, naquela noite, tava apenas obedecendo a algum instinto de perseguição: uma vontade inexplicável de perseguir alguém, alguma coisa, por mais tolo que fosse o motivo, ou mesmo não havendo motivo nenhum. Penso que o que levou o meu pai a correr atrás daqueles adolescentes, filhos dos condôminos, não foi realmente o fato de eles estarem fumando maconha no terraço, conforme a denúncia feita pelo interfone; o que fez o meu pai correr atrás deles, imagino, foi esse instinto de perseguir, esse desejo de dedicar energia a alguma empreitada sem precisar de motivos.

Não sei se o meu pai chegou a alcançar os maconheiros. Espero que não. Porque, se alcançou, o coitado deve ter ficado constrangido ao se dar conta de que, afinal, nem tinha nada que ele pudesse fazer a respeito.

P.S.: A memória da minha mãe, que funciona melhor do que a minha, pôde resgatar um pedaço curioso dessa história. Segundo ela, enquanto descíamos o prédio à procura do meu pai, encontramos um apartamento com a porta escancarada, porém mergulhado na mais completa escuridão. Algo um tanto incomum, sem dúvida, e naturalmente imaginamos que o meu pai talvez tivesse se enfiado lá dentro enquanto perseguia os maconheiros. Minha mãe se aproximou da entrada e chamou por ele, mas quem apareceu, em pijamas, foi a mulher que ali morava. Ela se mostrou aborrecida por minha mãe supor a presença do meu pai no apartamento. "O que o seu Zé estaria fazendo aqui, dona Rita?" Ao que minha mãe respondeu dizendo que, enfim, era tarde da noite, a porta do apartamento estava aberta, as luzes estavam desligadas, isso era estranho e, como o meu pai tinha desaparecido... As explicações só deixaram a mulher ainda mais aborrecida. "Ainda assim, dona Rita, o que o seu Zé estaria fazendo aqui?"

Nego Pumba

Eu nem tava nas pilha de ir pros inferno naquela noite, nas que é. Tem vez que o cara tá só por ficar de galinha morta, e daí nada era catar esses farelo de felicidade na desgraceira sem fim que é a vida do cara. Só que é foda: os nego me arrastaro. Pra isso, os miserável bem que têm o dom. Larguemo de mulão, pesado nos kit, que era início de mês e tava todo o mundo com as mascada; nem me pergunta pra que lado que andava a lua. E eu ali, *mas no veneno*, só por azedar a caminhada, ciente da minha cara de cu, respondendo tudo com um estalo de língua e com um "ti fudê!". Nem pelo raio eu tava: quando os nego começaro a se coçar, me fiz de louco pra andar de ambulância. Mas dei um pé na boca com eles: melhor do que ficar fritando sozinho na parada. E daí, quem é que eu pecho de louco, virado num morto-vivo lá na escuridão da Serra? O Nego Pumba. Sereno, não era novidade, já tava todo o mundo comentando já que ele tava na pedra. Só que *ver* é outra coisa, titio. *Ver* é outra coisa. Ver e ainda por cima ter a lembrança que aquilo ali já tinha sido gente um dia, porra! Isso daí é foda demais, titio. Na hora, pensei mil fita. Lembrei dele me dizendo assim, um dia: "Viu só, mano? Quem aparece, joga, e quem joga, aparece". Ih!, mile ano! Foi numa vez que eu gastei afu, lá no campo da Viçosa, e os nego só faltava sentar no meu colo. E, nas que é, ele tava dando o papo certo mesmo, nunca mais eu esqueci daquilo que ele falou. Porque eu me liguei que, antes, eu me mocozava mesmo; demorei uma cara a correr com os malandro mais velho, e daí até ia, mas ia com medinho. Só que naquele dia, sei lá, eu tava com os corno virado, tava de mal com o mundo, e quem é que não sabe que o coração é pequeno demais pro ódio e pro medo ficar os dois ali, junto, dentro dele? Daí me apresentei o jogo todo e pá, e como eu sou uma bala, acabou que eu comi todo o mundo com farofinha, titio, e os nego tudo viraro em bolita comigo. Porra, pro Nego Pumba, que é o Nego Pumba, falar aquilo que ele falou, só por aí tu já tira uma febre. Outro bagulho que me veio no melão na hora que eu vi ele ali atirado, foi que uma vez ele invadiu a baia e me chamou pra rua, que queria me mostrar um bagulho. Achei estranho, ele tava eufórico e pá, mas, sereno, dei um pé lá com ele lá. Mó cena: o pau no cu tava com uma pá de carteira de crivo que tinha metido lá no mercadinho da Doze. Agora, eu fico até viajando: parece que tem um louco que diz que beleza é aquela fita que não dá pra olhar sozinho, e que o cara precisa convidar alguém pra ajudar a olhar. Porra! Eu nunca tinha delirado nessas ideia, mas agora, pensando bem, se pá o Nego Pumba me chamou naquela vez foi pra ajudar ele a olhar o que ele mesmo tinha feito, no mó orgulho da beleza daquilo. Afinal, quem que garantia que eu não ia ser boca grande? Por que que ele não guardou só pra ele só? Não era melhor? Orgulho, titio! Ele me chamou porque achou bonito o que fez; tão bonito que não deu conta de olhar sozinho e daí veio me chamar pra ajudar ele a olhar. E, nas que é, não tiro a razão dele: tinha sido bem-feito, trampo limpo, sem vestígio nenhum; aquela tropa de pau no cu do mercadinho tudo se batendo, sem saber que que era feito dos crivo, e o Nego Pumba a essa altura já a uma certa, com as carteira tudo, mostrando pro bruxo dele, que era eu, e nós vá risada. Que que nós tinha? Quinze, dezesseis? Caraio, titio, o tempo voa! Voa e não perdoa ninguém, dando bem a morta. Só que se pá dava pra ter ido mais na manhosa com o Nego Pumba. Santo, eu que não sou bobo, tô ligado que não tem nenhum, mas quem é que merece acabar que nem ele? Ô, na boa, não é querer pagar pau nem nada, mas o louco comia a bola, levava jeito com as mina, andava na estica, fazia rap pra Brown nenhum botar defeito, considerado às ganha na quebrada. E um palhaço passava vergonha perto daquele malandro: sempre tirando onda (até onda que não cabia tirar), sempre gargalhando, sempre fazendo gargalhar quem tava na volta. Agora, olha só o que que tinha sobrado do cara alegre e cheio de dente de anos atrás! Olha só o que que tinha sobrado do cara que me apresentou pro massa! Quando eu lembrei disso — que foi ele que me apresentou pro massa —, sem arreganho: me deu até um nó na garganta, me ardeu as narina, enchi os olho d'água; é claro que eu não ia abrir o berreiro ali, na frente dos nego, não ia pagar esse vale, mas ó, vou dar a morta: se tivesse jeito de eu me sumir dali pra ir ficar sozinho, num canto esquecido do mundão, já era, caiu a casa, perdeu o parceiro! Serinho, titio, não tenho vergonha nenhuma de falar; chorava mesmo; tem fita ruim demais de aturar, e eu penso até que a gente nem tem que aprender a aturar essas fita, porque aprender a aturar é aprender a fingir que não viu, a fingir que não aconteceu, a fingir que não doeu, quando que na verdade doeu sim, e não foi pouquinho. Tu tá é louco, meu titio! Como assim? O Nego Pumba é meu primo, e a coroa dele é minha tia e minha madrinha, e a minha coroa é tia dele e madrinha dele, e, ô, é sangue do meu sangue que tá ali atirado, e se não me dá vontade de chorar, eu tenho mais é que ir pro inferno logo duma vez, sem resenha. Quando o pau no cu me apresentou pro massa, foi num Natal, eu acho, ou num Ano-Novo, agora não tenho certeza. Nas que é, ele é que decidiu que ia ir fumar um antes de saltar pruma festa no morro, e eu fui atrás só de peru. Daí, bolado e aceso o baseado, a fumaça indo pras estrela, o Nego Pumba vá puxão e prensada, daqui a pouco ele me pergunta "Vai?", já me esticando o bagulho, e eu respondo "Lógico", já pegando o bagulho da mão dele. Não tinha outra resposta que eu podia dar. Agora, não tô ligado se mudou, não tô ligado como é que anda, mas, naquele tempo, malandro do tamanho que eu tava e que não torrava o massa era motivo de chacota. Daí dei de mão no bagulho, mas é aquilo: o cu que não entrava uma agulha, achando que podia acontecer de no dia seguinte eu já tá rateando já, vendendo as coisa de dentro da baia pra comprar um baseado. Dei só um tapa pra controle e já devolvi o bagulho pro Nego Pumba, bem ligeiro. Nas que é, eu *tentei devolver*, porque ele não aceitou o totó. "Ah, ti fudê, pau no cu! Tá até pegando! Fuma esse caraio!", disse ele. E daí eu fumei. E fumei às ganha. E não parei mais de fumar depois daquilo. E foi o massa, sem mentira nenhuma, que salvou a minha vida nos dia mais piçudo. E não teve baseado que eu acendi sem agradecer secretamente ao Nego Pumba por me apresentar pro bagulho. E daí agora ali tava ele, no farelo. E o que que eu podia fazer por ele, pelo meu primo, pelo sangue do meu sangue, pelo afilhado da minha coroa, pelo malandro que me apresentou pro massa, se nem das minha própria neurose eu andava conseguindo dar conta, nem torrando o massa, nem dando um raio, nem tomando um gelo, nem de jeito nenhum? Ele ficou felizão de me ver. Felizão! Jogou aquela cabeça cheia de cabelo lá pra trás, fechou os olho e gargalhou, abrindo bem a boca, que nem se quisesse abocanhar o céu inteiro com aquela gargalhada. "Ah, não, olha aí, meu, olha só! Tô fodido, agora! Chegou o meu bruxo, chegou o meu irmão!" Serinho, titio, o bicho ficou felizão afu! E tu pode até achar que eu tô viajando, mas pra mim aquela alegria toda era por causa de que as lembrança das nossas fita tudo pipocou na mente dele também, que nem na minha, e não pela oportunidade de me arrancar cincão pra derreter uma. Que ele ia me apertar, beleza, isso eu já tava ligado; e que eu, do meu lado, ia largar ele pifado, beleza, isso ele também já tava ligado; mas não, toda aquela alegria não era daí que vinha. Vinha era do lado ponta firme do Nego Pumba, eu vou te dizer pra ti. Aquela porra daquela gargalhada gostosa que ele deu foi é de alívio; não o alívio de quem sabe que vai se salvar algum dia, não esse alívio, mas o alívio de quem salva pelo menos o passado, de quem salva pelo menos aquilo que o tempo já levou faz tempo, de quem vê brilhar de novo pelo menos a porra do tesouro da memória; o alívio de quem percebe que não tá louco, pelo menos não totalmente, e daí tira do melão qualquer dúvida sobre o sabor bem bom que a vida bem que já teve lá atrás, naqueles momento raro, cada vez mais distante, cada vez mais difícil de lembrar, cada vez mais difícil de acreditar, mas que agora ele tinha certeza que havero mesmo, só por causa de botar os olho em mim e sentir tudo gritar dentro dele. Abracei o Nego Pumba com força. E acho que, naquela hora ali, sem arreganho: eu preferia tá lá no fundão do abismo com ele do que nós tá assim, ele lá e eu cá. Depois do abraço, ele me olha e me diz: "Porra, vagabundo, e esse cavanha? Tu tá a cara do teu pai!". E gargalha de novo, ainda mais aliviado. Pra mim, foi demais. Não deu. Acelerei o processo. Disse que tinha que saltar fora. Dei cincão na mão dele, nem esperei ele pedir. E disse pros nego que tava comigo que já era já, que eu não ia pros inferno porra nenhuma, que eu tinha uma fita de mil grau pra resolver que eu tinha esquecido, e daí saltei de cena, larguei fincado. Mas eu não fui pra baia não, meu titio. Eu fui é ficar sozinho, num canto esquecido do mundão.

Excesso de exceções

Nem bem o sol terminava de desabar lá para os lados da Vila Nova, a gente se reunia. Nunca menos que uma dúzia de moleques. Tínhamos pouco tempo até as mães começarem a chamar um por um, então precisávamos aproveitar ao máximo. Nenhum de nós chamava aquilo de "pique-esconde", muito menos de "esconde-esconde". Seria motivo de chacota. Para a gente, era "brincar de se esconder".

Mas aconteceu, uma noite, o impensável. Tirávamos na sorte qual de nós começaria procurando os outros quando um carro acelerou bruscamente em nossa direção e freou logo em seguida, de maneira espetacular, os pneus arrancando uma nota aguda do asfalto, o farol alto cegando todo mundo. Homens nervosos desembarcaram sem perder tempo, fechando as portas, e despejaram sobre nós o terror:

— Mão na cabeça!
— Vai todo mundo pro muro!
— Agora! Já! Todo mundo de costas!
— Todo mundo quieto! Não quero ouvir nem um pio!

Repare o leitor que não era apenas uma brincadeira a ser interrompida. Interrompia-se, naquele momento, algo mais fundamental dentro de cada um de nós; algo que nem mesmo sei nomear. Quebrava-se um encanto. Mais um encanto. Um dos poucos encantos que àquela altura ainda nos restava. O mundo nos apresentava um perigo inédito, muito maior do que a mãe zangada empunhando o chinelo. Eu não fazia a menor ideia do que estava acontecendo, claro, mas a ignorância não me livrou do pânico absoluto. Pensei que aqueles homens nos fariam o pior de todos os males. Pensei que estavam nos confundindo com alguém que tivesse feito algo errado, muito errado. Apontavam-nos armas. Gritavam sem parar. Faziam perguntas que eu não sabia exatamente como deveria responder. Mexiam nos nossos bolsos.

Uma tia minha apareceu e fez um escândalo. E até hoje, quando penso nela, sou incapaz de dissociá-la de uma certa aura heroica. Foi um alívio sem tamanho vê-la surgir para nos livrar de uma possível surra, ou até mesmo de uma possível morte.

— Mas o que é isso? Que absurdo é esse? Vocês não têm mais o que fazer?

— A gente só tá fazendo o nosso trabalho, dona. É só o nosso trabalho.

Era só o trabalho deles. E continuou sendo só o trabalho deles através dos anos todos da minha vida, à medida que iam se desenrolando.

Numa outra oportunidade, já na adolescência, resolvi aceitar o convite para uma festa. Era à tarde, à luz do dia, no Julinho. A entrada custava cinco reais, coisa que infelizmente descobri apenas quando cheguei lá, sem um único tostão furado nos bolsos. Resolvi me sentar em um banco próximo ao coreto, em frente aos portões do colégio, e torcer que chegasse para a festa algum conhecido que talvez pudesse pagar a minha entrada. Contudo, antes de isso acontecer, uma dupla de policiais me viu ali sentado e achou por bem me submeter a um interrogatório.

— O que tu tá fazendo aí?

— Tô esperando os meus camaradas pra entrar na festa, seu.

— Hum… Onde tu mora?

— Moro no Pinheiro, seu.

— Hum...

Mandaram eu me levantar e me revistaram.

— Rapaz, tu pode não ter nada agora, mas, olha, tu tem uma cara de quem fuma um baseadinho...

— Não uso droga nenhuma, seu.

— Nada, nada? Nem um lolozinho de vez em quando?

— Nada, seu.

— Hum... Então vai, vaza daqui.

— Mas eu tô esperando pra entrar na festa...

— *Vaza!*

Nada mais caricato do que um policial abordando uma pessoa como eu. É tão caricato que, agora, colocando esta história no papel, me dou conta de que soa inverossímil.

Como também deve soar inverossímil este outro caso: ia eu embora para casa, depois de doze horas com a bunda sentada numa bosta de portaria, quando apareceu uma blazer da brigada. Apesar de gelar por dentro imediatamente, tentei aparentar indiferença; continuei subindo a rua enquanto a blazer descia. Nos cruzamos. *Deus do céu!* E a vontade de olhar para trás? Parecia que uma força de mil ímãs tentava virar a minha cabeça. Mas não se olha para trás nesses casos. Nunca. Eles deviam estar de olho em mim pelo retrovisor, e se eu olhasse para trás, era pedir para ser abordado.

De qualquer forma, não precisou pedir. Dez ou quinze passos após cruzar com a blazer, ouvi, às minhas costas, um som. Foi bem baixinho, mas ouvi. E não havia dúvida: era a porta da blazer sendo fechada depois de ter sido aberta para os policiais descerem. Os desgraçados tentaram não fazer barulho, para me pegar de surpresa. Mas eu ouvi. Ouvi e sabia que vinham na minha direção naquele exato momento, pé ante pé. Não aguentei: olhei para trás. E o que vi foi o cano de uma pistola a um palmo da minha cara.

A partir daí, o roteiro de sempre: "Mão na cabeça", "Vira de costas" etc. Tiraram a minha mochila, abriram, viraram de cabeça para baixo, chacoalharam e, assim, as minhas coisas todas foram parar no chão. A tampa do pote onde eu levava comida para o trabalho se soltou e desceu a lomba rolando. Pegaram a minha carteira de identidade e ligaram para a central. Descobriram que eu não tinha passagem. Me devolveram o documento. Foram embora. E o que sobrou depois disso foi eu recolhendo as minhas coisas do chão. Todo mundo assistindo de camarote das janelas dos apartamentos. Um espetáculo para os moradores da Bela Vista. Eu só queria desaparecer dali o quanto antes. Nem tive coragem de ir catar a tampa do pote.

O problema é que não foi só a tampa do pote que eu perdi. Perdi algo mais. Algo que me faz muita falta. Algo que rolou e rolou e rolou cada vez para mais longe nas dezenas de vezes em que fui humilhado pela polícia ao longo da vida. Algo que talvez não possa mais ser resgatado.

Paciência. Era só o trabalho deles.

C98 e D43

Aqui na Lomba do Pinheiro existe uma lenda conhecida como C98, ou Circular Pinheiro. Esse ônibus — que dá mil e uma voltas no bairro pra depois ir morrer de cansado lá no alto do Campus Vale —, nossa mãe!, o bicho passa quando bem entende. A coisa é tanta que as pessoas nunca sabem dizer com certeza se a linha ainda tá funcionando.

— Vem cá, e o C98, que nunca mais vi, hein? Será que ainda existe aquilo?

— Ué, e já existiu mesmo alguma vez? Ouvi falar desse troço aqui e ali, mas ver, ver, que é bom, nunca nem vi.

Pois o troço existe mesmo. E ano passado, quando comecei a estudar no Colégio de Aplicação, me dei conta de que o C98 era a linha que melhor me servia na ida do Pinheiro pro campus. Mas, ao longo do ano inteirinho, só consegui entrar no bendito duas vezes. Duas míseras vezes!

E parece que o descaso da empresa com a linha não é segredo nenhum. Na primeira vez que consegui pegar o C98, fui logo perguntando os horários pro cobrador. Daí, ele me disse o seguinte:

— Vixe! O horário deste aqui? Não me faz pergunta difícil!

Eu ri. Mas, na sequência, insisti, dizendo que precisava mesmo saber os horários. Ele estalou os beiços.

— Mas não tem horário, mano. Passa quando passa.

Esse é o ônibus que cumpre a nobre função de levar a comunidade da Lomba do Pinheiro ao campus da Universidade Federal do Rio Grande do Sul: passa quando passa.

E passa vazio. Nas duas vezes que eu peguei, só tinha três pessoas dentro do ônibus: eu, o cobrador e o motorista. Mais ninguém.

Claro que nem todos os ônibus que saem do Pinheiro são assim. Outras linhas têm horários bem definidos, cumpridos religiosamente, e já chegam na Bento Gonçalves cuspindo gente pelas janelas. Conheço bem essas linhas. Ô, se conheço! São as linhas que levam o pessoal da Lomba pra limpar chão e virar concreto em todos os cantos da cidade.

Outro ônibus que comecei a pegar com frequência ano passado foi o D43. Esse me servia quando tava pelo Centro e precisava ir pro campus. Mas o D43 é outro nível! Ar-condicionado, poltronas confortáveis, passa um a cada minuto — e, mesmo assim, nunca tá vazio!

Ora, mas é claro que nunca tá vazio! Como poderia estar? Porra, o ônibus tá indo pro Campus Vale, e vai passando nas regiões centrais da cidade, que é justamente onde moram as pessoas interessadas em ir pro Campus Vale: pessoas que pensam que passar fome é ir dormir sem jantar e que não saberiam dizer por qual lado se pega uma vassoura.

O papo dessa galerinha é bizarro. Uma vez, numa viagem, sentou do meu lado uma menina, e um cara ficou em pé do lado dela. Os dois tinham acabado de subir e vieram desenrolar uma conversa na minha volta.

— Lá, a única professora novinha sou eu. O resto dos professores é mais velho.

— Ah, isso é legal. Pode ter certeza que tu serve de inspiração pra garotada lá. Eles devem olhar pra ti e pensar: "Se ela, tão novinha, consegue ser alguém, então eu também posso ser alguém algum dia".

— Sim, sim. E eles são muito respeitosos, sabia?

— É?

— É. Claro, no início, eu fiquei com um pouco de medo... Dar aula na periferia, e tal... Aquela coisa. A gente fica meio com medo. Mas, depois, eu fui vendo que era bobagem minha. Claro, eu sei que eles são todos envolvidos com as coisas lá. Droga, essas coisas. Eles não me contam, mas eu sei. Se não vendem, pelo menos usam. Mas ninguém nunca me faltou com o respeito.

— Claro que não. Professores são os mais seguros nessas áreas. Porque é a gente que leva o conhecimento lá, pra eles.

Eu preferia mil vezes pegar o C98 e ouvir o cobrador falando com o motorista sobre futebol. Pelo menos, eles sabiam do que tavam falando.

O absurdo assado na brasa
e metido no palito

Fiquei delirando naquele rato fantasiado de cowboy. Chapelão, óculos escuro, bigodão bem branco, camisa de manga comprida quadriculada, calça de brim apertadinha, punheteira no ombro, na maior marra. Um xerife Woody versão terceira idade. Que que era aquilo? Tava à paisana, tava disfarçado ou o quê? Que viagem era aquela? Será que era vestido daquele jeito que ele corria atrás dos malandro nas boca? Ou será que aquele véio só tinha só um cargo administrativo em alguma delegacia da Civil? Podia ser... Se pá a dele era só ficar sentado atrás duma mesa lendo papelada o dia inteiro e, por falta de pessoal ou sei lá, botaro ele na função e ele teve que brotar na vila com aquela punheteira no ombro. Nesse caso, então, aquele devia de ser o jeito dele de se vestir ao natural. Mas não, não, não podia ser! Impossível! Eu me negava a acreditar que alguém ia se vestir daquele jeito longe da época das festa junina. Só se o cara fosse lá do Centro-Oeste.

Ele não era o único representante da lei que tava ali. Na real, a vila tava tomada de porco e de rato. Várias viatura estacionada, vários homem e várias mulher de arma em punho, uns de farda, outros sem farda, uns de colete, outros sem colete, uma pá de gente da lei. Só que, agora, tentando lembrar, só me vem mesmo no melão o xerife Woody versão terceira idade. Não consigo lembrar como é que era os outro.

Tem um bagulho que se pá eu devia ter avisado antes de começar a contar esta história. Não vai se perder, sangue bom: aqui, nós tamo no fim, tá ligado? Não é sempre que faz sentido desenrolar os acontecido do começo até o final. Tem vez que é melhor fazer o contrário, porque a única introdução possível daria mó spoiler. Então, tá aí: foi assim que tudo acabou: com a vila tomada de porco e de rato e um montão de malandro tudo preso. Um final feliz, dependendo do ponto de vista. E dependendo do grau do binóculo, também. Em todo caso, o fim foi esse.

Agora, avançando um pouco em direção ao princípio, eu posso contar que os porco e os rato tomaro conta da vila e prendero aqueles malandro tudo foi por causa que a bronca deles tinha passado dos limite. Era dois grupo rival que vinha se tirotiando fazia já vários e vários mês. Eles tava vá atentado uns contra os outros, tudo planejado direitinho, assim, de tramar a morte uns dos outros com toda a calma, em algum boteco, tomando cerveja, dando raio e jogando sinuca, pra depois ir lá e tentar mesmo botar a maldade na prática. Volta e meia, então, acontecia dessas, de três ou quatro tentando matar um na saída do baile, de quatro ou cinco tentando matar outro no futebol. Ou então, sem plano nem nada, eles trocava tiro quando se pechava por aí.

Mas nunca morria ninguém. Era impressionante. Tiroteio de compadre. Tiro e tiro e tiro uns nos outros, mil e um atentado, e nunca morria ninguém. Eu lembro até que o Dorme Sujo, debochando, levantou a possibilidade de ser tudo bala de festim.

— Pensa bem, mano — ele argumentou. — Não tem outra explicação. Caraio, como que pode os cara dar tanto tiro um no outro e nunca que morre ninguém esse tempo todo?

O Sardinha deu risada, mas discordou:

— Ué, o Barriga de Aluguel tomou um de raspão no braço, não tomou? Só aí já cai por terra a tua teoria, já.

— Ah, isso é o que ele diz! Vai ver, só lanhou o braço no maricá e vem pagar essa.

— Mais incrível de tudo foi quando dero aquele atentado na casa do Fandangos — lembrou o Saca-Rolhas. — Seis malandro, mano! Seis! Não era dois nem três. Era seis! Tudo de pistola, e o Fandangos avulso na baia, de samba-canção na cozinha, só com aquele 32 enferrujado do pai dele. Como que não conseguiro matar o Fandangos, véio? Como? E outra: aquele beco parece mais é uma porra dum canil; daí, uma pá de cachorro tudo latindo na volta dos malandro, anojando, anojando, anojando, e a bala pegando, aquela coisa toda e, no fim, nem os cachorro levaro tiro.

— Nas que é, se pá os cachorro também era de festim porque, pelo que eu me lembre, ninguém saiu mordido.

Desse dia do atentado contra o Fandangos, o que eu lembro mais claramente é da dona Vicentina passando mal no armazém, acabada, chorando, sofrendo de empatia aguda depois que o bicho pegou. Dei um pé lá pra pegar uma granadinha e tavam empinando um copo de água com açúcar nos beiço dela. Pelo que eu entendi das explicação que ela soluçou depois, ela tava abalada porque tinha passado pelo Maiquinho, o piá do Fandangos, durante o tiroteio. Naquela época, o Maiquinho devia tá com, sei lá, nove ano, dez ano. E, segundo a dona Vicentina, durante o tiroteio, o guri, que tava voltando da aula e nem pôde ir pra casa, por causa dos tiro, ficou desesperado quando soube que era o pai dele que tavam tentando matar lá dentro do beco. Ele passou por ela correndo e chorando e ela perguntou aonde que ele ia e ele respondeu assim:

— Eu tenho que ir lá chamar os aliado do meu coroa, tia, porque os contra tão tentando ver a mão dele, será que a senhora não percebeu? Dá licença!

Ver um piá daquele tamanho naquela situação é demais pra muita gente. O mal-estar da dona Vicentina tinha sua razão de ser. Depois da água com açúcar e das explicação, ela ficou balançando o melão e repetindo:

— Que inferno isto daqui! Que inferno isto daqui! Que inferno isto daqui!

E é claro que, na mesma hora, a voz do maior poeta brasileiro de todos os tempos ecoou dentro da minha mente:

Um pedaço do inferno, aqui é onde eu estou
Até o IBGE passou aqui e nunca mais voltou

A tia do armazém fez um carinho no ombro da dona Vicentina e disse:

— A senhora fica tranquila, viu, que Deus não dorme, não. Deus tá vendo tudo isso, e logo, logo vai enviar Seu Filho, pra que seja feita a Sua justiça. E daí tudo vai ficar bem.

Hoje, eu fico pensando se, ao dizer aquilo, a tia do armazém por acaso podia imaginar que, no futuro, pra fazer valer Sua justiça, Deus, em vez de enviar Seu Filho, enviaria um xerife Woody versão terceira idade. Seja do jeito que for, se ela, naquele momento, não podia imaginar o futuro, eu, agora, posso muito bem prever o passado. Porque eu lembro muito bem como aquela guerra toda tinha começado. Fui testemunha ocular do primeiro pega pra capar. Eu e um bruxo meu, um mano da melhor qualidade, que, diga-se de passagem, hoje já virou estatística e deixa uma saudade sem tamanho no coração duma pá de gente.

Nós tava entocado, jogando um game e comendo batata frita, quando ouvimo uma gritaria lá fora. Só podia ser bolo, claro, mas a gente correu pra ver de perto, porque a gente não tinha como adivinhar que ia acabar em tiro como acabou. Quando a gente chegou lá, o que a gente viu a princípio foi só seis ou sete cara espancando um coitado, na escuridão, na ponta do beco, embaixo do poste que a lâmpada nunca funcionou. E eles ia deixar o malandro vivo. Tanto que, depois de afofar ele bastante, dissero:

— Vai pra baia agora, pau no cu!

Mas esse malandro, que morava no fundão daquele beco, preferiu não ir pra casa. Saiu mancando pra outro lado e disse:

— Não, não, tá sereno, tá sereno, eu não vou pra baia, não, vou dar outro rolê.

O intento dele tava mais do que na cara: ia chamar os parceiro pra se vingar da surra que tinha acabado de levar. Só que, daí, um dos malandro que quebrou os corno dele puxou um oitão da cintura.

— Ah, é? Tu não vai pra baia?

Ele tentou reformular a estratégia:

— Tá bom, tá bom, eu vou pra baia, eu vou pra baia, eu vou pra baia!

Mas já era tarde.

Na escuridão dos baile, tem aquele efeito massa dos flash, não tem? Tá tudo escuro e daí uma luz fica piscando. E cada vez que a luz pisca, a gente vê as pessoa congelada numa posição, daí a luz apaga e as pessoa some no escuro, e daí a luz pisca de novo e a gente vê as pessoa congelada noutra posição, e assim vai indo, não é? Naquele dia, foi igual. O cara do oitão correu pra cima do malandro que tinha acabado de apanhar e sentou-lhe o dedo a queima-roupa. Sem mentira nenhuma: descarregou o oitão no infeliz a um metro de distância. E a cada sapeco, era um flash. E a cada flash, era um "ai!". E a cada "ai!", brilhava a figura congelada do maluco, cada vez numa posição diferente, todo retorcido de dor. Foi igualzinho acontece no baile: aparecia, desaparecia, aparecia, desaparecia, a cada tiro que tomava.

Mas ele não morreu, não. Tiro não é igual no cinema, que a pessoa toma um no peito e voa longe e cai dura. Não é assim. O cara ficou andando pra cima e pra baixo um tempão, todo furado, pedindo ajuda pras pessoa que aparecero nos portão dos pátio pra fofocar:

— Ô, na boa, alguém que tem carro, me leva pro hospital! Ô, na boa, se não, eu vou morrer! Ou então me chama uma ambulância aí, pelo amor de Deus!

E ele não só pedia ajuda, como também comentava o ocorrido, tentando angariar apoio:

— Ceis viro? Pra que isso? Eu disse que ia pra baia, ceis viro? Então, pra que isso?

E aí está: como eu disse antes, esse foi o primeiro pega pra capar da história toda. Foi depois dessa noite que se formou os dois grupo rival que ia passar vários mês a fio aterrorizando a vila com troca de tiro em tudo que é canto, a qualquer hora do dia ou da noite, quando menos se esperava, e que mais além ainda ia acabar tudinho preso pelo xerife Woody versão terceira idade e mais uma pá de porco e de rato. Dois grupo rival mesmo, inimigo à vera: dum lado, os amigo e os parente do cara baleado nesse primeiro pega pra capar; do outro, os amigo e os parente do cara que baleou.

E hoje, quando eu paro pra pensar nessa história, mal consigo acreditar que tudo tenha começado por causa dum motivo tão absurdamente imbecil e bizarro. Mal consigo acreditar que a razão de espancarem e balearem aquele cara, naquele primeiro pega pra capar, tenha sido uma mera suspeita. E mal consigo acreditar, muito menos, que essa suspeita era a de que ele estaria dando sumiço nos gato e nos cachorro da vila pra fazer os churrasquinho que vendia lá no Centro.

"Sweet Child O' Mine": Primeira parte

Achei estranho quando a minha irmã veio me contar sobre a oficina de música que passaria a ser ministrada no falecido Centro Cultural da Lomba do Pinheiro. Diferentemente de hoje em dia, naquela época ela não tinha o hábito de me participar de coisa nenhuma, muito menos de trazer tantos detalhes a uma conversa. "Blá-blá-blá, porque o Lula é presidente, blá-blá-blá, porque o PT tá na prefeitura também, blá-blá-blá, porque a descentralização da cultura, blá-blá-blá, porque uma oficina de música aqui no nosso bairro, blá-blá-blá, porque imagina que legal."

Respondi de acordo com as capacidades do tipo de adolescente que eu era:

— E eu com isso?

— É que eu quero fazer essa oficina, mas não queria ir sozinha — ela desembuchou afinal. — Tu vai comigo?

Com severos problemas de autoestima na bagagem, suspeitando que não havia muito o que fazer neste mundo além de empurrar a existência com a barriga, eu me encontrava, então, em progressiva antissocialidade. Esse processo, inclusive, culminaria em cerca de dois anos de reclusão absoluta (e, acredite se quiser, voluntária) dentro da minha própria casa, dali a algum tempo. Já à época do convite, porém, eu tinha desenvolvido fobia aguda a ambientes com mais de três ou quatro pessoas, e me considerava incapaz de interagir com desconhecidos; verdade seja dita, mesmo manter os laços e o convívio com os amigos de sempre e com os parentes já era uma dura batalha, que eu vinha travando secretamente todo santo dia desde sabe-se lá quando. Não seria fácil para a minha irmã, portanto, convencer-me a fazer a oficina com ela. Na verdade, seria impossível. Não havia nada que ela pudesse dizer que me convencesse a acompanhá-la. Nada.

Agora tomemos impulso e saltemos para a noite de terça-feira da semana seguinte, quando começou a bendita oficina. Lá estava eu com a minha irmã, evidentemente. Contrariado — faço questão de registrar —, mas lá estava eu com ela. Com ela e mais meia dúzia de gatos pingados, cada qual vindo de uma região do bairro continental que é a Lomba do Pinheiro. O professor não parecia muito preocupado em causar uma boa primeira impressão, de modo que se atrasou bastante. Quando chegou, já estávamos cansados de aguardá-lo naquele terreno enorme e mal-iluminado do centro cultural, cujo capim erguia-se atrevido quase até a altura da cintura. Nunca vou me esquecer: sob as estrelas, no bucho da noite escura, ele desceu do Ford Escort olhando ao redor com incredulidade e assombro, como se não fizesse a menor ideia de como tinha ido parar ali, como se tivesse sido teletransportado involuntariamente da sala de casa direto para aquele lugar.

— Olha, eu moro em Porto Alegre desde que eu nasci, e nunca tinha ouvido falar neste bairro, bicho — foi a primeira coisa que ele disse (e juro que falou mesmo "bicho"). — Morro do Pinheiro... Quem diria?

— É *Lomba* do Pinheiro — alguém corrigiu.

Chamava-se Fausto e tinha vindo do Bom Fim. Como agravante, gostava de bossa nova.

Àquela altura, eu já estava aprendendo a tocar cavaquinho nas rodas de samba do Julinho. Rodas de samba essas que os próprios alunos promoviam, à revelia da escola, e que, inclusive, competiam com os conteúdos ministrados pelos professores em sala de aula. Na verdade, a oportunidade de aprender a tocar cavaquinho era a única razão pela qual eu continuava frequentando aquele colégio: como um monte de gente levava seus instrumentos para as rodas de samba de lá, não era raro sobrarem cavaquinhos em desuso pela volta, e eu, que não tinha instrumento próprio, aproveitava e pegava um deles para praticar, mendigando dicas aqui e ali, me aconselhando com quem já tocava.

Era esse aprendiz de cavaquinista sem cavaquinho próprio que tinha sido arrastado para aquela oficina de música pela irmã. Era esse aprendiz de cavaquinista que tinha nutrido a esperança de que, pelo menos, fosse possível praticar com cavaquinho alheio naquela oficina, a exemplo do que acontecia no Julinho, já que era um projeto bancado com dinheiro público e, portanto, devia inclusive oferecer instrumentos emprestados para quem não tivesse, ainda que fossem para ser usados apenas durante os dois encontros semanais de três horas cada um. Era esse aprendiz que quebrava a cara. Era esse aprendiz que percebia que não haveria instrumentos emprestados, nem mesmo um chocalhinho. Era esse aprendiz que amargava a compreensão de que a oficina consistia única e exclusivamente na presença daquele professor despenteado vindo do Bom Fim com bossa nova na ponta da língua e violão debaixo do braço.

"Que bosta", eu pensei.

"Sweet Child O' Mine": Segunda parte

Contudo, ao contrário do que eu esperava, a oficina de música se revelou um espaço de aprendizado bastante rico. Foram necessários apenas quatro ou cinco encontros para que eu perdesse o medo de passar três horas na presença dos poucos desconhecidos que integravam a turma junto comigo e com a minha irmã; depois disso, digo com orgulho, consegui até desenvolver o hábito de lhes dar boa-noite e trocar com eles pequenos comentários, tais como "Hoje tá bem frio" ou "Alguém podia capinar isto aqui". Outra coisa que contribuiu, e muito, para que eu pudesse desfrutar plenamente da oficina foi o fato de que a minha mãe, a duras penas, deu um jeito de me comprar um cavaquinho. O meu primeiro cavaquinho. Um Tonante pré-histórico com braço mais grosso que o do Arnold Schwarzenegger, verdade, mas era um cavaquinho. O *meu* cavaquinho!

A minha mãe é foda.

E foda também se mostrou o professor Fausto ao longo dos encontros. O cara me fez gostar de bossa nova! Tudo bem que no futuro, anos mais tarde, por uma série de questões que provavelmente não vêm ao caso aqui, eu voltaria a repudiar os corcovados da vida, mas o fato é que, naquele momento, o Fausto realizou um feito tão positivo quanto improvável: abriu-me para o novo, para o diferente, para os gêneros e estilos com os quais eu não estava acostumado.

O objetivo da oficina nunca foi segredo. A ideia era que os jovens selvagens da Lomba do Pinheiro tivessem algum contato com música que prestasse. É inevitável. Dado o estado das coisas, creio que toda descentralização de cultura sempre terá um pouco de evangelização. Mas também acredito que seja possível sair íntegro de um processo desses — ou quase.

Além das pequenas sequências de acordes que eu já tinha aprendido com o pessoal do Julinho, a oficina introduziu mais quatro ou cinco músicas igualmente simples no meu repertório, das quais "Trem das onze" era o único samba. Foi o Fausto quem me ensinou a tocá-las, claro. E quando eu não sabia como fazer um determinado acorde, ele pegava o cavaquinho da minha mão e me mostrava. Foram muitas ocasiões assim, e elas me causavam profundo estranhamento, já que o Fausto não sabia tocar cavaquinho. Aquele estranhamento, hoje sei, era o meu primeiro flerte com a teoria musical: eu desejava compreender como podia ser possível para alguém que não tocava cavaquinho montar qualquer acorde no instrumento, bastando, para isso, conhecer a afinação das cordas e, me parecia, fazer alguns cálculos matemáticos mentalmente.

Já em um dos primeiros encontros o Fausto tinha contado que passaríamos o ano todo ensaiando algumas músicas para tocá-las ao vivo, com plateia e tudo, no Teatro de Câmara Túlio Piva, junto com o povo das oficinas ministradas noutros cantos da cidade; além disso, a apresentação seria gravada em CD. Muitos olhos brilharam com a explicação, incluindo os olhos da minha irmã, que tinha nascido para os palcos e estava naquela oficina apenas cumprindo tabela, uma vez que já cantava maravilhosamente bem desde sempre. Eu, de minha parte, só o que consegui sentir foi pavor ao me imaginar empunhando um cavaquinho diante de um público. Contudo, logo em seguida já me acalmei e consegui respirar melhor, porque me dei conta de que eu não tinha obrigação nenhuma de comparecer à apresentação no final do ano. Eu frequentava a oficina para aprender, e aprenderia o quanto pudesse, mas já estava de bom tamanho para mim fazer meus shows entre as quatro paredes do meu quarto.

Assim determinado, passei meses atrapalhando os ensaios. Na época, não me dava conta, evidentemente, mas a avaliação que faço hoje é a seguinte: o pessoal queria estar afiado para a apresentação de final de ano e fazia questão de ensaiar várias e várias vezes as mesmas quatro ou cinco músicas, exaustivamente, durante as três horas inteiras dos encontros; eu, por outro lado, não iria à apresentação, não precisava dominar tão bem aquelas músicas e, portanto, não demorava a ficar de saco cheio com tantas repetições, o que me levava a direcionar o foco para além da prática. Eu queria mesmo era saber os porquês das coisas. Então, entre uma música e outra eu perguntava "Por que o dó com a sétima sempre aparece antes do fá?" ou "Por que o si menor com a sétima é idêntico ao ré maior?". Longe de se aborrecer, o Fausto, que não conseguia disfarçar a paixão por essas questões, me dava explicações longas e detalhadas. E assim foi até a noite em que ele mesmo estabeleceu: dali para a frente, a primeira hora inteirinha dos encontros seria exclusiva para estudarmos teoria musical! Dessa vez, acho que foram só os meus olhos que brilharam.

Aprendi muito ao longo daquele ano. Não foi um estudo completo, claro, mas serviu de base para que eu pudesse seguir estudando teoria musical por conta própria depois.

Quando, enfim, chegou o último ou penúltimo encontro, precisei lidar com o Fausto contrariando a minha decisão de um ano, tentando me convencer a mudar de ideia e comparecer na apresentação. Eu não iria de jeito nenhum, nem mesmo amarrado, e ele logo se deu conta disso. Antes de me deixar em paz, porém, fez questão de me levar para um canto e dizer:

— Tu leva jeito, bicho.

Eu ri. Mas ele insistiu:

— É sério, bicho. Não tô dizendo isso só pra tu ir na apresentação. Se não quiser ir, não precisa, tudo bem. Mas não desiste da música, porque tu leva jeito. É sério, bicho.

Fiquei emocionado com aquilo. Tive até vontade de chorar. Acho que aquela era a primeira vez na minha vida que alguém me dizia que eu levava jeito para alguma coisa.

"Sweet Child O' Mine": Terceira parte

Corro a esclarecer que o tom de suspense com que encerrei o texto na semana passada não foi proposital. Quando falei sobre a minha emoção ao ser elogiado pelo Fausto, bem, eu estava apenas falando sobre a minha emoção ao ser elogiado pelo Fausto; não era a minha intenção dar a entender que aquele sentimento talvez fosse o prenúncio de uma reviravolta. Não era. Assim sendo, peço mil perdões caso o leitor tenha passado sete dias nutrindo a esperança de, nesta terceira parte da crônica, ver-me arrebentando no Teatro de Câmara Túlio Piva ao lado dos meus colegas de oficina. Eu realmente não fui tocar na apresentação.

Pelo menos não naquela.

(Agora o tom de suspense é proposital.)

Mas, antes de prosseguir, quero refletir ligeiramente sobre a eterna presença do samba ao redor da minha existência.

Uma das memórias mais antigas que tenho de mim mesmo chorando, se não a mais antiga, é de uma noite em que me senti abandonado porque o meu pai e a minha mãe tinham ido ao Samba Sul: festival de samba e pagode promovido pela rádio Princesa de 1985 a 1996 que trazia atrações de todo o país e costumava lotar o Gigantinho. E uma das memórias mais antigas que tenho de outrem chorando, se não a mais antiga, também passa pelo Samba Sul: mangueirense fanática, minha vó tinha ido ao evento prestigiar a apresentação do Jamelão, com quem conseguiu até trocar breves e emocionadas palavras depois do show, no camarim; meses mais tarde, presenciei o seu choro ao abrir uma singela correspondência: era um cartão-postal do Rio de Janeiro autografado por ninguém mais, ninguém menos que o próprio Jamelão!

Depois dessa época, minha infância seguiu a desenrolar-se por entre os sambas que o meu pai punha para tocar no rádio e as histórias que a minha mãe contava de quando tinha sido rainha da Unidos de São Francisco no Carnaval de Pelotas. Ainda pequeno, assisti aos desfiles das escolas de samba de Porto Alegre na avenida Augusto de Carvalho; testemunhei toda a potência daquele espetáculo majoritariamente negro, frequentado majoritariamente por pessoas negras, protagonizado majoritariamente por pessoas negras; vi-o tornar o Centro da capital gaúcha menos triste, menos entojado, menos branco. Em seguida, já no princípio da adolescência, empolguei-me com um evento que, naquela época de samba fortalecido em Porto Alegre, não chegou a causar tanto espanto, mas que seria absolutamente impensável nos dias de hoje: Leci Brandão na quadra da Mocidade Independente da Lomba do Pinheiro! Acabei não indo ao show porque, na mesma noite, saía da rua Guaíba uma excursão para Cidreira, na qual eu e toda a minha família já tínhamos marcado presença. E adivinha só o que aconteceu lá em Cidreira? Isso mesmo: samba. O litoral gaúcho daquele tempo era um amontoado de gente fazendo pagode para tudo que é lado, dia e noite, noite e dia.

Tudo isso para dizer que não era à toa o meu fascínio pelas rodas de samba do Julinho, assim como não era sem razão todo o amor e toda a dedicação que eu dispensava ao aprendizado do cavaquinho, que intensificou-se e desenvolveu-se ao longo de todo aquele ano na oficina de música ministrada pelo Fausto. O que eu não podia imaginar (e acredito que naquele momento ninguém pudesse) era que desfrutávamos dos últimos momentos de uma época que deixaria saudade. Salvo engano, já no ano seguinte não haveria mais os desfiles das escolas de samba no Centro de Porto Alegre porque o racismo, e não outra coisa, os empurraria para as bordas da cidade, como já tinha sido feito no passado com a população negra da Ilhota. E, coincidência ou não, a partir daquele momento as rodas de samba, até então abundantes por toda a capital gaúcha, começariam a minguar até praticamente desaparecerem.

Mas, conforme dei a entender com o tom de suspense proposital do início deste texto, se por um lado não participei da apresentação no Túlio Piva em novembro, por outro tive a oportunidade de fazer a minha estreia em dezembro. Foi na entrada da Vilinha, debaixo da figueira, na frente da casa da vó do Gabuh, onde acontecia uma das tantas rodas de samba tradicionais da minha vizinhança, que logo, logo viriam a desaparecer. Na verdade, fui lá só para beber e ouvir o pessoal tocando, mas alguém me denunciou:

— Passa o cavaquinho pra ele, que ele sabe alguma coisa!

Eu tinha uma resposta na ponta da língua: "Sei porra nenhuma!". Mas pensei melhor e não demorei a concluir que aquele era o ensejo perfeito para tocar em público pela primeira vez na vida: estava todo mundo bêbado e, provavelmente, ninguém ia perceber ou dar importância se eu tocasse mal.

Não só peguei o cavaco, como toquei o samba mais difícil que eu tinha aprendido a tocar até aquele momento: "Doce refúgio". E a imagem daquele povo sorridente, que tocou comigo naquela minha primeira vez, que cantou comigo naquela minha primeira vez, que bateu na palma da mão comigo naquela minha primeira vez, a imagem daquele povo é eterna na minha memória e brilha com força sempre inédita no meu coração toda vez que pego um cavaquinho para tocar.

"Sweet Child O' Mine": Quarta parte

Depois daquele inesquecível fim de ano, veio, como era de se esperar, o início do ano seguinte, trazendo consigo tudo o que dá cheiro e cor a janeiro. A novidade, para mim, era uma sensação extra de anseio e esperança, uma espécie de acréscimo no afã de atravessar os dias, como se tivesse chegado aos gramados da minha vida, a título de promessa e com grande pompa, uma contratação importante, um craque indiscutível, um reforço de peso para a nova temporada. E tinha chegado mesmo: era a música. Desnecessário comentar, portanto, que, a contragosto do meu estado de espírito, o tempo fez questão de arrastar-se sem a menor pressa até o retorno dos encontros noturnos no falecido Centro Cultural da Lomba do Pinheiro.

Acontece que até mesmo os momentos esperados com maior força uma hora chegam, e não foi diferente com a volta da oficina. Eu e o meu cavaco pré-histórico, o Chico e o seu pandeiro desbeiçado, o Fausto e o seu violão elegante, o capinzal do Centro Cultural e o seu incansável coro de grilos: estávamos quase todos lá, reunidos novamente. *Quase* todos. *Quase*. Isso porque, na guerra entre o desfrute da cultura e o enfrentamento da vida real, havíamos tido algumas baixas, entre as quais a minha irmã, que tinha ido morar em Monte Negro para cursar a faculdade. Por outro lado, não eram poucos os rostos novos; a turma como um todo talvez estivesse até maior agora. E um dos novatos, inclusive, era um roqueiro irremediável chamado Maickel: o meu melhor amigo desde que eu me entendia por gente. Sem dizer a ele que na verdade o que eu precisava era de alguém que substituísse a minha irmã na tarefa de me fazer companhia e amenizar o meu medo do mundo, eu o tinha convencido a frequentar a oficina comigo.

Naquele ano, os encontros no Centro Cultural e as rodas de samba do Pinheiro não foram os únicos eventos musicais aos quais compareci; houve outros dois que possivelmente valia a pena mencionar aqui. Um par de shows. O que é curioso, já que idas a shows não são coisas lá muito frequentes na minha vida. Para falar a verdade, são coisas bastante raras: tirando as vezes que assisti aos desfiles das escolas de samba na avenida Augusto de Carvalho, que também não chegaram a ser tantas assim, acho que, ao longo dos meus trinta e três anos de existência, fui em apenas três shows de música, incluindo os dois sobre os quais vou falar agora.

O primeiro foi a memorável apresentação da TNT (Tá No Tom). Salvo engano, a formação da banda era: Jajá no vocal, Leprê no surdo, Keké no pandeiro, Vá no reco-reco e Ploc no cavaco. E creio que seja válido esclarecer que o referido Ploc era eu.

Sim, eu. Ploc era, e ainda é, o meu apelido na minha vila.

Formamos a TNT no início daquele mesmo ano, ensaiamos ao longo de uns poucos meses daquele mesmo ano, estreamos no palco em meados daquele mesmo ano e, logo em seguida, ainda naquele mesmo ano, decidimos encerrar a banda. Acho que o bom senso era uma virtude nossa: alguém já disse por aí que não é preciso beber um barril inteiro para saber se o seu conteúdo é vinho ou vinagre, ou algo assim. Pelo menos, tivemos a nossa primeira e última apresentação, que foi uma das tantas atrações de uma festa popular na mesma rua da Ocupação Pandorga, perto da Azenha.

Não sou capaz de recordar uma única música sequer do nosso repertório, mas testemunhei naquela noite um acontecimento peculiar que marcou a minha memória a ferro e fogo. Depois das apresentações, todas as bandinhas de pagode, incluindo a nossa, se reuniram e formaram uma enorme roda de samba. Ficamos tocando até tarde da noite e, como em toda roda de samba que se preze, também naquela nossa qualquer um podia se aproximar e pedir um instrumento emprestado para tocar uma ou duas músicas. O que ninguém esperava era que um pequeno projeto de gente, um piá de no máximo cinco anos de idade que morava ali pelas redondezas, se aproximasse e pedisse o tam-tam. A gargalhada foi geral. E não era sem motivo: o instrumento que ele pedia devia ser, literalmente, maior do que ele. No entanto, o povo morador daquela rua, que conhecia o menino, garantiu, em coro, que ele dava conta do recado. Então, em meio a risos e olhares céticos, deixaram-no sentar-se na roda e largaram o tam-tam no seu colo.

Seguiu-se uma cena tão impressionante que receio ser impossível, pelo menos para mim, reconstruí-la com a devida força por meio da palavra escrita. Aqui, portanto, conto com o máximo esforço de imaginação do leitor. Vamos lá. Um anão de jardim com um tam-tam maior do que ele no colo; um cavaquinista cretino que puxou "Na palma da mão", do Revelação, música em que a entrada do tam-tam, logo após o verso "O tam-tam vem tocando ligeiro", é difícil mesmo para um tocador barbado; a multidão na expectativa, torcendo para que o menino se saísse bem; por fim, a explosão de vozes em comemoração, como num gol de copa do mundo, e o mar de olhos espantados com aqueles bracinhos e mãozinhas minúsculos que não só fizeram corretamente a entrada do tam-tam como seguiram tirando som alto, ritmado e cheio de quebradas do instrumento ao longo de toda aquela música e das outras três que o cavaquinista cretino emendou em pot-pourri.

Naquela noite, a minha fé de que o talento inato não existe foi seriamente abalada.

O outro evento musical em que compareci naquele ano foi o lançamento do *Suíte Xangri-Lá*, álbum com músicas de Fausto Prado e letras de Caetano Silveira. Isso mesmo: Fausto Prado, o mesmo que ministrava a nossa oficina. Ele não só convidou toda a turma a comparecer no teatro Renascença, onde se deu o lançamento, como presenteou cada um de nós com uma cópia do *Suíte Xangri-Lá*.

O show no Renascença me causou uma espécie de choque de realidade. Bebida e petisco grátis para todos os presentes, teatro lotado, TVE filmando, músicos de altíssima qualidade, composições idem. Entendi, algo constrangido, que aquele cara despenteado que se despencava do Bom Fim para ministrar a oficina de música na Lomba do Pinheiro, o Fausto, não era um qualquer: era alguém que tinha conquistado o respeito e a atenção da cena musical porto-alegrense. Ao mesmo tempo, pude calcular, com precisão inédita, o tamanho do abismo que separava a minha laia da bolha artística de Porto Alegre. Como se fazia para protagonizar uma cena como aquela? De onde se tirava dinheiro para oferecer um coquetel? Com quem se devia falar para alugar o Renascença por uma noite? Como funcionavam essas coisas todas? Como se fazia para gravar um CD? De que jeito se mobilizava a TVE para que fosse cobrir um evento? Como se fazia para ser legitimado como artista em vez de ser considerado arteiro?

Essas e muitas outras questões ficaram girando dentro da minha cabeça não só durante o show, mas também depois, quando já caminhávamos pela escuridão da Ipiranga, empanturrados e bêbados, voltando para as profundezas da cidade.

"Sweet Child O' Mine": Quinta parte

Na semana passada, comentei que um dos novatos no segundo ano da oficina era o meu melhor amigo desde que eu me entendia por gente: o Maickel. Também comentei que o convenci a frequentar a oficina comigo porque precisava de alguém para amenizar o meu medo do mundo, como a minha irmã tinha feito no ano anterior. E comentei, ainda, que o Maickel era um roqueiro irremediável. Pois bem. O que eu não comentei, e nem poderia mesmo ter comentado já que se trata de algo que nunca consegui compreender direito, foi como ele conseguiu suportar um ano inteiro de uma oficina de música sem rock 'n' roll. Mas a sua paciência estava prestes a ser recompensada.

Conforme tinha acontecido no início daquele ano, também no início do ano que se seguiu tivemos baixas na guerra entre o desfrute da cultura e o enfrentamento da vida real. A terceira turma da oficina era grande, inclusive talvez fosse a maior até então, mas quase ninguém se conhecia porque boa parte dos veteranos tinha desaparecido. Para falar a verdade, acho que eu era o único ali que frequentava a oficina desde o primeiro ano, e o Maickel devia ser o único que a frequentava desde o segundo; todo o resto eram marinheiros de primeira viagem. Incluindo o professor. Sim, porque, lamentavelmente, o Fausto foi uma das nossas baixas.

Para a alegria do Maickel, havia uma penca de roqueiros entre os novos alunos, e o professor mesmo parecia não saber da existência de outros gêneros musicais além do rock 'n' roll. Em um dos encontros, quando perguntei se haveria alguma bossa nova ou (talvez, né?, quem sabe?, por que não?) algum samba no nosso repertório, ele propôs que ensaiássemos "Faz parte do meu show", do Cazuza, e "O mundo é um moinho", "também do Cazuza" (sic). Murchei. Poucas vezes na vida tive tanta convicção de que estava no lugar errado.

Deixei de frequentar a oficina, mas a minha preconceituosa alergia a rock 'n' roll daquela época não foi o único motivo. Em primeiro lugar, o grande barato, para mim, era a oportunidade de me familiarizar com a teoria, e como tinha feito bastante progresso nos dois anos anteriores, o que eu ainda tinha a aprender estava totalmente fora do escopo daquela oficina, cuja meta era oferecer alguma iniciação no mundo da música, mesmo para jovens que jamais tivessem tido qualquer contato com o fazer musical. Então, além de pensar comigo mesmo que talvez eu não conseguisse tirar mais nada daqueles encontros noturnos no falecido Centro Cultural da Lomba do Pinheiro, percebi que já me sentia preparado para continuar os estudos por conta própria depois de tudo o que já tinha aprendido com o Fausto. Em segundo lugar, estava me tornando cada vez mais antissocial, tinha cada vez maior dificuldade em interagir com as pessoas. O Maickel, por outro lado, parecia gozar de plena saúde emocional e fazia amizades com uma facilidade que me dava nos nervos. Do meu ponto de vista ligeiramente egoísta, se a porra do meu melhor amigo frequentava aquela maldita oficina a convite meu, não era para que ele próprio pudesse tirar algum proveito, e sim para que eu me sentisse melhor do que me sentiria se não houvesse à minha volta qualquer rosto familiar. Mas não demorou muito para que o Maickel e os outros roqueiros da turma fossem como irmãos e, a partir daí, a minha presença ao lado dele se tornou constrangedora. Eu não conhecia as músicas sobre as quais eles conversavam com entusiasmo, não achava menos do que absurda a forma como se vestiam, não compreendia as piadas das quais gargalhavam. Muitas vezes, tive a sensação de que gargalhavam era de mim. Nunca consegui que me chamassem pelo nome. Eu era o amigo do Maickel. O amigo tímido do Maickel. O amigo mudo do Maickel. O amigo estranho do Maickel. O amigo do Maickel que decidiu não aparecer mais na oficina.

Solidão.

É sempre difícil olhar para trás sem incorrer em anacronismos, mas tenho quase certeza de que, já naquele tempo, eu podia fazer uma avaliação bastante lúcida da minha situação; quase tão lúcida quanto a que sou capaz de fazer hoje. Embora sempre erguesse a cabeça com altivez, embora sempre exaltasse a importância dos meus estudos e das minhas leituras, embora sempre tentasse demonstrar desprezo pela vida que os jovenzinhos da minha idade levavam, embora sempre proferisse blasfêmias contra o mundo e contra os costumes quando me perguntavam a razão de eu não ir a parte alguma, de viver em absoluto isolamento dentro de casa, eu tinha, sim, consciência de que a minha crescente dificuldade em interagir com as pessoas não podia ser saudável. Eu sabia. Eu sempre soube. Mas não são raras as ocasiões em que um conhecimento se mostra inútil simplesmente por não sabermos o que fazer com ele. Essa informação permaneceu ali, no meu interior, me atormentando de vez em quando, me impedindo de ficar em paz por muito tempo, como um mosquito chato que atrapalha o sono na escuridão da noite. Na solidão do quarto, entre uma tentativa e outra de compor um partido-alto, entre uma tentativa e outra de tirar chorinhos de ouvido, quando eu menos esperava, vinha zumbir dentro da minha cabeça a pergunta que eu mesmo me fazia: "O que tu vai sentir quando tiver cinquenta anos e perceber que já não dá mais tempo de fazer tudo isso que hoje tu pode fazer e simplesmente não faz por causa de medos que talvez sejam bobos?".

Na calçada em frente à casa da minha vó, havia uma espécie de bueiro elevado cerca de meio metro acima do solo: uma fossa. Aquilo servia de banco, e era ali que eu me sentava depois de reunir toda a minha coragem e sair de casa para enfrentar a rua, nas minhas patéticas tentativas de voltar a conviver com as pessoas. Jamais conseguia mais do que isso: me sentava ali e, rezando para que ninguém viesse me dirigir a palavra, ficava observando a vida de todo mundo se desenvolver, com exceção da minha, que, me parecia, permanecia estagnada. Alguns viravam funkeiros, outros arranjavam uma namorada; alguns viravam pagodeiros, outros mudavam de cidade; alguns viravam regueiros, outros começavam a roubar carros. Fosse como fosse, estavam todos encontrando a sua turma. Eu não. Eu estava literalmente na fossa. E foi dali, da fossa, que vi, uma noite, o Maickel, que nos últimos meses andava sumido, aparecer na vila acompanhado dos roqueiros que tinha conhecido na oficina de música mais de dois anos antes. Parecia a chegada do circo à cidade: o estilo deles estava mais radical do que nunca. Entraram na casa do Maickel, demoraram-se lá por uns minutos, tornaram a sair e, por fim, foram embora pela mesma rua por onde tinham vindo.

Aquilo devia ser bom, eu fiquei pensando. Ter amigos. Pertencer a um grupo. Ter lugares aonde ir.

"Sweet Child O' Mine": Última parte

Receio haver a possibilidade de eu ter cometido uma injustiça na semana passada. Fiz questão de narrar como me senti excluído e menosprezado pelos roqueiros que o Maickel conheceu no terceiro ano da oficina de música ministrada no falecido Centro Cultural da Lomba do Pinheiro, mas não empreendi qualquer esforço para pôr o leitor a par de duas coisas que certamente teriam acrescentado profundidade ao caso. Tudo o que posso dizer, em autodefesa, é que tais coisas talvez não viessem ao caso naquele momento. Bom, agora, vêm. Eis aqui a primeira delas: se por um lado me parecia que aqueles roqueiros não tinham boa vontade comigo, por outro lado devo confessar que não me sentia lá muito melhor acolhido por outras tribos. Nem mesmo pelo pessoal do samba. Uma coisa que as pessoas tinham em comum naquele tempo, fossem roqueiras ou fossem pagodeiras, fossem funkeiras ou fossem regueiras, fossem o que fossem, era uma inexplicável tendência a me tratar mal. Às vezes, tinha a impressão de que um diabinho invisível ficava açulando todo e qualquer vivente contra mim até o momento em que a criatura, por fim persuadida, me olhava de um jeito diferente, assumindo ares de maldade misturada com deboche, quase como se pensasse "Bom, não tem nada melhor pra fazer, então vou cagar em cima deste aqui". Mas, enfim, esse tipo de coisa já não acontece há um bom tempo. Hoje em dia, as pessoas já não têm qualquer tendência a me tratar mal. E nem poderiam mesmo ter. Afinal, estou... curado, digamos assim. Parei com isso de ficar supondo que as pessoas têm tendência a me tratar mal. O que me leva à segunda coisa da qual quero pôr o leitor a par: talvez aqueles roqueiros realmente tenham me excluído e me menosprezado, talvez não. Quem pode saber? Não ouso considerar evidente a diferença entre os eventos que de fato ocorrem e os que eu meramente imagino. Tudo me parece possível — e não mais do que possível. É possível, inclusive, que neste momento eu seja um escritor, que neste momento eu escreva para uma revista digital chamada *Parêntese*, que neste momento eu esteja contando o final de uma certa história. Uma certa história que, sem mais delongas, prossegue — ou não — assim:

Um dia, talvez compadecido do meu isolamento crescente e do meu estado de espírito lamentável, o Maickel me convidou para ir ao show da banda que ele e os outros roqueiros tinham formado havia já alguns meses. A entrada era paga, mas, se eu quisesse, ele podia me conseguir uma cortesia.

— Caralho! Cês têm uma banda!

Desnecessário dizer que aceitei prontamente o convite. Imaginei que aquela talvez fosse a porta de entrada para todo um universo onde as pessoas me convidassem para fazer coisas, onde as pessoas fossem comigo a lugares, onde as pessoas gostassem da minha companhia. E as circunstâncias pareciam mesmo corroborar as minhas previsões: para pegar o ingresso, tive que acompanhar o Maickel até a Serra, onde morava a maioria dos integrantes da banda. Uma expedição que naquele tempo não oferecia qualquer perigo, convém esclarecer, pois a Serra ainda não tinha se tornado a eterna bomba-relógio que é hoje em dia, sempre prestes explodir num dos tiroteios frequentes que quadrilhas rivais promovem pelo controle do tráfico de drogas na região.

Quando chegamos lá, o Maickel me apresentou ao pessoal. Para a minha surpresa — e, por que não dizê-lo?, para o meu alívio também —, nunca tinha visto quase nenhum daqueles caras. Ao contrário do que eu tinha pensado, a banda não era composta pelos roqueiros da oficina de música, e sim por outros, pertencentes a uma enorme rede de amigos que, Deus sabe como, o Maickel havia construído nos últimos três anos enquanto eu perdia tempo sentado na fossa em frente à casa da minha vó vendo a vida passar. O único integrante que de fato eu já tinha visto no Centro Cultural era o Ju. Ele não tinha a mais vaga lembrança de mim; tanto é que, ao me cumprimentar, se apresentou; mas eu lembrava muito claramente dele porque, na época da oficina, ele passava boa parte dos encontros tentando, com muito mais paciência do que sucesso, executar no seu violão vagabundo o solo de uma música completamente desconhecida para mim, e aquela sua tenacidade, aquela sua devoção — maior até do que a minha própria devoção ao cavaquinho —, aquilo tinha me causado grande impressão. No caminho até ali, o Maickel tinha me explicado que a banda contava com dois guitarristas: um fazia a base e o outro solava. Imaginei que o Ju fosse este último. Quem por fim entregou a cortesia na minha mão foi um rapaz de olhos arregalados que deduzi ser o baterista porque todo o tempo ficava agitando os punhos cerrados no ar, munido de baquetas imaginárias.

Tomei um susto ao olhar o ingresso. A apresentação deles não seria em uma das casas de show semiclandestinas da Lomba do Pinheiro: eles se apresentariam num festival de bandas iniciantes que parecia ter alguma importância, realizado no Opinião.

Na noite da apresentação, desembarquei do ônibus na João Pessoa, em frente à Redenção, e já estava prestes a seguir o meu rumo Cidade Baixa adentro quando fui assaltado por uma pequena dúvida: como eu ia fazer para fumar a maconha que estava no meu bolso? O Opinião não era as casas de show semiclandestinas da Lomba do Pinheiro e dificilmente eu poderia fumar o meu baseado em paz lá dentro. Sair para fumar em alguma rua escura da Cidade Baixa também estava fora de cogitação: aquele já era um território naturalmente hostil a gente como eu, habitado por pessoas especializadas em me associar ao perigo, e enfiar um cigarro de maconha nos beiços não iria me ajudar muito. Refleti por mais alguns instantes e, finalmente, tomei uma decisão: antes de seguir para o bar, fui na direção oposta e adentrei o breu da Redenção.

Sempre me pareceu que a maconha tinha o poder de potencializar o meu estado de espírito, fosse qual fosse. Se eu estava bem, então ficava ainda melhor depois de fumar um baseado; mas se eu estava mal, a onda me jogava diretamente ao fundo do poço. E foi justamente isto que aconteceu naquela vez. Logo após fumar, já sentindo o efeito da droga nas ideias, imerso naquela escuridão deprimente, sentado naquele banco desconfortável, abraçado em mim mesmo naquele vento frio que não cessava nunca, sozinho às margens daquele lago onde famílias irritantemente alegres andavam de pedalinho durante o dia, fui esmagado pela nítida percepção de que eu não poderia ser mais fracassado. Um jovem já na antessala da vida adulta que precisava empreender toda uma guerra interior para conseguir realizar as interações sociais mais singelas e banais: poderia haver algo mais patético? Não tenho dúvida de que aqueles pensamentos teriam me destruído. Eu teria desistido do show e ido direto para casa, para a segurança das quatro paredes do meu quarto, para o aconchego dos quatro cobertores da minha cama. Quem me salvou de tudo isso, pasme o leitor, foi a polícia.

Quando percebi que um carro se aproximava mansamente, as rodas produzindo um leve ruído no atrito com o saibro da rua, olhei para o lado já experimentando um princípio de pavor, apesar de não conseguir enxergar mais do que um volume indistinto se movendo no breu. Um segundo depois, as luzes em cima da viatura foram ligadas. Não havia mais qualquer dúvida: eu estava fodido. Saltei do banco e saí correndo, o coração na ponta da língua, a adrenalina galopando nas veias. Às minhas costas, a sirene primeiro soou uma única vez, "uéu!", como se dissesse "para!", ao que eu obviamente reagi tentando correr mais rápido; em seguida, ela soou um par de vezes, "uéu-uéu!", como se dissesse "mandei parar!", ao que eu obviamente reagi tentando imprimir ainda mais velocidade; por fim, ela começou a soar ininterruptamente, como se dissesse "pega o ladrão!, pega o ladrão!, pega o ladrão!", ao que eu reagi rezando para todos os santos.

Por sorte, quando cheguei à João Pessoa, o fluxo de carros era pequeno, de modo que consegui atravessar imediatamente, o que o carro não podia fazer, e em questão de minutos eu já corria pelas ruas da Cidade Baixa, virando numa esquina e depois noutra e depois noutra, como um louco, passando tal qual uma flecha em frente aos bares lotados. Mas ainda não estava a salvo. Havia a comunicação por rádio. Àquela altura, o meu porte físico, as minhas roupas e a direção na qual eu corria já não deviam ser segredo para nenhum policial num raio de sabe-se lá quantos quilômetros; quando eu menos esperasse, uma outra viatura poderia surgir bem na minha frente, e estaria tudo acabado.

Só consegui começar a me acalmar um pouco depois de entregar o ingresso na entrada do Opinião e me enfiar lá para dentro, quando já estava tomando uma dose de sei lá o que era aquilo, sentindo o suor escorrer pela testa e a respiração voltar ao normal. E quanto mais eu me acalmava, pior eu ficava. A adrenalina tinha me tirado momentaneamente da crise existencial que eu tinha começado a atravessar no breu da Redenção, mas agora que o susto ia se dissipando, infelizmente eu era obrigado a me haver comigo mesmo, e dessa polícia não seria possível escapar.

Tive vontade de chorar.

Toda aquela gente ao meu redor, toda aquela folia, todos aqueles sorrisos, e eu ali, mais sozinho do que nunca, mais triste do que nunca. Com vontade de chorar, mas com vergonha do que iriam pensar se eu chorasse. Com vontade de ir embora para casa, mas com medo do que a polícia faria comigo se me pegasse. Era ou não era patética a minha situação? Eram ou não eram patéticos os meus esforços para resgatar a capacidade de interagir com as pessoas? Pensei em desistir naquele momento. Desistir de tudo. Deixar-me arrastar pela loucura sem oferecer resistência. Afinal, o que eu ganhava lutando tanto, me esforçando tanto? Depois de tudo, ali estava eu, derrotado, como sempre. Mas a ideia de desistir de tudo me inspirava pavor. Não podia desistir de tudo. Precisava continuar tentando! Precisava acreditar que um dia teria amigos e lugares aonde ir. Precisava continuar acreditando que um dia conseguiria voltar a ser uma pessoa normal. Precisava continuar acreditando que os meus esforços um dia seriam recompensados. Precisava de um sinal! Um sinal! Qualquer sinal que fosse! Um sinal de que tudo valeria a pena, de que nenhuma luta seria em vão!

E não é que o barbudo lá em cima pareceu me escutar?

Interrompendo as minhas súplicas mentais, um solo de guitarra de repente tomou conta de todo o ambiente. Um solo gostoso, mas não foi isso que me chamou a atenção a princípio. O que me seduziu por completo e de imediato foi a nítida impressão de já ter ouvido aquele solo antes. Que solo era aquele? Que música era aquela? Onde eu já tinha ouvido aquilo? Dei meia-volta e fiquei de frente para o palco. Lá estava o Maickel com o microfone na mão, esperando o momento certo de começar a cantar. Atrás dele, o restante da banda, inclusive o Ju, com a guitarra mais linda que eu já tinha visto, finalmente executando à perfeição aquele bendito solo que já tentava aprender desde a época da oficina e que nunca tinha desistido de tentar aprender. A galera foi à loucura. Todo mundo começou a gritar, correndo para mais perto do palco. E eu, sem reconhecer a mim mesmo, me permiti fazer a mesma coisa. Na verdade, acho que não fui *eu* que corri: talvez seja mais correto afirmar que *algo* me empurrou para perto do palco. Assim como também não sinto que fui *eu* que gritei: talvez seja mais correto afirmar que *algo* extraiu o grito da minha garganta. Algo. Algo capaz de me arrancar da inércia patológica. Algo talvez contido no solo de "Sweet Child O' Mine". Algo talvez emanado pela própria consciência de que, assim como eu, o Ju também precisava ser recompensado pelos seus esforços. Algo. Não sei bem o quê. Quem pode saber?

Mas não deixa de ser perfeitamente possível que nada disso tenha acontecido. Não deixa de ser perfeitamente possível que, a esta altura, neste exato momento, eu ainda esteja lá, solitário e triste, sentado na fossa em frente à casa da minha vó, imaginando coisas, mirabolando histórias. Quem pode saber?

Tudo me parece possível — e não mais que possível.

3.
Branco é a vó

Onde filho chora e mãe não vê

Uma vez, faz tempo já, eu tava vendo um desses documentários estrangeiros mal dublados e acabei descobrindo uma coisa interessante. O programa, na verdade, falava sobre uma determinada espécie de baleia, que não lembro qual era; mas não foi a baleia em si que me chamou a atenção. O que me chamou a atenção foram os ferimentos que cobriam o corpo da baleia e também as explicações do especialista sobre aqueles ferimentos.

Pra começar, parece que esse tipo de baleia tem uma capacidade interessante: consegue sobreviver tanto na superfície do mar como em seus setores mais profundos. Nem todos os animais marinhos podem fazer isso. Muitos só conseguem sobreviver na superfície e em profundidades moderadas; não podem ir lá pro fundão por causa da pressão do mar. É compreensível: nós, seres humanos, mesmo tendo à disposição os materiais mais resistentes da natureza e as tecnologias mais fantásticas, nunca conseguimos fabricar, até hoje, um submarino capaz de mergulhar tão fundo no mar como essa baleia. Existe um limite até onde o nosso melhor submarino pode submergir; passando do ponto, a estrutura do submarino começaria a amassar, como uma lata de refrigerante vazia espremida entre as mãos, por causa da pressão do mar.

Achei a informação interessante, mas o que viria a seguir me chamaria ainda mais a atenção. O especialista seguiu explicando que também existem animais que vivem lá, nas maiores profundezas dos oceanos, mas que simplesmente não conseguem subir para profundidades menores. Ou seja, nos setores mais profundos dos mares, há um mundo inteiro jamais explorado ou sequer visto pelo ser humano, repleto de formas de vida inteiramente desconhecidas! A nós, que não aguentamos a pressão do mar, só resta imaginar como deve ser o vasto mundo e os seres desconhecidos que, sem jamais subir ao nosso alcance, passam a vida inteira mergulhados lá embaixo.

Voltando aos ferimentos da baleia, o especialista explicou que, a julgar pelo tipo, provavelmente foram provocados por alguma espécie de polvo gigantesco que deve habitar as profundezas do mar, cujos tentáculos teriam vários metros de comprimento e seriam capazes de provocar severas queimaduras, a ponto de destruir o tecido do corpo da baleia.

Imaginar isso me assombrou. Um polvo gigantesco, com tentáculos de vários metros, capaz de brigar de igual pra igual com uma baleia enorme e até causar aqueles ferimentos todos no corpo dela, sendo que o corpo dela suporta uma pressão que nem mesmo o nosso melhor submarino de aço aguenta. Uau! Imagina só como deve ser interessante o cotidiano lá embaixo! E o mais louco de tudo é que, com toda a nossa tecnologia, não conhecemos quase nada dessas profundezas, e só podemos supor sobre a maior parte das coisas que devem acontecer por lá.

Fico pensando nessa baleia, capaz de transitar tanto nas maiores profundezas do mar como na superfície. Seria interessante se ela soubesse escrever, pra poder nos trazer, em forma de crônicas, contos, romances e poesias, um pouco sobre o dia a dia desse mundo desconhecido.

Mas, enfim, baleias não sabem escrever. O universo existente nas profundezas dos oceanos permanecerá um inteiro mistério pra nós por um bom tempo ainda, ou talvez até pra sempre.

Ainda bem que os seres humanos sabem escrever. E digo isso porque a nossa civilização não é tão diferente assim do mar. Já parou pra pensar nisso? As nossas grandes cidades também possuem profundezas onde nem todos conseguem ir, porque não aguentariam a pressão. Essas profundezas são conhecidas como "periferias".

Do mesmo jeito que a baleia volta do fundo do mar com marcas cuja natureza só podemos imaginar, assim também as pessoas da periferia carregam marcas que o pessoal das zonas centrais da cidade não consegue compreender direito. Por exemplo, a gloriosa Hebe Camargo, sempre lembrada pelo suposto carisma e nunca pela efetiva pobreza de espírito, uma vez perguntou em seu programa:

— Por que será que pobre sempre tem o calcanhar rachado?

Muitas são as marcas peculiares das pessoas da periferia: rosto abatido pela vida dura, mãos calejadas, dentes estragados, músculos dos braços mais desenvolvidos do que o cérebro. E o pessoal de pele macia das regiões centrais das cidades simplesmente não consegue imaginar a razão dessas marcas todas. A maioria se precipita a concluir que os cidadãos periféricos devem ser desleixados.

Nem todas as marcas do cidadão de periferia são pra serem vistas; algumas são pra serem ouvidas ou pra serem sentidas ou, ainda, pra serem remoídas na mais fina filosofia. O arsenal de gírias é uma marca. O jeito de andar é uma marca. O jeito de se vestir é uma marca. O desprezo pela polícia é uma marca. O consumo exagerado de drogas e bebidas é uma marca. A falta de perspectiva é uma marca.

E do mesmo jeito que alguns animais ficam o tempo todo lá no fundão do mar, alguns seres humanos também ficam o tempo todo lá no fundão das cidades, sem nunca ir nas regiões centrais. Toda periferia tem aqueles caras que já não saem das redondezas há vários anos e sobrevivem de capinar pátios ou de consertar eletroeletrônicos antigos, ou de vender pó na ponta do beco.

Repito: ainda bem que os seres humanos sabem escrever, incluindo nós, os seres humanos da periferia. Há histórias que só nós sabemos que acontecem, que só nós vimos e que só nós sabemos contar. Histórias do cu da cidade, onde muita gente não aguentaria a pressão. O Brown já dizia:

Hei, senhor de engenho,
eu sei bem quem você é
Sozinho, cê não guenta,
Sozinho, cê não entra a pé
Cê disse que era bom
e as favela ouviu
Lá também tem uísque, Red Bull,
tênis Nike e fuzil

É. E aqui também tem poeta. Tem romancista. Tem músico.

Respeitem as marcas que a gente ganhou nas profundezas da cidade!

Revolução em curso

Em "Fórmula mágica da paz", o maior poeta brasileiro de todos os tempos — que, para quem ainda não sabe, é o Mano Brown — fala assim:

> *Dois de novembro, era Finados*
> *Eu parei em frente ao São Luís do outro lado*
> *E durante uma meia hora olhei um por um*
> *E o que todas as senhoras tinham em comum*
> *A roupa humilde, a pele escura*
> *O rosto abatido pela vida dura*
> *Colocando flores sobre a sepultura*
> *Podia ser a minha mãe,*
> *que loucura*

Nunca sou capaz de ler ou de escutar isso sem sentir vontade de chorar. *Nunca*. Mas agora, enquanto escrevo e tento não derramar lágrimas no teclado, me pergunto se por acaso esses versos podem atingir o leitor assim, tão em cheio, como me atingem. Será que podem? E se não podem, por que não podem?

Na primeira vez em que compareci a um *slam*, um certo acontecimento me fez lembrar justamente dessa passagem de "Fórmula mágica da paz". Foi na praça da Matriz, onde acontece o Slam das Minas, no qual apenas poetas mulheres podem competir. Competição vai, competição vem, lá pelas tantas chega o momento do verso livre, que é uma espécie de pausa entre as etapas do *slam* propriamente dito e permite a participação de qualquer pessoa presente. Então, lá foi uma tiazinha recitar o seu poema. Toda acanhada, mas foi.

Conheço uma pessoa trabalhadora quando vejo uma. E aquela tiazinha, tenho certeza, era uma trabalhadora. Não só era uma trabalhadora, como sou capaz de apostar que acabava de soltar do trabalho naquele momento: com a bolsa no ombro, chegou, esperou o momento do verso livre, sacou o seu poema, recitou-o, tornou a guardá-lo, agradeceu os aplausos entusiasmados e, por fim, foi embora, numa direção diferente da qual tinha vindo. Posso estar enganado, claro, mas o que deduzi foi o seguinte: no caminho entre o trabalho e o ponto de ônibus, talvez ela já tivesse esbarrado em alguma outra edição daquele mesmo *slam*, naquela mesma praça, naquele mesmo horário e, desde então, devia andar prevenida, com o poema na bolsa, esperando aquela oportunidade: a oportunidade da expressão artística, historicamente negada ao povo deste país — o *verdadeiro* povo deste país.

Aliás, sabe como era aquela tiazinha? A roupa humilde. A pele escura. O rosto abatido pela vida dura. Podia ser a minha mãe. Felizmente, porém, não era sobre a minha sepultura que ela colocava flores; era sobre a sepultura do cânone literário brasileiro que, inclusive, já vai tarde.

Sim, aquela tiazinha podia ser a minha mãe, do mesmo jeito que Natália Pagot — a poeta integrante do coletivo Poetas Vivos, que venceu aquela edição do Slam das Minas — podia ser a minha irmã. Na verdade, sempre sinto, em qualquer *slam* que eu vá, que todos os poetas podiam ser familiares meus; não é à toa a frequência com que eles se referem uns aos outros e ao público usando o termo "família". E isso — introduzir-se numa manifestação cultural tão importante e percebê-la protagonizada por gente como a gente, encantar-se por completo com o talento daquele que podia ser confundido conosco, olhar para os artistas que fazem o *slam* acontecer e sentir ao mesmo tempo admiração e orgulho pelo fato de nos enxergarmos neles —, isso é bom. Muito bom. É uma injeção de autoestima. Eu e os meus permanecemos tempo demais sem direito a isso. Sem direito a nos identificarmos com as pessoas que fazem arte. Sem direito a entender a arte como possível também para nós. Sem direito a acreditar que a vassoura pode ser trocada pela caneta.

Mas a representatividade encontrada no *slam*, que inclusive o caracteriza, não se restringe à figura dos poetas, evidentemente: tanto na forma como no conteúdo, os poemas vêm carregados da mais genuína brasilidade, quase inédita na história da literatura deste país. O que me faz recordar de algo: em 2018, Paula Anacaona esteve na Feira do Livro de Porto Alegre lançando o seu romance *Tatu*, e, antes da sessão de autógrafos, participou de um bate-papo sobre a obra, mediado pela poeta, editora e jornalista Fernanda Bastos. Além de escrever livros, Paula também comanda uma editora em Paris, e tem feito bastante barulho por lá traduzindo para o francês a chamada literatura marginal-periférica produzida aqui no Brasil. Em determinado momento da conversa, Fernanda perguntou sobre o primeiro contato da francesa com o referido nicho literário brasileiro, e eis que a resposta foi mais ou menos assim:

— Não há forma melhor de conhecer o povo de um lugar do que através da sua literatura. Mas, quando cheguei aqui, a princípio deparei com uma literatura pouco representativa: eu não via esse povo que conhecia nas ruas do Brasil representado nos livros brasileiros que lia. E isso só mudou quando descobri a literatura marginal-periférica. Aí, sim, senti que estava tendo contato com a literatura do povo brasileiro.

Quando ouvi Paula Anacaona dizendo aquilo, pensei: "Bingo!". E fiquei me perguntando se por acaso ela teria frequentado os *slams* Brasil afora para testemunhar a revolução de perto. Porque é exatamente disso que se trata: há uma revolução em curso no país. A *nossa* revolução, a revolução do povo. Uma revolução que rompe com as tradições classistas, racistas, machistas e preconceituosas de muitas outras formas, as quais moldaram aquilo que durante muito tempo — tempo *demais* — foi descaradamente descrito como literatura brasileira. Uma revolução que põe em xeque a literatura produzida pelos brasileiros de classes confortáveis e finalmente aproxima da leitura e da escrita quem realmente importa: o povo. E o *slam*, sem dúvida nenhuma, é a expressão máxima dessa revolução.

Além de literalmente salvar vidas. Por exemplo, Amanda Micaela Coelho dos Santos, mais conhecida como Mika, poeta jovem que tenho tido o prazer de encontrar nos *slams* e cujo trabalho admiro bastante, me disse o seguinte:

— O *slam* fez eu me encontrar. Sabe? Eu tinha depressão. Eu tenho depressão. Mas o *slam* tá me salvando disso. Eu nunca mais me cortei depois que entrei de vez na roda dos *slams*. Eu trabalho com isso. Eu vou nas escolas. Esses dias eu fui jurada numa escola na Restinga. E eu vi crianças de onze anos escrevendo, sabe? Então é isso. As pessoas falam que se inspiram em mim, e eu me inspiro nas pessoas. A minha amiga, a Jamile, agora tá lá na competição BR. É isso. Eu me enxergar. Eu ver a minha amiga lá, me representando. Significa muito. É uma família. É onde eu me encontro. É o meu lugar. É onde eu me sinto livre. Porque a gente se identifica. É tudo gente de quebrada se encontrando. Um exemplo: um preto de outra quebrada passa pelas mesmas coisas que eu passo na minha vila. Os mesmos atraques. As vilas podem ser diferentes, mas a guerra do tráfico mata pessoas lá na vila dele assim como mata na minha, tá ligado?

Mika também me contou a história de quando ela foi parar no posto de saúde, com o ouvido infeccionado. Depois da triagem, já com a pulseira de atendimento, aguardando para se consultar com o médico, Mika amargou a longa espera com que todo usuário de SUS já está habituado. Mas, dessa vez, a demora era mais inconveniente do que nunca: a poeta tinha um compromisso importante, um compromisso inadiável, ao qual não podia faltar: a final do Slam RS, que valia vaga para o Slam Conexões. E, percebendo que aguardar o atendimento médico resultaria na perda da oportunidade de competir na final, acabou por desistir da consulta. Foi para casa às pressas porque ainda tinha que escrever os poemas com os quais iria competir dali a pouco. Teve crise de ansiedade. Pois escreveu com crise de ansiedade mesmo. Pediu carona no ônibus, porque não tinha como pagar a passagem. E, por fim, depois de toda essa maratona, lá estava ela, competindo na final do Slam RS, ainda com a pulseira de atendimento do posto de saúde, ainda com o ouvido doendo.

Posso não falar por todos, mas creio que falo pela maioria quando digo o seguinte: é esse tipo de gente que eu quero ver escrevendo. São as histórias que pessoas assim têm para contar que me interessam. É a escrita resultante desse tipo de existência que me bate lá no fundo. São as questões que só uma pessoa como a Mika pode abordar que me encantam e me comovem.

Por uma questão de simetria, vou encerrar este texto da mesma maneira que o iniciei: citando o maior poeta brasileiro de todos os tempos — que, repito, é o Mano Brown. Foi assim que o mestre desvelou a absoluta inaptidão da tradição literária brasileira para tratar dos assuntos realmente pertinentes ao povo deste país:

Jardim Rosana, Três Estrelas e Imbé
Santa Tereza, Valo Velho e Dom José
Parque Chácara, Lídia, Vaz
Fundão, muita treta pra Vinicius de Moraes

Sobre o direito à cidade

No prefácio do meu primogênito, Evanilton, truta meu, disse assim: "O sociólogo francês Henri Lefebvre, em seu livro *O direito à cidade*, nos lembra que 'A vida urbana pressupõe encontros, confrontos das diferenças, conhecimentos e reconhecimentos recíprocos (inclusive no confronto ideológico e político) dos modos de viver, dos "padrões" que coexistem na Cidade.' (Lefebvre, 2001, p. 22)".

Até então, eu não conhecia o sociólogo, muito menos o livro e menos ainda o trecho. Gostei demais, demais, demais! Me tocou. Girou uma chavezinha dentro de mim, como diz a Dalva. E, desde então, a ideia de "direito à cidade" tem me feito refletir.

Há três décadas que ando pelas ruas de Porto Alegre. Frequentei as quebradas mais profundas desta cidade e, ocasionalmente, alguns dos setores mais luxuosos também. Só que eu nunca tive direito a Porto Alegre. E, mais do que isso, nunca tive sequer consciência de não ter direito à cidade.

Os subempregos me fizeram ir para lá e para cá, sacolejando dentro de ônibus lotados. Eu via os prédios do Centro passando pela janela e, durante anos a fio, eles nunca me disseram nada. Era como se nem mesmo fossem de verdade. Era como se fossem só parte de um gigantesco cenário de papelão, morto, sem vida, sem histórias.

Mas, um dia, passado o lançamento do meu livro, quando fui entregar um exemplar à Cátia, os prédios do Centro resolveram falar comigo. Eu tinha comprado um latão no caminho e não queria chegar no escritório da Cátia com o latão debaixo do braço; por isso, me sentei na escadaria da Borges, ali no viaduto Otávio Rocha, e fiquei olhando tudo enquanto bebia.

Vi o prédio da ocupação Utopia e Luta. Nossa, passei tantas e tantas vezes por aquele prédio sem fazer a menor ideia de tudo o que ele significava! Não que eu seja, agora, um grande conhecedor dos movimentos sociais de luta por moradia, longe disso. Mas, agora, eu conheço a Ana, que mora naquele prédio. Ana, extraordinária atriz do extraordinário grupo Levanta Favela, que deu o maior apoio no lançamento do meu livro, cedendo o espaço, ajudando na organização, ajudando na divulgação. Também mora naquele prédio a Suelen, doutoranda em sociologia pela UFRGS, engajada nos movimentos sociais, outra figura ímpar que tive a honra de conhecer e tenho tido o prazer de encontrar nos mais diversos lugares onde são abordados assuntos que dizem respeito à nossa gente. Pensar em Suelen me fez lembrar do dia glorioso em que a gente se conheceu, não muito longe dali. Foi o mesmo dia em que conheci o badalado restaurante Tudo Pelo Social, onde almoçamos eu, ela, Dalva e Silvana. Silvana, esse poço de conhecimento saído da Mapa, vila vizinha à minha, na Lomba do Pinheiro, periferia de Porto Alegre; Dalva, esse outro poço de conhecimento saído de Baldim, interior de Minas, que, mais tarde, recém-chegada de uma palestra no interior do estado, passou uma noite naquele mesmo prédio da ocupação Utopia e Luta.

Com um susto, me dei conta de que, agora, o prédio da ocupação Utopia e Luta tinha coisas a me contar, assim como outros prédios e ruas do Centro, da Cidade Baixa e de outras partes da cidade, também. A rua João Alfredo nunca mais vai me parecer desprovida de significado porque ali almocei com Dalva, Silvana e Suelen, e não foi um acontecimento banal para mim. De ônibus ou a pé, não posso mais passar pelo

Campus Central da UFRGS sem lembrar que ali estive para entregar meu livro à Marilisa, ou sem lembrar que ali fui entrevistado pela primeira vez na vida pelo Pedro. De ônibus ou a pé, não posso mais passar na frente do Desidério, ali na Bento, sem lembrar que já estive lá em cima, no alto do morro, no Miguel Dario, a convite do querido Diego, e que lá conheci uma porção de gente boa, e que lá obtive o meu primeiríssimo certificado de palestrante. Já não posso mais esquecer que subi, também, um outro morro, para aparecer na TV pela primeira vez, para conhecer Janice, para conhecer Domício. E assim é com muitos outros lugares.

A cidade me parece um pouco mais viva agora. Um pouco mais real. Não me parece tanto um cenário desprovido de histórias. Isso porque experimentei — e olhe que foi só um tiquinho de nada, mas experimentei — o direito à cidade. O direito de estar nos lugares. O direito de conhecer pessoas. O direito de ser conhecido pelas pessoas. E ali, sentado na escadaria da Borges, no viaduto Otávio Rocha, tomando o meu latão, fiquei pensando nisso tudo. Fiquei pensando no direito à cidade. Fiquei pensando nas pessoas legais que existem em Porto Alegre. Fiquei pensando nos encontros construtivos que são possíveis. Fiquei pensando nas vivências que podemos ter. Fiquei pensando nas histórias que podemos construir. Fiquei pensando nos eventos legais que acontecem — e que às vezes são de graça. E fiquei pensando que, apesar de tudo isso existir, não é direito de todos. Não é direito meu. Não é direito dos meus vizinhos. Não é direito da minha família. Porque, para nós, pagar um par de passagens de ônibus que seja, três ou quatro vezes por semana, seja para conhecer pessoas, seja para frequentar eventos, seja para o que for, está fora de cogitação. É impossível. E não é só uma questão financeira: é, também, uma questão física e psíquica. Os subempregos a que a minha gente se submete para arranjar o sustento deixam qualquer um num estado de esgotamento físico/psíquico tal que, mesmo havendo eventualmente o dinheiro para ir participar de algo legal noutro canto da cidade, faz muito mais sentido ficar em casa, com a família, com os amigos, limitando-se a construir a relação sujeito/cidade apenas nos confins, sempre na mesma quebrada, sempre com as mesmas pessoas.

Não temos o direito à cidade. Temos apenas o direito a trabalhar nela.

Como alguns sabem, estou fazendo EJA no Colégio de Aplicação da UFRGS. E, como alguns também sabem, às vezes vou e volto a pé. Ontem, saí de casa às 15h27 e cheguei no colégio às 17h29. Cheguei com os pés encharcados, porque estava chovendo. A volta foi um pouco mais rápida: saí do colégio às 22 horas e cheguei em casa às 23h32. Nessas idas e vindas, tenho tempo de sobra para pensar no absurdo que é a minha vida, e a vida de outros tantos. Embora o Campus Vale seja geograficamente ao lado da Lomba do Pinheiro, que é o meu bairro, alguém que more lá no Menino Deus está muito mais próximo dele do que eu pelo simples fato de que pode ir com o próprio carro, ou pagar um Uber, ou, pelo menos, pagar uma passagem de ônibus. Para mim, ir à aula é como as jornadas de *O Senhor dos Anéis*: caminho e caminho e caminho e sempre que olho para a frente ainda falta muito para chegar.

Mas, vejam bem, o problema não é que eu passe por isso. O problema é que dezenas de milhões passem por isso. E até por coisa pior.

Agora, deixa eu ir dar jeito na vida. Hoje tenho que estar no colégio às 15h30. E vou a pé. E vou com o único tênis que tenho, que ainda está úmido.

Porque acho que vale a pena.

Fomes

Tem um episódio do *Pica-Pau* que o Urso passa o tempo todo tentando ganhar comida dos turistas num parque florestal. E sempre que um plano do coitado dá errado, lá vai o filhote, todo resignado, dizer o seguinte:

— Deixe estar, papai. Comemos sementes.

Não sou desses que pensam que rir é o melhor remédio, mas acho que muitas vezes é o único remédio que sobra. Decidi adotar o bordão. E é com ele que, às vezes, quando o bicho pega, consigo arrancar um riso da minha mãe, nem que seja aquele riso avesso, aquele riso vomitado, aquele riso foragido, aquele riso com aspecto indecente, impróprio, aquele riso absolutamente incompatível com o estado lastimável das coisas e que, por isso mesmo, a gente gostaria de ter deixado trancafiado pra sempre no baú das coisas jamais manifestadas.

Não é que não me interesse o drama de não haver dinheiro pro gás; não é que a ação corrosiva do tempo sobre a dignidade não me afete; não é que a destruição dos sonhos não me destrua também. É que sou primo do Carioca, primo do Secão, primo do Lene, sobrinho do finado tio Bira. Em outras palavras, seria um desrespeito muito grande, uma falta de consideração imperdoável e, sobretudo, total incompetência da minha parte se, tendo nascido na família que nasci, tendo convivido com os parentes que convivi, eu perdesse a oportunidade de fazer uma piada, de absolver uma ironia. É por isso que, por pior que seja a desgraça a atormentar a minha mãe, o que sempre digo pra ela é o seguinte:

— Deixe estar, mãe. Comemos sementes.

Foi o que eu disse, inclusive, quando os cupins decidiram que era melhor amputar a perna da mesa. Nunca saberei aonde o choro teria nos levado, mas o riso nos levou à arte. Fizemos, nós mesmos, uma outra mesa. Elegante, bípede. Uma obra-prima. Para construir a armação, desmontamos o que tinha restado de uma pequena estante de livros; serramos alguns pedaços de madeira com a serrinha de cortar cano, enquanto tínhamos paciência; quebramos outros pedaços com golpes de caratê, depois que a paciência se esgotou; e, por fim, pregamos tudo com parafusos tortos usando o martelinho de bater bife. O *grand finale* — o vidro temperado da superfície, capaz de aguentar panelas quentes sem estourar — era, na verdade, a tampa que arrancamos de um fogão abandonado.

Quando terminamos, dou a minha palavra, olhamos para aquela mesa tosca com toda a altivez deste mundo. Não tivemos o que jantar naquela noite, mas tivemos algum tipo de satisfação. Matamos algum tipo de fome.

E temos mais orgulho das fomes que ocasionalmente conseguimos matar do que vergonha das fomes que às vezes nos matam.

Linha de risco

Para o Denner, para o Well,
para o Dudu, para o Gui
e para tantos outros.

Preto, preto, pobre, cuidado, socorro!
Edi Rock, "Rapaz comum",
Sobrevivendo no inferno

No final do ano passado, no verso livre do Slam da Voz, na Lomba do Pinheiro, recitei uma crônica minha que chama "Onde filho chora e mãe não vê". Naquela oportunidade, um sangue bom que tava por lá me ouviu recitando o texto e gostou. Na verdade, gostou muito. Veio me perguntar quem era o autor, porque queria ir atrás de mais trabalhos do mesmo cara e tal. Quase não acreditou quando disse que o autor daquilo era eu próprio. Ficou todo faceiro. Abriu um baita dum sorriso. Apertou a minha mão. Me encheu de elogios. E foi assassinado por engano pouco tempo depois.

Pois é. Não me escapa que aquele mano pertencia à mesma laia que eu. Falava do mesmo jeito que eu falo, gostava de se vestir como eu gosto de me vestir. Empoeirou os pés nas mesmas ruas de terra onde eu empoeiro os meus, se enfiou nos mesmos becos estreitos onde eu me enfio. Jogou bola nos mesmos campos onde eu jogo, tomou um gelo nos mesmos botecos onde eu tomo. Era um produto social da mesma espécie que a minha. Não, isso não me escapa. E tampouco me escapa que também pertencia a essa mesmíssima laia um outro mano da melhor qualidade, que era focado no trampo e nos estudos, que era bem quisto onde quer que chegasse, que não queria saber de bebida alcoólica e curtia o baile só na base do refrigerante e da água mineral, que nunca botou um único cigarro nos beiços, que nunca nem bolou um baseado, que nunca deu um teco sequer, que nunca se envolveu com nada errado e que, mesmo assim, também terminou assassinado por engano. Nada disso me escapa. Não me escapa nenhuma das incontáveis histórias desse tipo que conheço.

E são justamente essas histórias que povoam mais e mais a minha cabeça à medida que a noite vai avançando e a aula vai se encaminhando pro fim. Quando o professor ou a professora libera a turma dizendo algo como "Por hoje era isso", e os colegas começam a guardar cadernos e canetas, chega a me dar um frio na barriga. Um frio que nada tem a ver com a temperatura. Um frio que não vai embora tão cedo. Um frio que, ao contrário, até aumenta, aos pouquinhos. Um frio que eu sei que só deve desaparecer quando eu já estiver em casa, quando eu já tiver dado um beijo na testa da minha mãe, quando eu já tiver mandado uma mensagem pra minha namorada dizendo que cheguei bem. "Por hoje era isso", "Estão dispensados", "Até a próxima aula". Frases tão simples, né? Frases tão corriqueiras, tão inocentes, né? Pois a mim soam insensíveis, quase violentas. Sinto como se estivessem me atirando aos leões.

É geralmente nessa hora, no fim da aula, que lembro de quando pintei o cabelo de amarelo. Naquela época, um sangue bom que muita gente confundia comigo tava na cadeia, e tinha um fulano na rua que queria ele morto. Daí, esse inimigo invisível, judas incolor, mandou uma mensagem pro celular da mãe do cara dizendo mais ou menos o seguinte: "Já tô sabendo que o teu filho saiu da cadeia, e que até pintou o cabelo de amarelo pra disfarçar". O frio na minha barriga se intensifica um pouco mais com essa lembrança.

Material guardado, mochila nas costas, saio da sala e avanço pelo corredor do colégio com um péssimo pressentimento. Mas é assim toda noite, é assim todo fim de aula, é sempre o mesmo péssimo pressentimento. Já me acostumei com ele. Afinal, o que posso fazer? Nada. Não posso fazer nada. Se acontecer o pior, então aconteceu. Não terei sido o último nem muito menos o primeiro, e logo na manhã seguinte pode até ser que algum pau no cu por aí, sentado numa cadeira confortável, abra o seu computador e escreva uma porra duma reportagem sobre mim, sobre o modo violento como me mataram por engano numa rua qualquer, fingindo se importar com toda a desgraça que se abate sobre nós, fingindo se importar com o uni-duni-tê macabro que todo santo dia e toda santa noite elege algum coitado, graças a Deus bem longe do apartamento dele.

Gosto de pensar que pelo menos a minha família, os meus amigos e a minha namorada vão saber como seguir com as suas vidas, porque todos eles já aprenderam, da forma mais sofrida, que não adianta chorar o leite derramado. E, quando penso nisso, sempre me recordo do poema "Linha de risco", do Miró da Muribeca, pra intensificar ainda mais o frio na minha barriga:

Recife
é o sol saindo
e o Bandeira Dois anunciando seus mortos

foi um tiro lá na Linha do Tiro
três facadas na Bomba do Hemetério
eu passando manteiga no pão
e pensando
quem será o próximo?

mataram a pedradas
lá pras bandas do Coque
encontrado enforcado
nas matas de Apipucos

estupraram mais uma mulher
em Casa Amarela
sangra a periferia bem de manhãzinha
o café esfria de tanta dor
e o pior
é que não adianta chorar
o leite derramado.

Tem um colega que eu sempre espero pra gente ir embora junto. Ele também tem medo da volta pra casa. A gente se ajuda: eu diminuo um pouco o medo dele, e ele diminui um pouco o meu. O curioso é que são dois medos diferentes. São medos de *duas raças* diferentes. Sabe de quais raças eu tô falando, não sabe? Bom, se não sabe, basta dizer que imaginam ele playboy, apesar de ele não ser, e que me imaginam bandido, embora eu não seja. Ele tem medo de algum ladrão pensar que ele tem grana e colocar uma arma na cara dele; eu tenho medo de algum traficante me confundir com um rival e me encher de tiros pelas costas. Assim, indo embora lado a lado pela Bento, conversando sobre a aula e sobre planos pro futuro, um serve de álibi temporário pro outro. Afinal, é um pouco mais difícil concluírem que sou bandido quando tô andando com uma figura como a dele, e é um pouco mais difícil concluírem que ele é playboy quando tá andando com uma figura como a minha.

Mais do que diferentes, os nossos medos são até opostos. Uma prova disso é que ele sente alívio quando passa uma viatura da polícia por nós; eu, ao contrário, me apavoro, porque também os policiais podem me matar por engano. Outra coisa que também deixa muito clara a oposição entre os nossos medos é o que ele pode fazer, e de fato faz, quando a gente se despede, na esquina da Dolores com a Bento. Depois de apertar a minha mão e dizer pra eu me cuidar, ele sai correndo Dolores adentro. Assim: simplesmente sai correndo. Acredite o leitor ou não, ele simplesmente sai correndo. Não para de correr um segundo sequer até chegar em casa, porque acha que são menores as chances de ser assaltado se permanecer na rua o menor tempo possível. E o raciocínio dele até que faz algum sentido. De qualquer modo, eu, ao contrário dele, não posso fazer uma coisa dessas apesar de também querer chegar em casa o quanto antes. Não posso simplesmente sair correndo. Preciso seguir calmamente pela Bento, caminhando devagar pra não despertar a suspeita da polícia e, também, pra que um eventual traficante que passe por mim tenha bastante tempo pra me observar bem, de cima a baixo, e perceber que não sou o rival com quem ele talvez tenha me confundido à distância.

Já dentro do ônibus, a angústia é um pouco menor do que na rua. Na rua, podem me pegar na crocodilagem, pelas costas; no ônibus, tenho como me precaver minimamente. Tudo o que preciso fazer é analisar rosto por rosto com toda atenção enquanto avanço pro fundo do bonde, tentando perceber se algum malandro me lança um olhar estranho, como se me conhecesse de algum lugar e por algum motivo não gostasse de mim. Uma vez lá no fundo, depois de analisar todo mundo, posso relaxar um pouco; só tenho que ficar esperto nos malandros que vão embarcando em cada parada.

Descer do bonde é que é foda, e então o frio na barriga intensifica ainda mais. Pode ter alguém de campana, esperando pra metralhar algum fulano que talvez às vezes chegue naquele mesmo ônibus e, pro meu azar, talvez costume vestir um casaco igualzinho ao meu. Nessa hora, não tem jeito: é descer do bonde e rezar. Mas faço sempre tudo o que tá ao meu alcance pra tornar o meu desembarque o mais seguro possível. Evito descer na doze à noite, por exemplo. Não faz muito tempo que os malandros da doze tavam de guerra com o pessoal da Serra, e quem é que garante que eles não vão me confundir com alguém de lá, ou até me pegar pra exemplo, de propósito mesmo, já que sou parente dum cara que chegou a ser gerente na boca de lá? Não. Se é noite, desembarco sempre na onze, apesar de assim ter que caminhar um pouco mais e ainda por cima subir aquela lomba fodida do início da Guaíba.

Desço; o ônibus fecha as portas e vai embora, indiferente à minha preocupação. Tô novamente sozinho na rua, onde a crocodilagem é sempre possível, e mais uma vez me sinto atirado aos leões. Avanço em direção à entrada da Guaíba, mas dou uma boa olhada ao redor. Percebo que tem dois malandros desconhecidos atrás de mim, a uns vinte ou trinta metros, do outro lado da estrada. E o pior: não demora muito, eles atravessam pro mesmo lado que eu.

Finjo não perceber a movimentação e sigo em frente, sem apertar o passo. Mas, assim que entro na Guaíba e saio do campo de visão deles por causa do muro que tem naquela esquina, subo a lomba correndo. Então, lá em cima, paro de correr e volto a caminhar, olhando pra trás. Quero ver qual vai ser a reação deles ao virar a esquina e perceber que a distância entre nós aumentou por causa da minha corrida. Se eles tão mesmo querendo me pegar, se tão prestando atenção em mim, vão transparecer isso assim que entrarem na Guaíba e me verem mais longe do que esperavam e aí, com certeza, a surpresa vai dar um empurrão neles e eles vão correr pra tentar se aproximar de mim, e aí eu sei que devo largar fincado, fugir; mas se eles não tiverem nem aí pra mim, vão virar a esquina e continuar caminhando normalmente, do mesmo jeito, sem qualquer alteração no passo.

Sereno: eles entram na Guaíba e continuam andando igual enquanto conversam distraidamente e gesticulam. Não querem nada comigo. Tão falando sobre futebol: mesmo à distância, pego no ar silencioso da noite a palavra "buchaço".

A rua tá deserta. Os cachorros latem à minha passagem. Nos pontos onde as lâmpadas dos postes já não funcionam mais, tudo é escuridão, e seria muito difícil perceber a tempo a presença de algum malandro à espreita, de tocaia, esperando pra meter a faca ou sentar o dedo num fulano desconhecido que dizem que ajudou a matar um parente seu e cuja descrição mal e porcamente lhe fizeram, mas que lhe garantiram que passa por ali toda noite, sem falta.

Quando tô quase chegando em casa, ouço som de moto às minhas costas. O frio na minha barriga atinge o auge. *Puta que pariu!* Nessa hora, nunca sei se o melhor é olhar pra trás ou não olhar. Se olho, e se o cara na moto tá mesmo caçando alguém e não tem certeza se esse alguém não é eu, pode ser que ele conclua que olhei pra trás justamente porque tô devendo, porque tenho bronca, e essa pode ser a minha sentença de morte; mas se não olho, posso perder a chance de me precaver contra um possível ataque, posso perder a chance de ver a arma em punho apontada pra mim, posso perder a chance de sair correndo.

Dessa vez, decidi não olhar. E dei graças a Deus quando a moto passou direto por mim. Era só um entregador de lanche.

Chego em casa. O frio na minha barriga começa a abrandar. Dou um beijo na testa da minha mãe. Mando uma mensagem pra minha namorada dizendo que cheguei bem. Tomo banho. Janto. Leio um pouco. Me enfio debaixo das cobertas. Estou a salvo.

Estou?

No meio da noite, acordo com os cachorros do pátio latindo. E agora? O que será isso? Será que tem gente estranha no pátio? Será que confundiram a minha casa com alguma outra? Será que a polícia ou algum outro tipo de facção criminosa vai meter o pé na porta do meu barraco agora mesmo e me matar na minha própria cama?

Branco é a vó

Dia desses andaram me fazendo uma acusação tacanha. Achei que era uma boa oportunidade de exercitar o meu pensamento acerca desse assunto tão em voga: a tal da identidade racial. Agora, peço licença para expor aqui como organizo as ideias sobre esse tema.

Acredito ser do conhecimento de todos que um certo povo foi sequestrado do continente africano e escravizado aqui, nestas terras, assim como em outros lugares também. Então, durante bastante tempo, chamar o povo sequestrado da África de "negro" não gerou confusão alguma; afinal, no contexto racial, antes das décadas e mais décadas de miscigenação que tivemos neste país, o termo "negro" nem de longe era ambíguo, ao contrário do que acontece hoje em dia. Todo negro tinha a pele negra, todo negro era negro.

Para entender a ambiguidade do termo "negro" em nossos tempos, a primeira coisa que precisamos ter em mente é que o povo sequestrado da África a partir do século XV possuía propriedades físicas bem definidas, sendo as principais: pele negra, cabelo crespo e traços faciais característicos, ditos "traços negroides". O problema é que, hoje, tempos depois daquilo que tiveram o desplante de incluir nos livros de história como Abolição da Escravatura no Brasil, e depois de toda a miscigenação que aconteceu, o que resta pairando no ar desta nação é um preconceito violento contra tudo o que remeta ao povo sequestrado da África; preconceito esse que chamamos de "racismo". E o racismo, meus amigos, não se enganem: ele não levará em consideração somente a cor da pele de uma pessoa. Qualquer propriedade física que possibilite identificar uma pessoa como descendente de negros, por mais distante que seja a descendência, será suficiente para que essa pessoa sofra racismo. Nesse contexto, eis que o termo "negro" se torna ambíguo. "Negro" refere-se, sim, a uma pessoa de pele efetivamente negra, mas não só a isso: também é o termo usado para indicar qualquer pessoa cuja descendência de negros seja evidente e por conta da qual essa pessoa sofra, em maior ou menor grau, o mesmo tipo de preconceito que o negro de pele mais retinta.

Os exemplos são muitos. Ainda ontem o cabelo liso era chamado de "cabelo bom" enquanto o cabelo crespo era chamado de "cabelo ruim", justamente por evidenciar a descendência negra das pessoas. Tivessem pele mais retinta, tivessem pele mais clara, homens de todas as idades aderiram à cultura de raspar o cabelo. Tivessem pele mais retinta, tivessem pele mais clara, mulheres de todas as idades aderiram à cultura de alisar o cabelo. Todos esses homens e mulheres sentiam-se constrangidos pelo senso comum racista. Ninguém queria ser a pessoa de "cabelo ruim". Ninguém queria ser a pessoa cujo cabelo evidenciava a descendência de negros. E não precisamos voltar muito no tempo: foi no ano de 2019 mesmo, logo ali, que a diretora de uma escola no Maranhão proibiu a matrícula de uma criança por ter cabelo crespo. Essa criança não tem pele retinta, mas o preconceito exercido contra ela mostrou-se fundamentalmente racial: ela foi impedida de fazer a matrícula por ter sangue negro nas veias.

Posso dar, ainda, um outro exemplo, este extraído da minha própria vivência. Quando eu trabalhava no Nacional do Centro — a famosa Loja Cem, que fica (ou ficava) dentro do shopping Rua da Praia —, o meu apelido era Babuíno, porque os funcionários, incluindo os de cargo de chefia, me achavam parecido com um macaco, por conta dos traços negroides que herdei de meus ancestrais. Não era legal ser chamado assim, para dizer o mínimo.

Eu me reconheço como negro. E quando digo isso, não estou dizendo que, feitas algumas medições, a minha pele se mostrará acima de alguma média de melanina. Entenda: não se trata unicamente de cor de pele. A raça negra apresenta diversas propriedades, e a cor da pele é só uma delas. Uma pessoa que tenha pele retinta não deixa de pertencer à raça negra apenas por apresentar traços menos negroides e, portanto, o contrário também se aplica: uma pessoa com traços negroides não deixa de pertencer à raça negra apenas por ter a pele mais clara.

Tenho consciência do colorismo. Sei bem que quanto mais retinta a pele de uma pessoa, maior será o racismo contra ela. Só peço que, por favor, não me chamem de branco. Não sem saber que antes de o sangue branco vir misturar-se na minha linhagem, os meus ancestrais tinham sido escravizados; não sem saber do terreiro religioso da minha bisavó, onde ela manteve viva as tradições de nossos antepassados; não sem saber como esta sociedade porca me trata; não sem saber como esta sociedade porca trata minha mãe, minha irmã, meus primos e primas, meus tios e tias, quase todos mais retintos do que eu e nem por isso mais negros do que eu.

Revejamos os nossos conceitos. Não me declaro negro só para vender livros.

Quarentena

Lembro direitinho do dia em que descobri que possuía pulmões. Foi numa bola esticada.

Pra quem não é boleiro e não faz a menor ideia do que seja uma bola esticada, eu explico. Bola esticada, no futebol, é um passe que tu recebe em profundidade. Ou seja, o teu companheiro de time faz um passe, que é mesmo pra *ti*, que é mesmo pra que *tu* pegue a bola, mas ele *não* joga a bola na *tua* direção; em vez disso, ele joga a bola em profundidade, lá na tua frente, no lugar apropriadamente chamado de "ponto futuro", porque é o ponto onde tu vai estar no futuro.

Basicamente, a bola esticada serve pra que não aconteça a perda de tempo do passe normal. Por exemplo, se tu está num determinado ponto do campo e alguém te faz um passe normal, jogando a bola na tua direção, tu vai precisar ficar parado exatamente onde está, esperando a bola chegar em ti; só depois que ela chegar e já estiver nos teus pés é que tu vai poder avançar em direção ao campo adversário, dando continuidade ao ataque do teu time. Por outro lado, se tu está num determinado ponto do campo e alguém faz um passe *em profundidade* pra ti — a tal bola esticada —, ah!, aí a coisa muda de figura! Não acontece perda de tempo nenhuma: tu vai precisar correr o mais rápido possível pro ponto futuro, porque a bola está indo pra lá e, assim, automaticamente tu já vai estar avançando em direção ao campo adversário, sem ter que esperar nada. Se o passe for bem-feito, tu e a bola devem chegar no ponto futuro ao mesmo tempo.

Pra mim, a bola esticada é a coisa mais bela do futebol. E não estou falando do ponto de vista plástico, estético. Claro que o efeito visual e, até mesmo, o efeito auditivo de uma boa bola esticada são, sim, cheios de beleza: o atacante se projeta à frente o mais rápido possível, o zagueiro tenta chegar no ponto futuro antes dele, o próprio juiz precisa se apressar pra ver o lance de perto, vários jogadores dos dois times se reorganizam em campo em questão de segundos tentando prever o que vai acontecer em seguida; o barulho da torcida se intensifica como se toneladas de batatas fossem despejadas ao mesmo tempo em óleo fervendo, os dois técnicos berram desesperados tentando instruir os jogadores em campo, os próprios jogadores gritam instruções uns aos outros. Sim, sem dúvida, tudo isso é belo, mas não é disso que estou falando. E, pra falar a verdade, não sei muito bem como *nomear* essa beleza que estou tentando destacar aqui.

A verdade é que, do ponto de vista de quem joga futebol e não apenas assiste, a bola esticada é um lance bastante complexo, que envolve uma série de coisas. Algo meio óbvio pra qualquer pessoa é que um atacante que recebe um passe desse tipo precisa ter a capacidade de correr bem rápido pra poder chegar no ponto futuro a tempo de se encontrar com a bola, mas as virtudes exigidas dele pra que tudo dê certo não terminam por aí, não. Pra início de conversa, nenhum atacante vai receber uma bola esticada se não souber se posicionar em campo; isso porque a oportunidade de fazer a ele um passe desse tipo só se configura se ele souber estar, precisamente, no lugar certo e na hora certa: nem atrasado nem adiantado no tempo ou no espaço. Além disso, o bom posicionamento e a velocidade do atacante não bastarão se, ao longo do caminho até o ponto futuro, ele precisar (e geralmente precisa) disputar espaço com um zagueiro que também está tentando chegar no ponto futuro; nesse caso, além do bom posicionamento e da velocidade, o atacante também precisará saber fazer uso do corpo e do equilíbrio, precisará resistir a encontrões do tipo ombro a ombro (que são perfeitamente válidos), enfim, precisará saber como se faz pra permanecer de pé mesmo com um brutamontes correndo a seu lado e tratando-o como uma porta que ele quer arrombar a ombradas. Outra coisa importante é a inteligência: o atacante que recebe uma bola esticada precisa entender que o caminho mais curto entre dois pontos nem sempre é uma reta, porque através de uma reta, pelo menos no futebol, às vezes nem mesmo dá pra chegar; em outras palavras, o atacante precisa avaliar se vale a pena apostar no vigor físico e disputar espaço com o zagueiro na linha reta até o ponto futuro ou se o melhor seria apostar na velocidade e descrever um arco, contornando o zagueiro pra evitar o choque.

Por todas essas razões, vejo a bola esticada como uma tremenda manifestação de fé no outro, um tremendo elogio a quem irá receber esse tipo de passe, e é justamente aí que entra toda a beleza de que estou falando. No futebol, nada mais belo, nada mais eloquente, nada mais expressivo do que uma bola esticada. E sabe o que ela diz? Sabe o que ela significa? É mais ou menos o seguinte:

— Meu companheiro, que prazer enorme te ver aí, no lugar certo e na hora certa, com toda essa disposição pra contribuir com o time em busca da vitória! Corre! Corre, porque eu acredito que tu vai chegar exatamente onde precisa chegar; eu acredito que, assim como tu está no lugar certo e na hora certa agora mesmo, tu também vai estar no lugar certo e na hora certa pra receber essa bola, lá na frente, lá no ponto futuro, e tu vai fazer o gol! Vai, corre, eu acredito no teu equilíbrio e no teu vigor físico, eu levo muito mais fé em ti do que nesse brutamontes que vai tentar te derrubar no meio do caminho. Corre, não para de correr, vai com tudo, porque eu boto fé na tua inteligência, eu sei que tu vai saber te resguardar quando for preciso, eu sei que tu vai saber evitar conflito desnecessário e perigoso, eu sei que tu vai preferir o caminho mais sábio e não o caminho mais curto! Vai, corre! Eu confio em ti! Eu conto contigo lá na frente, lá no ponto futuro!

E então, leitor? É ou não é um tremendo elogio? Eu, pelo menos, quando estou na pelada com os amigos e recebo uma bola esticada, me sinto absolutamente lisonjeado. E, claro, dou o meu melhor no lance, que é pra fazer jus à fé depositada em mim.

Enfim. Acabei divagando mais do que pretendia. Peço desculpa por isso. Recapitulando: foi numa bola esticada que percebi a existência dos meus pulmões. Pois bem. O caso é o seguinte: naquela época, eu andava fumando demais. Três carteiras de cigarro por dia. E aconteceu que, num jogo bastante disputado no campo aqui perto de casa, quando me esticaram aquela bola, fiz como sempre faço: dei o melhor de mim, corri o mais rápido que pude, disputei espaço com o zagueiro no meio do caminho, trombei, quase caí, consegui chegar no ponto futuro antes dele, me encontrei com a bola, dominei ela e, por fim, chutei pra fora.

Depois de todo o gasto de energia envolvido na explosão desse lance que, como sempre, pareceu durar menos de um segundo, as três carteiras de cigarro diárias vieram cobrar o seu preço. Quase morri. Experimentei algo que nunca desejaria pra ninguém: uma ardência terrível no peito, como se estivesse pegando fogo por dentro. Vertigem, náusea, falta de ar. Eu respirava, mas era como se não tivesse respirado; era como se todo o oxigênio simplesmente tivesse desaparecido da atmosfera. Quanto mais fundo eu puxava o ar, mais a ardência aumentava e se espalhava por todo o meu peito. Sim: eu tinha pulmões. E eles não andavam bem.

Acho que tudo na vida é meio assim. A gente é tão maluco que não costuma sequer perceber a existência daquilo que ainda não perdeu, ou daquilo que ainda não começou a doer.

A gente só percebe que tem mindinho no pé quando bate com ele na quina dos móveis. A gente só percebe que tem dente quando ele inflama. A gente só percebe que tem coluna depois de um dia inteiro carregando saco de cimento nas costas. A gente só percebe que tem coração quando alguém muito querido vai embora pra sempre.

E, agora, com essa de quarentena, tá todo mundo percebendo, pela primeiríssima vez, a existência de uma série de coisas. Claro, porque, agora, ou doem ou foram temporariamente perdidas. O abraço despreocupado nos amigos ou mesmo a liberdade de tentar fazer amigos pra poder abraçá-los despreocupadamente algum dia, a tendência a imaginar que os familiares devem estar bem onde quer que estejam ou mesmo a liberdade de visitá-los pra certificar-se de que estão, a tranquilidade pra estudar e trabalhar ou mesmo a liberdade de ir à luta pelo direito à tranquilidade de estudar e trabalhar, a familiaridade com os problemas de sempre que a gente quase já sabe como resolver ou mesmo a singela esperança de que o futuro seja um pouco mais ameno do que o presente. Pois é. Agora, tudo isso dói ou foi temporariamente perdido. Agora, a gente sabe que tudo isso existe.

Precisamos nos preparar pro que vem pela frente. E não digo isso de uma perspectiva pessimista. Pelo contrário: agora que sabemos da existência disso tudo, e do quanto tudo isso nos é caro, precisamos nos preparar é pro momento de sentir toda a dor ir embora, de reaver tudo o que está temporariamente perdido; momento esse que, cedo ou tarde, vai chegar. Estamos em quarentena: penso que estamos no lugar certo e na hora certa. No ponto futuro, teremos de novo o abraço e o carinho, a luta e a esperança. Em algum momento, a bola há de ser esticada: será um tremendo elogio! Então, ao som de toneladas de batatas despejadas ao mesmo tempo em óleo fervendo, nos sentiremos absolutamente lisonjeados. E, claro, daremos o nosso melhor no lance, que é pra fazermos jus à fé depositada em nós.

Um país dividido em dois

Ano passado, lá no Bate-Papo Periferia em Movimento, em Canoas, tive a oportunidade de participar de uma roda de conversa foda, de trocar saberes, de pensar coletivamente o fomento da cultura na quebrada. Conheci uma pá de gente massa, incluindo o seu Baiano, um cara ímpar, que contou um pouco da sua trajetória e como acabou se tornando o líder comunitário que é hoje em dia.

Das histórias que o seu Baiano contou, a que mais me impressionou foi a de como, certa vez, ele instalou gato de água pros moradores da sua antiga comunidade. Até então (pensem nisso), quase ninguém naquela comunidade tinha acesso a água potável. E daí, lá foi ele e uns amigos abrir buraco na calçada. Mas, claro, toda quebrada tem sempre um caguete.

Uma mulher da comunidade, com um pouquinho mais de condição que os outros, e que já tinha água instalada e regularizada, não gostou de saber que deixaria de ser a única a possuir água nas torneiras em casa. Não gostou de saber que perderia a distinção. Era um símbolo prestes a se desvalorizar. Era como se, de uma hora pra outra, uma grife, uma bolsa Louis Vuitton, estivesse prestes a se popularizar, de modo que já não seria mais possível humilhar os outros e se vangloriar dizendo "Veja, eu tenho isto e vocês não têm". Então, vendo que um símbolo de injustiça tava prestes a perder o significado, a mulher, sem pensar duas vezes, fez o que a maioria das pessoas faz quando esse tipo de coisa acontece: recorreu aos defensores da injustiça. Ou seja, chamou a polícia.

O seu Baiano explicou que, quando a polícia chegou, os amigos dele saíram correndo e que ele também teria saído correndo se não fosse tão gordinho na época. Achando que não conseguiria escapar dos policiais, resolveu ficar ali, dentro do buraco, e segurar o B.O.

— O que tu tá fazendo aí?

— Tô ligando água. Não só pra mim, mas pra todo mundo que não tem.

— Mas quem é que tu deixou sem água pra conseguir fazer isso?

— O senhor não entendeu. Eu tô ligando água pra quem não tem. Não tô tirando água de ninguém.

— E tu sabe fazer isso?

— Ora, se não soubesse, não tava aqui dentro. Olha aí, já tô quase terminando.

Nesse momento, a mulher que tinha chamado a polícia apareceu, pra garantir que alguma coisa fosse feita.

— Fui eu que chamei vocês. Pode prender que ele tá fazendo gato aí.

O policial perguntou:

— Daí, pra fazer o gato que ele tá fazendo, ele deixou a senhora sem água?

— Claro que não! A minha água é regularizada, ligada lá do outro lado.

— Então, se a senhora não ficou sem água, tá se metendo por quê? Deixa o cara ligar a água.

Depois de contar essa história, o seu Baiano riu e explicou:

— Assim eu fui me tornando referência e ganhando o respeito da comunidade. Afinal, todo mundo tinha medo da polícia.

Simplesmente não consigo definir o ponto que foi mais interessante nessa história que o seu Baiano contou. Essa pequena história, me parece, é quase capaz de descrever o Brasil inteiro. Tá quase tudo ali: a forma de pensar burguesa daquela mulher, a sua absoluta falta de empatia, a sua incapacidade de pensar coletivamente, o seu egoísmo; o fato de a polícia só aparecer bem numa história quando simplesmente se nega a fazer o que costuma fazer; e o cidadão que se cansa da falta e resolve fazer alguma coisa por si e por seus vizinhos.

Mas acho que o que mais me chama atenção nessa história inteira é uma frase que o seu Baiano pronunciou e que foi prontamente entendida por todos, em toda a sua profundidade: "Afinal, todo mundo tinha medo da polícia".

Ali, na sala, tinha lideranças de várias comunidades, e também pessoas que não chegavam a ser lideranças, como eu, mas que vieram da periferia também. Então, não era todo mundo de uma mesma vila, de uma mesma favela, de um mesmo morro, mas, ainda assim, tínhamos uma origem em comum: a quebrada. Todos ali eram de periferia, ou, pelo menos, engajados nas causas periféricas. E isso nos unia a todos. Como diz a Dalva, a periferia, mais do que um ponto geográfico específico num mapa, é um lugar existencial, onde existimos, da forma como existimos, e isso acontece em diversos lugares ao mesmo tempo. Foi por isso que o seu Baiano não precisou ficar dando milhares de explicações depois de dizer: "Afinal, todo mundo tinha medo da polícia". Ele não precisou dar explicações porque todos nós sabíamos do que ele tava falando. Ali, embora cada um tivesse uma origem geográfica diferente, éramos todos oriundos ou identificados com um mesmo espaço existencial, a periferia, e por isso podíamos entender de imediato essa ideia que por vezes parece absurda a outras pessoas: a ideia de todos, absolutamente todos em uma comunidade inteira, criminosos ou não, terem medo da polícia.

Depois do evento, fiquei pensando nisso a noite inteira, demorei a dormir. As pessoas acham que o Brasil ficou dividido só nos últimos tempos, mas não. Nunca tivemos um país unido de verdade. Este país sempre foi assim, rachado em dois, dividido entre os que chamam a polícia e os que fogem dela.

Ateu, graças a Deus

Às vezes, eu acredito em Deus. Não me leva a mal, mas não é sempre que eu acredito. E pra mim, Deus não é sempre a mesma coisa.

Por exemplo, teve uma vez que eu chego na parada do bonde e ali tá uma senhorinha, acabada já. Vinha vindo o bonde dela, ela fez sinal e tudo, mas o bonde passou reto. Ela até tentou xingar o motorista, mas não tinha força nem pra gritar direito, a coitadinha. Eu me compadeci e comentei: "Que pau no cu, né, vó?". E ela me respondeu assim: "Não se preocupa, meu filho, que esse motorista bem que vai ter o que merece. Deus tá vendo o que ele faz com os mais velhos". Dei total razão à senhorinha. E, naquele momento, acreditei, acreditei mesmo, com todas as minhas forças, num Deus terrível, implacável e sem misericórdia nenhuma.

Tem vezes que eu preciso acreditar num Deus justo e simplesmente não consigo me lembrar como se faz pra acreditar num Deus assim. Quando isso acontece, sempre recorro à "Vida loka I":

Fé em Deus que ele é justo,
ei, irmão, nunca se esqueça
Na guarda, guerreiro,
levanta a cabeça, truta
Onde estiver, seja lá como for

Tenha fé,
porque até
no lixão nasce flor

Numa outra ocasião, vinha eu do colégio seguido por um cachorro encardido e morto de fome. Entrei numa lancheria e comprei um lanche pra ele. Francamente, não me importava que o dinheiro fosse me fazer falta depois. Mesmo que no futuro ficasse eu próprio com fome por causa da atitude daquele momento, ver a felicidade do cachorro fez tudo valer a pena, porque, naquele momento, acreditei, com todas as minhas forças, num Deus benevolente, num Deus que visse valor na bondade.

Mas, na maior parte do tempo, Deus não existe pra mim. Na maior parte do tempo, eu tô disperso, pensando nas estrelas e na quantidade de hidrogênio que elas precisam fundir em hélio pra poder emitir tanta energia e durante tanto tempo e, mesmo assim, com a impressão de que elas existem só pra iluminar o meu caminho enquanto eu respiro. Na maior parte do tempo, eu me sinto sinceramente agradecido pelo canto dos pássaros, como se fossem exclusivamente pra mim, e então nada de tudo o que me faz falta me faz falta. Nem Deus. E, nessas ocasiões em que o meu espírito é todo amenidade, sem rancores e sem felicidades exageradas, sem anseios e sem arrependimentos, nessas ocasiões em que Deus não existe pra mim, pelo simples fato de que não preciso que Ele exista, é então que me sinto mais próximo Dele.

A resistência

Tem um episódio dos *Simpsons* em que o Homer está no leito do hospital e alguém pergunta como ele está se sentindo. Ele responde que não pode nem se queixar. E, na sequência, a gente percebe que aquela resposta não é só mera força de expressão: de fato, bem ao lado do leito, fixada na parede do quarto, uma placa imperiosa diz o seguinte: "Não se queixe".
    E foi assim mesmo que a gente se sentiu a vida todinha.
    Não faz tanto tempo assim que a chamada "meritocracia" figurava tão inquestionável como o próprio sol de cada dia no imaginário da maior parte das pessoas. Toda santa manhã, qualquer oprimido — por mais afastado que estivesse da academia e dos debates intelectuais sobre a opressão que lhe era infligida, por menor que fosse a sua intimidade com o próprio termo "meritocracia" —, qualquer oprimido, toda santa manhã, antes mesmo de sair à rua e experimentar o peso do sol sobre os ombros, ainda deitado na cama, já abria os olhos tendo que lidar de alguma forma com a pesada sensação de fracasso absoluto. Afinal, uma vez que a "verdade" dizia que aquele possuidor de tudo era genuíno merecedor das próprias posses, enquanto aquele desprovido até mesmo das coisas mais básicas imagináveis fizera por merecer a própria situação de precariedade, não sobrava qualquer espaço para queixas. Era mesmo como se a meritocracia nos dissesse: "Não se queixe porque a culpa de tudo é sua, e somente sua".

Foda. Tempo de sopa com osso, como diz o outro.

Lembro bem dessa época. Era feio não ter. Era feio não poder. Era feio não comprar. Era feio não gastar. Qualquer demonstração de pobreza representava automaticamente uma autodeclaração de incompetência. Ser pobre ou experimentar dificuldades não tinha graça nenhuma, e então eu e o meu povo fazíamos o que estivesse ao alcance para ocultar a nossa condição, que era justamente essa, de extrema pobreza e de severas dificuldades. Na quebrada, tudo bem andar de chinelo já remendado com prego, camisa já toda furada e bermuda já toda arregaçada; mas tínhamos que ter pelo menos um par de tênis bom, uma camisa polo intacta e uma calça de brim invejável para as idas ao Centro, para as entrevistas de emprego, para qualquer ocasião especial ou na qual entrássemos em contato com pessoas que não nos conheciam. Deus nos livrasse de pensarem que éramos o que, na verdade, realmente éramos: pobres. Ao mesmo tempo, abraçando todos os protagonismos que se pode imaginar de todas as esferas sociais que se pode imaginar, havia quem fizesse toda a questão de ostentar o champanhe, os morangos com chantilly, a estante elegante repleta de livros caros, a matrícula dos filhotes no colégio particular e a porta da geladeira repleta de danoninhos, como diria a minha amiga Silvana.

É. Mas acontece que, agora, eis que as coisas mudaram de figura. Revelada como a falácia que realmente é e que realmente sempre foi, a chamada "meritocracia" caiu por terra e os valores se inverteram de uma hora para outra. Agora, é legal admitir tanto uma pobreza atual como uma origem pobre. Agora, é legal falar sobre as dificuldades do presente ou do passado. Agora, o que se ostenta é o Corote, e não mais o champanhe; o que se ostenta é o bolo feito com bananas passadas para evitar o desperdício, e não mais os morangos com chantilly; o que se ostenta é uma visita a uma biblioteca comunitária lá onde Judas perdeu as meias, e não mais a estante elegante repleta de livros caros; o que se ostenta é o respeito e a luta pela educação pública, e não mais a matrícula dos filhotes no colégio particular; o que se ostenta é a despensa vazia, e não mais a porta da geladeira repleta de danoninhos.

No meio disso tudo, o que se observa é a extrema dificuldade dos privilegiados de sempre para largar o osso. Aqueles que sempre foram protagonistas em tudo querem protagonizar também o próprio levante da massa que até ontem era oprimida por eles mesmos. Do dia para a noite, deixaram de falar sobre as badaladas viagens ao exterior na vida adulta para falar sobre supostas dificuldades financeiras na juventude. Do dia para a noite, deixaram de falar sobre a Cidade Baixa e sobre o Bom Fim para falar sobre a Restinga e sobre a Lomba do Pinheiro. Do dia para a noite, deixaram de andar com os figurões pomposos da cidade para andar com o pessoal descolado da quebrada. Caralho, querem o papel principal na nossa própria história!

Até aqui, por questão de organização do texto, tenho falado só na perspectiva de classe, mas todos os recortes sociais estão contemplados por essa vergonhosa indecência. Abram os olhos: não é apenas a classe média que está colocando os desvalidos na cacunda como quem não quer nada. Por exemplo, todo 8 de Março, Dia Internacional da Mulher, uma rápida passeada nas redes sociais e nos veículos de notícias já basta para nos enojarmos com a quantidade de homens desconstruídos e sabichões prontos a falar tudo de bom sobre as mulheres com base em uma montanha teórica, mas — e aí me incluo, em autocrítica — incapazes de abandonar o seu espaço de poder em favorecimento das mulheres, incapazes de abrir mão do próprio discurso para deixarem que as mulheres falem por si mesmas, incapazes até de lavar a própria louça e a própria cueca no recôndito do lar. Da mesma forma, o que mais se vê por aí são brancos especialistas nas questões étnico-raciais que, por conta de toda a sua expertise, ocupam lugar de destaque nas discussões sobre os negros e sobre os indígenas, enquanto os próprios negros e os próprios indígenas, escanteados, ficam com cara de "Olha lá o balão", como diria a minha mãezinha Rita Helena.

Enquanto isso, a esquerda de soja — que, não por acaso, compartilha da mesma aversão ao PT que a extrema direita — tem a cara de pau de lambuzar-se nas transformações sociais progressistas dos últimos tempos, fingindo não se lembrar que foram as políticas de ações afirmativas implementadas nos governos Lula e Dilma que possibilitaram essas mesmas transformações, fingindo não se lembrar que, se as portas das universidades não tivessem sido abertas ao povo pelo PT, simplesmente não estaríamos debatendo o racismo estrutural da forma ampla como debatemos hoje em dia, simplesmente não estaríamos debatendo o machismo estrutural da forma ampla como debatemos hoje em dia, enfim, simplesmente não estaríamos problematizando os recortes sociais da forma ampla como problematizamos hoje em dia. É claro que o PT foi bastante pressionado pelos movimentos sociais, mas essa mesma pressão, aplicada aos governos anteriores, nunca tinha surtido qualquer efeito.

Desde o Bolsonaro, muito tem se falado em "resistência". Eu próprio confesso ter levantado essa bandeira, inclusive. Mas ultimamente tenho pensado comigo mesmo que talvez não faça muito sentido falar em "resistência". A resistência é deles. A resistência é de quem não quer perder os privilégios e o protagonismo. A resistência pertence a quem não consegue engolir a amplitude e a profundidade que o conhecimento, a reflexão e os debates têm tomado no seio do povo brasileiro justamente por causa das políticas de ações afirmativas implementadas nos governos Lula e Dilma. Da direita à esquerda de soja, passando pelos isentões, a resistência é de quem não aguenta perder o lugar de destaque para um pé-rapado, para uma mulher, para um negro, para um indígena, para um gay, para uma pessoa trans.

Abram o olho com a resistência.

Agora é que a cidade se organiza?

Um dia, de manhã cedo, na parada aqui perto da baia, esperando o bonde pra ir trampar, olhei pra trás e vi que tinha uma viatura da polícia estacionada na Vilinha. Daqui a pouco, dois brigadianos saíram duma casa trazendo lá de dentro um mano meu algemado. E não tô usando o termo "mano" à toa. O cara que tava sendo preso era tri meu bruxo, na antiga. Altos papos com ele na época que eu queimava um.

Os brigadianos abriram a porta de trás da viatura e colocaram ele lá dentro, deitado no banco, mas com os pés pra fora do carro. Aí, um ficou segurando os pés dele e o outro ficou batendo a porta. Ficaram fazendo isso um bom tempo. Batendo a porta do carro com toda força. Várias e várias vezes. O que impedia a porta de fechar eram as canelas do meu bruxo.

Agora, todo mundo acha um absurdo esse governo, porque, entre outras idiotices e demonstrações de mau-caratismo, o presidente já se declarou favorável à tortura. É claro que é uma merda um cara ser imbecil o bastante pra pensar assim em pleno século XXI, sobretudo se o cara em questão for a porra do presidente. Mas acho importante salientar que na periferia a barbárie é coisa antiga. Abuso de poder, um tapa na cara aqui, um bico no cu ali, um tiro na mão acolá. Espancamento — espancamento sério — já até faz parte do protocolo: vem logo após a voz de prisão. E se for só espancamento, o malandro tá no lucro. Depois, com sorte, se não vier o "morto por reagir à prisão", vem a cadeia lotada, o rango azedo, a tuberculose. Às vezes, depois duns meses, ou duns anos, descobrem que o cara, na verdade, nem tinha feito nada: a prisão foi um engano. Mas isso é detalhezinho besta. E fica tudo por isso mesmo.

Então, quando vejo a classe média progressista toda indignada com o tal do presidente que se declarou favorável à tortura, quando vejo toda essa mobilização antigoverno, quando vejo essas manifestações na Esquina Democrática, olha, por mais que me identifique com os ideais e tudo o mais, não posso deixar de me perguntar onde diabos andava essa gente esses anos todos. A impressão que dá é que apenas sussurrar "tortura" no ouvido da classe média sensata já é motivo maior de mobilização do que a tortura efetivamente praticada nas periferias deste país todo santo dia.

Impossível não lembrar o que diz o Marcelino, em "Da paz": "Agora é que a cidade se organiza? Pra salvar a pele de quem? A minha é que não é!"

Racista, não racista e antirracista

*Não basta não ser racista,
é preciso ser antirracista*

A princípio, esse raciocínio parece romper com um paradigma composto de apenas duas posturas possíveis ("racista" e "não racista") para estabelecer um modelo de reflexão ternário, onde a postura "antirracista" surge como terceira possibilidade, distinta e independente das duas anteriores. Contudo, o que parece escapar às pessoas, especialmente às pessoas brancas, é que, segundo o próprio enunciado, apenas uma dessas três posturas é aceitável no âmbito do efetivo combate ao racismo, enquanto as outras duas não o são, e eis aí a evidência de que ainda estamos em um modelo de reflexão binário: de qualquer forma, existem duas, e apenas duas, posturas possíveis: a postura aceitável, que efetivamente combate o racismo, e a postura inaceitável, que não o combate. Dessa perspectiva, a postura "racista" e a postura "não racista" apresentam-se como variações de uma mesma coisa (são duas maneiras distintas de estar em conformidade com o racismo), enquanto a postura "antirracista", em contraste, opõe-se a elas, sugerindo a efetiva desconstrução das estruturas sociais que privilegiam brancos em todas as esferas.

O fato de a postura "racista" ser fundamentalmente ativa talvez incline a maior parte de nós a considerá-la mais perversa do que a postura "não racista", que é, em essência, passiva. Mas, quando reflito sobre essas duas posturas, sempre chego à conclusão de que são, pelo menos, igualmente perversas.

A omissão é paradoxal por natureza: não praticar ato algum é também praticar um ato. E, assim, não praticar ato algum no sentido de desconstruir o racismo estrutural, que é perverso, é também praticar um ato: um ato em favor da sua manutenção e, portanto, um ato perverso. Contudo, embora a postura "não racista" contribua tanto para a manutenção do racismo estrutural quanto a própria postura "racista", a primeira, ao contrário da última, é agravada por sua sutileza e pelo fato de ser socialmente aceita. Apesar de sabermos como é nociva e perversa a postura "não racista" que não chega a ser "antirracista", encontramos dificuldades em atacá-la e, ao ousarmos fazer isso, muitas vezes terminamos mesmo repreendidos (inclusive por nossos próprios pares, em alguns casos). Não há sequer leis que coíbam essa postura. Tão indecente e perverso quanto um "racista" declarado, o cidadão "não racista" que não chega a ser "antirracista" atravessa incólume as relações sociais, inclusive atrevendo-se a participar dos debates acerca da problemática racial.

Quando um professor branco percebe-se integrante de um quadro de professores constituído apenas por brancos como ele próprio ou majoritariamente por brancos como ele próprio, deveria entender que, para início de conversa, nem mesmo deveria estar ali, e que é absolutamente condenável a sua permanência naquele lugar, se não de uma perspectiva legal, pelo menos de uma perspectiva moral. E, claro, o mesmo serve para políticos brancos, escritores brancos, editores brancos, cineastas brancos, repórteres brancos, enfim, brancos ocupando qualquer espaço de poder de maneira total ou majoritária. Deveriam sair dali. Deveriam abrir mão do privilégio de estar ali — privilégio esse que, longe de refletir mérito, lhes foi concedido justamente pelo racismo estrutural. Não há nada que possam dizer, não há discurso que possam adotar que contribua efetivamente para o combate ao racismo: sua presença ali, naquela determinada posição de poder, já é a manifestação do próprio racismo.

É dessa perspectiva que percebo a postura "não racista" que não chega a ser "antirracista" tão perversa e digna de repúdio quanto a própria postura "racista", se não ainda mais perversa e digna de repúdio. Porque, dado o nosso contexto social atual, a postura "não racista" que não chega a ser "antirracista" consegue algo que nem mesmo a própria postura francamente "racista" consegue: naturalizar o privilégio branco. Da mesma forma que um branco "não racista" respira sem sentir qualquer culpa, transpira sem sentir qualquer culpa e espreguiça-se pela manhã sem sentir qualquer culpa, assim também recebe e gasta seu bom salário (recebido e gasto apenas por pessoas brancas ou majoritariamente por pessoas brancas) sem sentir qualquer culpa, faz as refeições em bons restaurantes (frequentado por pessoas brancas ou majoritariamente por pessoas brancas) sem sentir qualquer culpa, goza das comodidades do condomínio bem localizado onde mora (habitado apenas por pessoas brancas ou majoritariamente por pessoas brancas) sem sentir qualquer culpa. Faz tudo isso sem sentir qualquer culpa, claro, porque não se dá conta de que é o racismo estrutural que lhe provê tudo, inclusive a possibilidade de usar o seu lugar de poder para falar ou escrever (inutilmente) contra o racismo estrutural.

A postura "não racista" que não chega a ser "antirracista" — postura do branco privilegiado que não abre mão dos próprios privilégios, embora eventualmente os condene de maneira verbal ou por escrito — é uma contribuição direta para a manutenção do racismo estrutural.

"Não basta não ser racista, é preciso ser antirracista."

Concordo. Não basta dizer que os privilégios brancos são injustos. É preciso abrir mão deles.

4.
Entre as tripas e a razão

Homem ou rato?

Para mim, dormir nunca foi uma coisa fácil. Acordar, muito menos. E os tormentos que tarde da noite me dificultam o fechamento dos olhos são os mesmos que de manhã bem cedo quase me impossibilitam de abri-los.

No N.A., me ensinaram uma coisa importante: um dia de cada vez. É lugar-comum, eu sei. Mas funciona. Funciona de verdade. Um dia de cada vez, cada dia como se fosse o último. Faz de conta que é só hoje. Tenho adotado essa tática para suportar não só a abstinência, mas também o passar dos dias, as frustrações, as injustiças, a própria vida. Um dia de cada vez, e assim vai ficando mais fácil engolir a existência neste mundo sombrio.

Na verdade, já deixou de ser um dia de cada vez. Afinal, como todo remédio, também essa tática para de fazer efeito aos poucos e, em algum momento, torna-se necessário um aumento na dosagem. Há algum tempo, passei de um dia de cada vez para um turno de cada vez: primeiro a manhã, depois a tarde e, por fim, a noite. Então, quando isso também parou de funcionar, tive que progredir para uma hora de cada vez. Hoje em dia, já estou na esfera dos minutos.

Café é fundamental. Não faço planos a longo prazo porque já me cansei de ver tudo dar errado sempre. Meus planos, então, são sempre minúsculos e singelos: assim aumento a probabilidade de ser bem-sucedido. Quando decido sair da cama, por exemplo, a única coisa que tenho em mente é tomar um café: é o meu único plano, é a minha única esperança, é a minha única ambição, é o meu único objetivo. Se não fosse o café, possivelmente nunca sairia da cama. E depois do café, normalmente é tudo na base do "Seja o que Deus quiser". Depois do café, vou só no embalo. Depois do café, a cada minuto que passa tenho que bolar um novo plano, sempre minúsculo, sempre singelo.

Levantei e botei a água no fogo. Pouca água, só para uma xícara, porque o café é solúvel. Até prefiro café passado, mas o ato de passar café já é um plano grandioso demais para mim. Enquanto o fogão fazia seu trabalho, fui ao banheiro.

Existem algumas coisas com as quais aprendi a lidar. O vazamento da pia do banheiro é uma delas. Lá atrás, há um gotejar insistente. Não importa o quanto se aperte a bendita rosca da mangueira, não importa a quantidade de veda-rosca que se ponha ali: a água insiste em vazar, os pingos insistem em cair. Um balde foi a solução. Deixo sempre um balde ali atrás. A água pinga dentro dele. Toda manhã, só o que tenho que fazer é despejar o balde e tornar a colocá-lo no mesmo lugar. Mas houve uma surpresa dessa vez.

Percebo que as pessoas que veem algum valor na sensibilidade tendem a se tornar cada vez mais sensíveis. Não é uma empreitada fácil essa evolução (digo por experiência própria). Um dos momentos mais difíceis na vida de quem aposta na sensibilidade é o momento de decidir se importar ou não em parecer louco. Em outras palavras, num dado momento, a pessoa observa diante de si uma verdade e tem a opção de abraçá-la ou não: abraçá-la significa abrir mão de ser considerado mentalmente são no âmbito do senso comum. Quanto a isso, de minha parte, decidi pela lei do menor esforço. Fingir dá muito trabalho. Preferi ser honesto comigo mesmo mais por preguiça do que por qualquer outra coisa. Querem pensar que sou louco? Pois que pensem! Não vou mover uma palha para provar o contrário. E é justamente esse tipo de postura que me permite contar uma história como esta.

Havia um rato dentro do balde.

Como toda manhã, também nessa o balde estava pela metade de água. Um balde meio vazio. O rato tinha caído ali dentro e encontrava-se numa situação difícil: não podia se deixar afundar, pois morreria afogado, mas não tinha como alcançar a borda do balde para poder sair dali. Só lhe restava boiar até que se esgotassem suas energias. E ele boiava. Boiava bravamente! Mexia as patinhas para não se deixar afundar. Há quanto tempo já estava fazendo aquilo? Os ratos, pelo menos os da minha casa, são bastante espertos: só perambulam pelos cômodos no meio da noite; nunca à luz do dia. E agora já eram nove da manhã. Isso me permitiu concluir que, na melhor das hipóteses, o pobrezinho devia estar se esforçando para não se deixar afundar há três horas, desde as seis da manhã, que é quando a claridade toma conta da casa nesta época do ano.

Quando fui pegar o balde para despejar a água e percebi o bicho ali, ele também me viu e se assustou. Nadou em desespero para o outro extremo do balde. Atravessou debalde o balde: se fosse minha vontade aniquilá-lo, seria a coisa mais fácil do mundo. Mas, para sorte dele, não me importo de parecer um louco e assim me encontro um tanto avançado no caminho da sensibilidade progressiva. Pude ver naquela criatura a mim mesmo. Vi claramente. Vi naquele rato o mesmo esforço inútil que o meu. O esforço dele para boiar e boiar até que não houvesse mais energias e, por fim, viesse o afogo inevitável, o esforço era idêntico ao meu. Eu não era melhor do que aquele rato, e foi isso que percebi naquele momento. Sei bem que a ida diária ao trabalho não fará mais por mim do que livrar-me da morte por fome para que eu possa continuar trabalhando; em outras palavras, a única razão do meu trabalho é o meu trabalho; o meu trabalho serve ao meu trabalho; do meu trabalho vem a pequena dose de energia para que eu possa continuar trabalhando, e nisso se resume a minha vida; não há qualquer lazer nem qualquer perspectiva de mudança. E o rato se esforçando para não se deixar afundar na água do balde estava no mesmo barco que eu.

Decidi fazer por ele o que jamais será feito por mim: retirei-o da água com cuidado, para não machucá-lo. Libertei-o do trabalho sem fim. Naquele instante, falei o mesmo idioma do rato. Eu disse: "Vai, tu tá livre!". E imaginei que ele iria. Imaginei que fosse sair correndo para trás da sapateira. Mas, não. O bicho já não tinha mais forças. Acho que o desespero ao me ver, quando ele nadou para o outro extremo do balde, acho que aquilo esgotou as últimas energias dele. Uma vez liberto, tudo o que fez foi dar alguns passos e, então, tombou, de ladinho, sem forças para fugir de mim, o gigante que (por que ele pensaria diferente?) estava prestes a esmagá-lo.

É curioso ver de perto um rato assustado. As semelhanças com a nossa espécie são muitas. O rato assustado também arregala os olhos; o rato assustado também fica ofegante. E ali, caído de ladinho, sem forças para mais nada, tudo o que o rato fazia era isso: ficava me olhando com os olhos arregalados, respirando ofegante, esperando que eu lhe fizesse o pior.

Naquele instante, bolei um dos meus planos minúsculos e singelos, os quais dão sentido à minha vida: planejei cuidar daquele rato. Em primeiro lugar, catei uma toalha limpa para poder secá-lo. Estendi a toalha no chão do banheiro. A ideia era colocar o bicho ali em cima e então puxar uma das pontas da toalha para esfregar seu corpo todo ensopado. Mas não é fácil se comunicar com um rato. Não é fácil fazê-lo entender que a gente quer ajudar. Ele não acredita. E se há pouco falei no idioma dele, dessa vez foi ele quem se expressou no meu. Quando aproximei a mão para pegá-lo, ele soltou um grunhido desesperado que pude compreender muito bem: "Socorro!". Afastei a mão na mesma hora.

Tive que ir à cozinha desligar o fogão porque a água já estava fervendo. Depois, voltei ao meu amiguinho. Dessa vez, adotei uma estratégia contrária: em vez de colocá-lo na toalha, puxei a toalha para perto dele e, então, comecei a lhe secar os pelos. Ele não tornou a grunhir, mas notei que ficou mais ofegante do que nunca e arregalou ainda mais os olhos.

Aos poucos, o bicho foi se acostumando. Conforme eu passava a toalha nele, de leve, ele foi respirando mais devagar, foi desarregalando os olhos, foi relaxando. Acredito que em algum momento passou a considerar o meu ato uma massagem, porque chegou a fechar os olhos, respirando tranquilo. Se eu parava, ele abria os olhos; quando tornava a passar a toalha nele, ele tornava a fechá-los.

Mas houve um momento em que os olhos dele não se abriram mais. Cutuquei ele, mas não adiantou: nem a isso ele respondeu. Reparei, também, que ele tinha parado de respirar. Foi a minha vez de arregalar os olhos e ficar ofegante. Não havia mais o que eu pudesse fazer. O rato estava morto. Aceitei o fato. Não era o primeiro fato duro que eu aceitava na vida. O rato estava morto, como também eu estarei um dia.

Chorei muito enquanto o enterrava no quintal. Olhei para o céu em busca de amparo. Não encontrei amparo nenhum. Não há um gigante disposto a me tirar do meu próprio balde.

"Tu é um homem ou tu é um rato, guri?", meu finado pai costumava perguntar quando eu era pequeno. Gostaria que ele estivesse vivo agora para poder retrucar da maneira mais adequada: "Em muitos casos, meu pai, o verdadeiro conhecimento consiste justamente em não saber a resposta para a pergunta".

Caminho das letras

Minha irmã foi a primeira pessoa a me mostrar que a leitura não era um jogo de adivinhação. Sempre que a gente andava pela rua, de mãos dadas, ela apontava pra alguma placa e dizia:

— E ali? O que tá escrito ali?

Consigo lembrar do tipo de raciocínio que eu fazia nesses tempos remotos. Eu achava que devia dar um palpite; olhar pro desenho das letras e tentar imaginar algo criativo; era isso que eu achava que era a leitura.

— "Céu azul"?

— Não! Ali tá escrito "sapateiro".

Na mesma época, eu costumava jogar pife com a minha finada vó quando ela ia nos visitar. E eu sabia que, em algum momento do jogo, deveria baixar as cartas e dizer "Bati!", porque era o que eu via os mais velhos fazendo. Então, eu esperava; ia comprando e descartando, comprando e descartando, até o momento em que, tentando pegar a minha vó de surpresa, simplesmente baixava as cartas de repente e anunciava a batida sem nem mesmo saber o que cada carta significava.

Ela sempre balançava a cabeça e dizia assim:

— Tá bom! Ai, que guri pentelho! Me ganhou de novo!

Vó é vó.

Por causa do carinho infinito da minha vó, eu levaria anos pra realmente aprender a jogar pife. Mas o real aprendizado da leitura veio ligeiro, graças à falta de dó com que a minha irmã revelava o meu desconhecimento do significado das letras. Não que ela não me amasse. Sempre fomos muito ligados; mais do que a maioria dos irmãos. Acontece que a minha irmã é só quatro anos mais velha do que eu; naquela época, portanto, ela própria também era criança e não tinha ainda a capacidade sutil de fingir que eu tava certo só pra evitar me magoar; além disso, ela própria devia ter aprendido a ler pouco tempo antes e acho que brincar de ler coisas comigo era uma forma de ela mesma praticar.

O fato é que comecei a perceber uma coisa estranha e ao mesmo tempo fascinante sobre a vida: havia coisas que eu entendia como funcionavam e havia coisas que eu *não* entendia como funcionavam. O pife, por exemplo, eu pensava que já entendia como funcionava porque minha vó legitimava as minhas batidas; mas o funcionamento da leitura era um mistério pra mim porque, segundo a minha irmã, os meus palpites nunca tavam certos.

Fui perguntar pra minha mãe como se fazia pra ler as coisas. E a minha mãe, então, começou a me ensinar, sempre de noite, depois que voltava das faxinas. Aprendi rápido. Crianças aprendem rápido. Logo eu tava lendo tudo o que via por aí, e também escrevendo coisas em cada pedaço de papel que achava.

Aí, veio o mistério insolúvel do "G" e do "J". Aprendi como funcionavam; conseguia ler e escrever coisas tanto com "G" como com "J". O problema é que, naquela idade, muitos e muitos anos antes de vir a conhecer a palavra "inconsistência", eu já refletia sobre o que parecia ser exatamente isso: uma inconsistência do mundo das letras.

Por dias a fio, teimei com a coitada da minha mãe que o certo deveria ser "garajem" e não "garagem". Afinal, como podia o "G" fazer um som no início da palavra e outro som dentro dela? Dei exemplos; mostrei como "janela" se escrevia com "J"; mostrei como "galinha" se escrevia com "G"; insisti, enchi o saco; o "G" devia ou fazer um som, ou fazer outro; não podia fazer dois sons diferentes.

Lembro muito claramente o jeito como essa discussão foi encerrada. Minha mãe incutiu em mim o medo de aprender. Ela disse:

— Meu filho, esquece um pouco isso de ler e escrever e vai brincar. Se tu ficar forçando demais a cabeça, vai ficar doente. Isso faz mal. Tu é muito pequeno pra ficar pensando nisso. Quando tu tiver a idade certa, vai entrar na escola e a professora vai ensinar tudo certinho.

É claro que a minha mãe não tinha más intenções quando me instruiu assim. Provavelmente, ela apenas não aguentava mais os debates intermináveis sobre "G" e "J". O fato é que tive muito medo de ficar doente e interrompi as investigações sobre as letras. De qualquer forma, o estrago já tava feito: entrei no colégio com tal domínio sobre a escrita e a leitura que a professora chamou meu pai na escola e sugeriu que eu fosse passado direto pro segundo ano do ensino fundamental. Mas isso não aconteceu, porque meu pai achava importante que eu seguisse o caminho integral, sem atalhos.

Por anos a fio deixei de me preocupar com as letras e fui descobrindo outros amores, como o desenho, a música, a filosofia, a programação de computadores.

Hoje, parando pra pensar, percebo claramente o quanto minha mãe me criou pro sonho. Depois que ela e meu pai se separaram, fui viver com ela, que não mediu esforços pra botar lenha nas fogueiras das minhas esquisitices. Tenho pra mim, com boa dose de convicção, que a vida inteira minha mãe foi, e ainda é, uma artista reprimida. Desenterrando memórias antigas, vejo ela sentada na mesa, desenhando. Fazia desenhos lindos. Eu era capaz de ficar admirando os desenhos da minha mãe por horas e horas seguidas, sem jamais me cansar. Mas pra minha mãe, nunca foi dado o direito de ganhar dinheiro com desenhos. Ela sempre ganhou dinheiro limpando chão. E penso que, consciente ou inconscientemente, tudo o que ela mais desejava era que as coisas fossem diferentes pra mim. Que eu não precisasse trancar no armário aquele desejo ardente de expressar a minha visão de mundo através da arte.

Quando botei na cabeça que seria músico, por exemplo, minha mãe comprou um cavaquinho. E não só comprou o cavaquinho como também trazia, quase todo dia, vários tipos de revistinhas, algumas com cifras, pra que eu pudesse aprender a tocar as músicas, outras contendo teoria musical pura, que na época eu mal podia entender.

Mas o episódio mais emblemático da forma como a minha mãe me criou pro sonho foi o episódio do videogame.

O videogame mais badalado da época era o PS1, mas o superior em tecnologia era o N64. E era este que eu queria. Três dos meus aniversários se resumiram na insistência cruel pra que a minha mãe me desse um N64 de presente. Classifico essa insistência como "cruel" porque minha mãe, na verdade, não tinha dinheiro pra comprar aquilo. Só que, um dia, ela acabou comprando.

Todo pobre sabe bem a felicidade que é, ou pelo menos costumava ser até pouco tempo atrás, uma rescisão trabalhista. Quando um pobre saía de um emprego onde tinha ficado por bastante tempo, o dinheiro proveniente disso era a oportunidade rara de fazer alguma coisa que dificilmente se conseguiria fazer outra vez na vida. Então, quando a minha mãe se libertou do apartamento onde tinha passado anos limpando o chão, teve a oportunidade de comprar o bendito N64. Nunca vou esquecer. Foi o presente mais importante da minha vida. Um presente de Páscoa. Estranhei a minha mãe me dar um N64 como presente de Páscoa. Me perguntei por que ela não me dava o videogame no meu aniversário, ou então no Natal. É que, mantido em alienação total a respeito das dificuldades da vida, naquele momento ainda não fazia a menor ideia de que não se pode planejar uma rescisão trabalhista: ela vem quando o trabalhador já não aguenta mais.

Nessa época, o desenho era a minha maior paixão. Eu fazia histórias em quadrinho. Mangás, pra ser mais preciso. Tudo artesanal, evidentemente: desenhava com lapiseira, em folhas de ofício comuns cortadas ao meio, frente e verso; fazia a arte-final com caneta Bic; coloria as capas com lápis de cor vagabundos saqueados do colégio; por fim, empilhava as páginas e grampeava tudo, no cantinho direito (mangás são lidos ao contrário). Era tudo muito metódico: cada revistinha tinha exatamente oito capítulos e cada capítulo tinha exatamente vinte e cinco páginas, totalizando duzentas páginas por revistinha. A série mais longa que produzi teve vinte e quatro revistinhas dessas. Tenho vergonha de como se chamava: *The Universe of Four Gods*. Naquela época, não havia forma fácil de tentar descobrir o que palavras em inglês significavam, mas a intenção com esse título era dizer *O universo das quatro deusas*, porque a história se passava em um mundo fantástico criado por quatro deusas. Tratava-se, basicamente, de uma mistura de *Dragon Ball Z*, *Cavaleiros do Zodíaco* e *Yu Hakusho*; os personagens eram os meus amigos e parentes. Todos gostavam muito de se ver representados ali, nas batalhas e aventuras surreais onde eu botava um pra brigar com o outro, ou um pra ajudar o outro; onde se formavam grupos rivais; onde alianças eram feitas, pra serem desfeitas quatro ou cinco revistinhas mais tarde; onde meus amigos e parentes eram mortos uns pelos outros das formas mais horríveis, pra depois reaparecerem como espíritos ou ressuscitados. Todos vinham bater na porta da minha casa pra saber se o próximo número da série já tava pronto: eu nunca mostrava as páginas antes de ter a revistinha já toda terminada. E, assim, o interesse dos meus amigos e parentes ia me incentivando a continuar produzindo, razão pela qual eu passava dias inteiros e madrugadas inteiras bolando roteiros e desenhando. Bons tempos!

Então, quando eu e a minha mãe fomos no Centro pra comprar o bendito N64, ela me levou, de propósito, por um caminho que passava em frente a uma loja, que não era uma loja de videogames. Fez eu entrar ali e me mostrou uma coisa.

— Olha, meu filho. É o mesmo preço do videogame.

Minha mãe tentava me convencer a trocar o N64 por *aquilo*. E *aquilo* era uma mesa de desenhista profissional, com cadeira de rodinhas e luminária embutida, dessas maleáveis, que se pode ajustar pra cá ou pra lá, pra espalhar luz sobre a mesa inteira, ou focar em um ponto específico. Também acompanhava a mesa algum material de desenho: lápis 2B, 3B, 4B etc.; pastéis, lápis aquarela e pincéis; caneta nanquim 0.5 e 0.7; um pacote grosso de folhas específicas para desenho.

Mãe é mãe.

E adolescente estúpido é adolescente estúpido. Bati o pé que queria o N64.

Só que os nintendistas sabem bem que não foi exatamente uma oportunidade perdida. Em toda minha vida, nunca vi elixir mais eficaz do que o N64 pra estimular a criatividade. Jogar à exaustão títulos como *Perfect Dark*, *Donkey Kong 64*, *Super Mario 64*, os dois *Banjo-Kazooie* e os dois *Zelda*, só pra citar alguns, é a aula prática de como pensar fora da caixa mais eficiente que eu poderia recomendar a qualquer um.

Depois da fase musical, da fase desenhista e da fase gamer, viria a fase mais importante de todas: a fase leitor. E, pela segunda vez na vida, seria a minha irmã a me mostrar que leitura não combina com adivinhação.

Minha irmã insistia que eu lesse livros. E eu insistia em recusar. Pra mim, não fazia sentido nenhum ler livros porque eu tinha uma certeza, tão firme e imbecil como toda e qualquer certeza: ler era coisa chata, coisa de estudioso, coisa cansativa.

Por meses eu e a minha irmã travamos essa batalha quando ela vinha lá de Monte Negro — onde fazia a graduação, no meio dos livros e das dificuldades financeiras — pra nos visitar aqui no Pinheiro — onde eu também, de certo modo, me graduava no meio dos conselhos das tias e dos assassinatos nas esquinas.

Um dia, minha irmã, mais uma vez, expôs a adivinhação equivocada:

— Como tu pode saber que livro é ruim? Que valor tem a tua opinião? Tu já leu um livro inteiro? Não quero mais falar contigo sobre isso. Não vou falar mais contigo sobre isso. Porque tu nunca nem leu um livro inteiro. Depois que tu ler um livro inteiro, vem me falar o que tu acha. Daí eu vou dar valor pro que tu acha.

Aquilo me pegou. A minha irmã me fazia perceber a possibilidade da transformação. Eu podia achar qualquer coisa, e a minha opinião era sincera, mas existia a possibilidade de a minha opinião ser transformada em outra através da leitura de um livro inteiro, e isso eu não podia negar com sinceridade. Pra poder negar, precisaria, de fato, ler um livro inteiro. Não existia outro jeito de tirar a história a limpo.

Por isso, peguei um livro emprestado. *Besta-fera*, um romance de terror sobre lobisomem.

Nunca mais parei de ler.

Tinha início, na minha vida, uma fase de intenso consumo, e de nenhuma produção. Se tinha passado vários anos compondo canções e desenhando histórias em quadrinho, agora só o que queria fazer era ler, ler, ler, ler, ler. Com o passar do tempo, fui me ausentando do campo de futebol, dos botecos e das rodas de maconheiros, onde eu e alguns amigos já começávamos a experimentar o pitico (cigarro de maconha misturada com pedras de crack esfareladas). Ninguém mais me via na rua. Passava os dias e as noites recluso, lendo. Lendo de tudo. Lendo sem parar. A minha casa, que sempre foi um dos pontos de reunião mais importantes da turma, aos poucos foi deixando de ser frequentada: meus amigos se cansaram de chegar lá e me pegar lendo alguma coisa, sem dar a menor atenção ao que eles falavam sobre o que tava acontecendo lá fora.

Me vi só. Absolutamente só. E assim permaneci por longo tempo.

Não era por achar que ler pudesse me fazer algum bem que eu lia. Lia porque tinha me viciado. Lia porque era a maior fonte de prazer que tinha descoberto na vida inteira. Lia tudo o que tinha em casa pra ler. Depois, comecei a pedir livros emprestados, sempre pra pessoas mais velhas, porque quase ninguém da minha idade saberia dizer onde se podia encontrar um livro. Ninguém da minha idade que eu conhecesse queria saber de livro. E como as opções eram limitadas e a vontade de ler era muito forte, tive que ler de tudo: li toda a coleção de Agatha Christie da minha vó, li toda a coleção de Edgar Wallace do tio de um amigo, li algumas coisas do Machado, li livros didáticos de história e geografia inteiros, li a Bíblia inteira, li, li, li, li, li. E quanto mais eu ia lendo, mais coisas eu ia aprendendo, e mais coisas eu queria aprender: de *O mundo de Sofia* fui parar em *Apologia de Sócrates*, passando por vários outros textos filosóficos, me tornando cada vez mais apaixonado pela filosofia. Depois, quando já trabalhava e podia escolher o que comprar pra ler, devorei livros sobre ciência da computação.

E, ao longo desse processo todo, desconheci o que fosse vida social. Nada do que as pessoas da minha idade tavam interessadas me interessava. Veio a época de desenvolver interesse pelas baladas: eu só queria entender física quântica. Veio a época de desenvolver interesse pelos namoros sérios: eu só queria entender orientação a objetos. Veio a época de desenvolver interesse pela posse de carros e motos: eu só queria entender marxismo. E assim foi indo. Mas já tava chegando a hora de voltar a produzir em vez de apenas consumir.

Minha mãe, com a criação pro sonho que me deu, tinha preparado o solo. E minha irmã, ao me fazer ler livros, tinha jogado a semente. Havia, agora, um escritor em gestação no terreno da minha existência particular. Escritor que não demorou muito a brotar, porque eu já não aguentava mais consumir tantas obras fascinantes sem produzir, eu mesmo, a minha própria obra escrita.

A infância e a adolescência da minha escrita foram plenas e saudáveis. A experiência que eu já tinha do aprendizado da música e do desenho me deram a paciência necessária: percebia que tudo o que escrevia tinha péssima qualidade, mas também sabia que era apenas questão de tempo pra isso mudar. Então, eu seguia escrevendo e escrevendo, sem parar, quase sem dormir, quase sem comer, horas e horas a fio. Achei que deveria me familiarizar com as ferramentas da escrita e, por isso, me pus a estudar como um louco tudo o que tivesse qualquer relação com a produção de texto, inclusive gramática, coisa que se mostrou extremamente prazerosa pra mim. Outra coisa útil dos meus aprendizados anteriores foi a consciência de que apenas entender, momentaneamente, não bastava: era necessário fundamentar. Então, pra cada conceito que eu aprendia, tratava de escrever contos e mais contos utilizando aquele conceito, pra entender melhor como se usava aquilo, pra que se usava aquilo, e os momentos onde era preferível usar aquilo e onde era preferível não usar aquilo. Depois de um tempo, comecei a gostar das coisas que eu escrevia.

Quando a minha escrita chegou à fase adulta, isto é, quando comecei a pensar que os meus textos já tinham qualidade comparável à de diversos textos que eu via publicados por aí, achei que era hora de tentar empurrar a minha escrita pro mercado de trabalho.

Acho que foi aquele filósofo de nome difícil de escrever que disse: "Leva o tempo que for necessário pra decidir o que fazer da vida, e, quando decidir, não recua ante nem um obstáculo, porque o mundo tentará te dissuadir". Acho que ele tinha razão. Foi assim que eu senti. Levei muito tempo, e precisei experimentar bastante coisa, pra descobrir que o que eu queria fazer da vida era realmente escrever. E, de fato, o mundo parece que entrou numa espécie de tentativa fanática pra me fazer desistir. Era como se a razão de ser de cada grão de areia do universo, de cada canto de pássaro, de cada nuvem no céu, de cada dente de cada boca, era como se a razão de ser de tudo isso e de todas as outras coisas fosse unicamente me fazer desistir e me adequar ao modelo de "gente normal". Conciliar os subempregos com a escrita foi um inferno. Aturar os amigos e familiares me ridicularizando pelas costas e pelas frentes foi ainda pior. Mas o pior mesmo, o pior de tudo, tava dentro de mim. Eram os meus demônios. Eu olhava pra frente e não via perspectiva alguma de ser chamado de "escritor" por alguém, muito menos de publicar qualquer coisa um dia. Isso era terrível. Isso me levava à beira da loucura. As madrugadas sabem o quanto derramei de lágrimas pensando nisso. Pra mim, essa coisa que chamam "vida" só fazia sentido se eu pudesse escrever. Do meu ponto de vista, a vida servia era pra isso: pra poder escrever. Era a serventia da vida. Tem coisas que a gente faz pra poder viver, mas a gente também precisa viver por algum motivo e não apenas pelo medo da morte. E eu, pra viver, vestia uniformes amarrotados e empunhava pás, mas, se vivia, era única e exclusivamente pela esperança de um dia poder ficar nu e empunhar a caneta. Eu precisava dessa esperança. E nas vezes em que duvidei, nas vezes em que não confiei em mim mesmo, nas vezes em que a fome me torturou, nas vezes em que senti a esperança minguar, nas vezes em que me senti culpado e tive ódio de mim mesmo por desejar o impossível, ninguém sabe o que sofri, e ninguém nunca vai saber. Nenhum outro sofrimento foi tão brutal e devastador.

Eu precisava de companhia. Eu precisava de carinho. Eu precisava de compreensão. E com um texto despretensioso que escrevi e postei no Facebook, acabei descobrindo, por acaso, uma legião de pessoas como eu. E não tô falando de escritores e escritoras. Pode não parecer, mas "escritor" e "escritora" são termos vagos demais. Eu tô falando de escritor e escritora que sabem o que é fome. Eu tô falando de escritor e escritora que sabem o que é desespero. Eu tô falando de escritor e escritora que sabem o que é discriminação. Eu tô falando de escritor e escritora que sabem o que é injustiça. Eu tô falando de escritor e escritora da minha laia. Eu tô falando de escritor e escritora que vivem no mundo real.

A minha escrita renasceu. E, com ela, eu também renasci.

Tinha conhecido a Silvana através da minha irmã, e conheci a Dalva através de Silvana, quando a primeira marcou a segunda no texto despretensioso que postei.

Ninguém neste planeta compreendeu a minha relação com a escrita como Dalva compreendeu. Nem mesmo eu. Por incrível que pareça, foi necessário que Dalva viesse pra dentro da minha tempestade pra me ajudar a entender o que tava acontecendo. Eu nunca teria entendido sozinho. E sou grato a Dalva por isso. Mais do que gratidão, sinto amor por Dalva. Amor. Nunca amei tanto uma pessoa, a não ser minha mãe, minha irmã e meu pai.

Depois, conheci Karine através de Dalva. E Karine moveu céus e terras pra fazer de mim um escritor publicado.

Os brancos deveriam entender que não sabem do que um preto é capaz mesmo nas circunstâncias mais desfavoráveis. E os pretos deveriam entender que as pretas são capazes de ainda mais mesmo em circunstâncias ainda mais desfavoráveis.

O que Karine fez por mim ao publicar a primeira edição do *Vila Sapo* pela Venas Abiertas, não poderei recompensar nunca. Não há dinheiro que eu possa dar a Karine nem favor que eu possa fazer que nos deixe quites. Mais do que me botar no mercado, mais do que fazer as pessoas me chamarem de "escritor" e tratarem o meu trabalho literário com respeito, mais do que isso, Karine me devolveu a esperança e o orgulho.

De lá pra cá, o *Vila Sapo* me rendeu muitas alegrias. Inesperadas alegrias. Foi lançado na Usina das Artes; teve novo lançamento no Centro Cultural da UFRGS; acumulou resenhas elogiosas; caiu no gosto de personalidades da literatura; agradou professores; despertou o interesse de crianças e adolescentes da periferia; chamou a atenção de uma pesquisadora nos Estados Unidos.

E hoje, dia 15 de fevereiro de 2020, o meu primogênito me proporciona mais uma grande alegria. Até aqui, a maior alegria de todas. Eu diria até que hoje talvez seja o dia da minha máxima consagração. Porque é o dia em que finalmente realizo o sonho de lançar o *Vila Sapo* aqui, no meu chão, no meio da minha gente, na própria vila Sapo. É o dia em que a minha palavra volta pra casa depois de virar notícia por aí afora, impulsionada pelos amigos e pelas pessoas que se veem representadas no que eu escrevo. Hoje é o dia em que finalmente posso prestar o meu mais profundo agradecimento ao meu povo, à minha família, à minha quebrada.

Obrigado.

Campo minado

Para a Dalva, com amor

Dia desses, ali na José do Patrocínio, eu ia indo e um cara vinha vindo quando ele, de repente, para, vira todo o corpo na minha direção, olha dentro dos meus olhos, me aponta um dedo acusador e pergunta, quase afirmando:
— Zé?
— Talvez... Eu não te devo dinheiro, te devo? — brinquei.
— Porra, que bom te ver! Eu sou o Bruno!
Ainda bem que ele falou porque eu nunca teria lembrado. Quer dizer, nunca teria lembrado *o nome*, porque *a figura* do cara, sim, consegui reconhecer sem muita demora, apesar do tempão que a gente não se via.
O Bruno foi meu colega por dois anos no Rio de Janeiro. Não o estado do Rio de Janeiro nem a cidade do Rio de Janeiro, claro: me refiro ao colégio que fica aqui em Porto Alegre mesmo, na Lima e Silva. É que morei um tempo na Cidade Baixa antes de o meu pai morrer. Não foi tanto tempo assim, mas foi tempo suficiente para me matricular no Rio de Janeiro e cursar os dois primeiros anos do ensino fundamental, na época chamado ainda de primeiro grau. Então, pelas minhas contas, que admito não serem lá muito confiáveis, eu devia ter oito ou nove anos na última vez que vi o Bruno, antes de dar adeus a ele e a todos os meus coleguinhas da Cidade Baixa e

voltar a morar na Lomba do Pinheiro. Agora, ali estávamos nós, dois homens feitos, ambos na casa mal-assombrada dos trinta.

Reencontrar o Bruno me fez pensar no tempo do Rio de Janeiro, e foi com espanto que percebi restarem-me pouquíssimas lembranças daquela época. Lembro que tocava tarol na banda da escola, e que gostava muito de tocar; gostava tanto que até enfrentava toda a minha timidez para poder tocar. Lembro da Paola, a menina que eu amava em segredo, que era mais velha do que eu, que devia estar umas duas ou três séries à frente da minha, que jogava vôlei na quadra, que tinha um sorriso lindo, que nunca sorriu para mim. Lembro do gol decisivo que fiz numa partida do torneio de futebol e de como toda a torcida ao redor vibrou e os meus colegas vieram correndo me abraçar. Inclusive, ao reencontrar o Bruno na José do Patrocínio e vasculhar a memória me perguntando onde diabos eu já tinha visto aquele rosto, foi justamente essa a imagem embaçada que desenterrei: ele e os outros colegas correndo na minha direção, para me abraçar.

É engraçado, e até meio trágico, mas nada do que a escola se propõe a fixar permanentemente no interior da cabeça dos alunos parece ficar ali dentro por muito tempo. Eu, pelo menos, não sou capaz de relembrar uma única lição sequer, de nenhuma disciplina, de nenhuma das escolas pelas quais passei; não resta, na memória, nem o mais vago vestígio dos conteúdos que os professores se esforçaram tanto para ministrar. Do Rio de Janeiro, o que lembro é o prazer de tocar tarol. O que lembro é a frustração de saber que o sorriso da Paola nunca ia ser lançado na minha direção. O que lembro é a epifania dos deuses do futebol com o gol decisivo que fiz.

Depois, no Thereza Noronha de Carvalho, o primeiro colégio em que estudei após voltar a morar na Lomba do Pinheiro, não fui capaz de memorizar o nome de todas as capitais e qual ficava em qual estado conforme a professora desejava. O que memorizei foi a forma como ela estava autorizada a tratar, e de fato tratava, os alunos daquela região da cidade esquecida por Deus e pelo prefeito:

— Calem a boca, seus demônios do inferno! Puta que me pariu! Por que vocês não morrem?

Evidentemente, nunca presenciei tratarem de maneira sequer semelhante os alunos do Rio de Janeiro, porque o Rio de Janeiro fica na Cidade Baixa, e na Cidade Baixa o progresso chega sempre bem antes de chegar na Lomba do Pinheiro. Mas diga-se, em defesa da referida professora, que aqueles eram outros tempos, e que os tempos mudam, como de fato mudaram de lá para cá. Naquela época, da mesma forma que ninguém via nada de mais nos gritos ofensivos com que ela controlava a turma, tampouco havia quem se importasse, por exemplo, com a venda de carne enrolada em jornal num certo armazém da região, não muito longe do colégio, ou ainda com o fato de o senhor idoso, dono desse mesmo armazém, passar o dia inteiro fumando cigarro de palha dentro do seu estabelecimento, bem debaixo do varal onde ficavam pendurados os salames, razão pela qual os vizinhos até faziam brincadeiras dizendo que ele vendia salames defumados. Enfim, tudo isso passou, tudo isso ficou para trás, e hoje em dia a Lomba do Pinheiro já não registra mais casos de carne enrolada em jornal, nem de salames defumados, nem de professores gritando e xingando os alunos. Pelo menos não até onde eu saiba.

Voltando à minha teoria de que as escolas nunca conseguem fixar dentro da cabeça dos alunos aquilo que gostariam de fixar, a única lição que presenciei num colégio, e que não só sou capaz de recordar hoje como sei que serei capaz de recordar para todo o sempre, e com todo o prazer, aconteceu depois que saí do Thereza e fui estudar no Rafaela Remião. Mas quem deu essa lição não foi um professor, e sim um aluno: o Ben-Hur, meu colega na sexta série.

O Ben-Hur era dono de uma impressionante presença de espírito, conforme o leitor certamente perceberá com esta história que conto. Mas era, também, um falastrão, e passava o tempo inteiro puxando assunto, conversando, todo animado, como se a presença dos professores em sala de aula simplesmente não importasse. Um dia, a professora de matemática, que tinha passado no quadro uma monstruosa série de expressões a serem copiadas e resolvidas, se aborreceu com o fato de o Ben-Hur não estar nem aí para nada daquilo e ainda por cima ficar atrapalhando os outros, tentando puxar assunto. Daí, ela disparou:

— Olha aqui, Ben-Hur, tu já terminaste as expressões?

E, sem pestanejar, ele respondeu:

— Ih, sora, nem começaste!

Desnecessário comentar o quanto a turma gargalhou com essa resposta, legitimando o Ben-Hur como o vencedor daquele pequeno duelo. Mas põe reparo, leitor. Presta atenção. Para além da piada — sensacional, diga-se de passagem —, há aí, nessa história, uma grande lição. Ainda que refletindo a partir de conceitos absolutamente básicos com a minha mentalidade simplista de criança, aquela foi a primeira vez na vida que tive a oportunidade de atentar para a diferença entre o capital cultural do povo periférico e o capital cultural dos professores que caíam, e ainda caem, de paraquedas na periferia para "nos trazer o conhecimento", para "nos salvar da nossa própria ignorância", para "nos ensinar o que é cultura", para "nos ensinar como devemos nos comportar", para "nos ensinar como devemos falar". Só que, naquela ocasião, quem ensinou foi o Ben-Hur, demonstrando, com todo o apoio da turma, que o modo de falar daquela professora, ali, entre aqueles alunos, não tinha valor nenhum nem nunca teria valor nenhum, a não ser como motivo de chacota. Grande Ben-Hur!

Falando em capital cultural, um dia também aconteceu — isto já no Afonso Guerreiro Lima, onde cursei as últimas séries do ensino fundamental — que a professora de artes de lá da época levou a minha turma para a sala de atividades múltiplas, para a gente trabalhar com música. Logo de cara, pediu que alguém cantasse alguma coisa. Eu me voluntariei, levantando a mão, e na mesma hora ela revirou os olhos, imaginando que daquele adolescente revoltado que eu era não poderia vir coisa boa, não poderia vir o que ela classificaria como uma genuína referência artística. Mas permitiu que eu cantasse, e aí eu comecei:

— "Essa porra é um campo minado..."

Pronto. Só esse primeiro verso, simplesmente por haver nele a palavra "porra", só isso, e a professora já cortou as minhas asinhas. Foi motivo para sermão, puxão pelo braço e expulsão da sala.

Mas também essa professora consigo absolver, repetindo o que já disse acima: aqueles eram outros tempos, e os tempos mudam, como de fato mudaram de lá para cá. Hoje em dia, a música que tentei cantar naquela oportunidade, "Fórmula mágica da paz", juntamente com todas as outras faixas do álbum *Sobrevivendo no inferno*, dos Racionais MC's, é leitura obrigatória no vestibular da Unicamp. E eu, que me tornei escritor e venho produzindo textos muitas vezes recheados de gírias e palavrões, fui homenageado pela gestão atual desse mesmo colégio, o Afonso Guerreiro Lima, que colocou a minha palavra lá, estampada no diploma dos formandos do ano passado.

Depois do Guerreiro, veio o ensino médio, que comecei a enfrentar no Inácio Montanha. Foi apenas um ano nesse colégio — um ano no qual fui reprovado por abandonar as aulas antes mesmo do fim do primeiro semestre. E *dou a minha palavra* de que a única coisa que consigo recordar desse período é justamente o que me levou à evasão: fome. Era a primeira vez que eu estudava tão longe de casa, era a primeira vez que eu precisava carregar algum dinheiro comigo para poder comer na rua, e a minha mãe não tinha esse dinheiro para me dar.

Fome. Ainda hoje, quando passo de ônibus na frente do Inácio, a primeira e única coisa que me vem à cabeça é isso: fome. Vontade de comprar um lanche no intervalo e nunca ter dinheiro. Ver outros alunos comendo e nunca poder comer também. Sair das aulas ao meio-dia, com o estômago roncando, sentir no ar o cheiro dos lanches e das refeições das lanchonetes e dos restaurantes da Azenha e *nunca poder comprar uma porra dum pastel sequer!*

Só Deus sabe como me revolto com essa lembrança. Só Deus sabe o que me dá vontade de fazer toda vez que penso nisso. Quando penso nisso, e agora mesmo estou pensando, só Deus sabe o tamanho do esforço que tenho que fazer para que não se esvaia de mim toda e qualquer alegria, para que não se evapore o meu sorriso, para que eu possa conservar em mim alguma doçura.

No ano seguinte, tornei a enfrentar o ensino médio, dessa vez no Júlio de Castilhos, o Julinho. Se entrei duas ou três vezes na sala de aula, foi muito. Isso porque, naquela época, para a minha felicidade, o pátio do colégio ensinava algo infinitamente mais interessante do que os assuntos abordados pelos professores: samba. Todo santo dia os alunos faziam roda de samba no pátio, regada a refrigerante e, às vezes, até a vinho, bebido às escondidas; todo santo dia a roda de samba durava a tarde inteira, abrangendo todas as aulas do turno; todo santo dia era difícil saber se havia mais alunos divertindo-se na roda de samba ou torturando-se nas salas de aula.

E também aqui cabe Pierre Bourdieu: eu, com a bagagem que trazia de casa, com a herança do samba no seio da minha família, me sentia muitíssimo mais acolhido pelos solos dos cavaquinhos, pelas repicadas dos banjos, pelos bordões dos violões, pelas batidas dos pandeiros, pelos versos improvisados daquela rapaziada parecida comigo, me sentia muitíssimo mais acolhido por tudo isso do que poderia me sentir pelos pronomes oblíquos da professora de português ou pelos quadrados dos catetos da professora de matemática. Resultado? Só o que aprendi em dois anos de Julinho foi a tocar cavaquinho, a tocar banjo e a fazer versos de improviso no partido-alto. Mas, francamente, em comparação aos que preferiram amargar a tristeza das salas de aula em busca do diploma do ensino médio, tenho para mim que, de alguma perspectiva, saí no lucro.

    Não que eu despreze os estudos, não é nada disso. Aliás, que fique claro que jamais abandonei os estudos. Adoro estudar. O que abandonei foi a escola: há diferença. Tudo o que aprendi na vida, e aprendi um bocado de coisas, aprendi bem longe das instituições de ensino, e por conta própria. Foi assim que aprofundei meus conhecimentos musicais e acrescentei o violão à lista de instrumentos que domino; foi assim que aprendi a desenhar e a fazer programas de computador; foi assim que criei intimidade com a gramática e com a produção de texto; foi assim que desenvolvi noções razoáveis sobre filosofia e sobre sociologia. Não precisei da escola para nada disso. Na verdade, às vezes penso comigo mesmo que as instituições de ensino, tal como estão estruturadas, talvez tivessem até me impedido de aprender tudo o que aprendi.

    Mas, enfim, são essas benditas instituições de ensino que concedem os benditos diplomas que são exigidos para as benditas profissões que possibilitam a bendita dignidade neste bendito país. E é só por isso, pelo diploma e pelo que ele pode proporcionar, que hoje em dia faço EJA. É só por isso, pelo diploma e pelo que ele pode proporcionar, que hoje em dia aconselho os moleques da quebrada a estudar.

    Porque, se a ideia for aprender mesmo as coisas, penso que o melhor seria passar bem longe da escola, aquele campo minado.

O abraço

Vi degringolar aos poucos a vida de um certo homem. Pouco importa quem era, pouco importa a natureza da sua desgraça. Talvez nada importe, no fim das contas. Mas vi degringolar aos poucos a sua vida. Testemunhei tudo a uma distância segura: nem longe o bastante para rir nem perto o suficiente para chorar.

Dinheiro não lhe faltava, porque tinha uma pensão, acho que por invalidez. Mas lhe faltava, sim, algo: aquilo que nem os maiores filósofos puderam nomear adequadamente, aquilo que nem as maiores fortunas poderiam pagar. Lhe faltava o tesouro anônimo que todos trazemos de fábrica, e que alguns acabam perdendo pelo meio do caminho, no safári da vida.

Mudou-se, isolou-se, resignou-se. Não sei o que pretendia. Desconfio mesmo que não pretendesse mais nada. À espera da morte, pagava o aluguel do quartinho em que vivia e gastava o restante da pensão em cachaça e bolacha água e sal. Fazia carinho nos cachorros como se pedisse perdão a Deus.

Depois que se mudou, as notícias a seu respeito tornaram-se cada vez mais tristes, porém cada vez mais raras. E, francamente, eu queria mais era que ele caísse em completo esquecimento; não por lhe guardar algum rancor, pois a mim nunca tinha dado motivo para tanto, mas por acreditar que qualquer frase contendo o seu nome não poderia inspirar bons sentimentos em quem quer que fosse.

Por essa época, meu coração andava agitado, a ponto de explodir. Foi o auge da minha ingenuidade e da minha alegria. Foram os meus tempos mágicos. Descortinava-se diante de mim toda a vida, bela e brilhante, sem qualquer ameaça, e com uma promessa de encanto em particular: um presente pelo qual eu agradecia toda noite antes de dormir, e toda manhã após despertar.

Creio que todos tenham passado por isso em algum momento. Creio que todos tenham vivido seus tempos mágicos. Creio que todos, em algum momento, mal tenham podido crer na maravilha que possuíam em mãos, em olhos, em ouvidos, em boca, em mente, em coração. Isso me poupa do trabalho, e do vexame, de ser mais específico sobre o meu próprio caso. De alguma forma, o leitor há de entender o que digo; há de guardar com carinho, na lembrança, alguma felicidade sem medidas; e há de saber que jamais experimentará coisa parecida por já não ser mais capaz de entregar-se ao doce como criança.

Não passava de uma armadilha.

Mas acho que tudo é assim.

Toda estrela brilhante deve conduzir a algum abismo.

Às vezes, tudo de que precisamos é um lugar onde possamos chorar em paz. Onde não nos perguntem o que foi que aconteceu. Onde possamos exercer o direito de pensar em desistir de tudo sem que venham nos importunar com discursos otimistas.

Procurei aquele homem. Ignorei o fato de que procurá-lo pareceria uma esquisitice de qualquer ângulo possível e o procurei. Procurei-o porque ele era a pessoa mais infeliz que eu conhecia. Procurei-o porque ele não teria moral para rir da minha desgraça. Procurei-o porque ele não teria conselhos a me oferecer. Procurei-o porque queria saber como se fazia para não se fazer mais nada. Procurei-o com a intenção de morar com ele. Para sempre.

Àquela altura, eu já não aguentava mais o peso que vinha carregando na alma havia dias. Já não aguentava mais segurar o choro para não preocupar as pessoas que tinham contato comigo. Depois de muito caminhar, então, cheguei lá, no quartinho do homem, e desabei. Nessas horas, as coisas nunca saem exatamente como planejamos. Não é? Tinha planejado chegar, cumprimentá-lo, pedir para morar ali com ele, argumentar em resposta a uma possível recusa. Nada disso aconteceu. Tudo o que eu conseguia fazer era chorar e soluçar. Não podia articular uma palavra sequer.

Para minha total surpresa, ele não teve surpresa nenhuma. Não se surpreendeu nada, o que mesmo hoje não sou capaz de compreender e muito menos explicar. Como se me esperasse, como se tivesse previsto o meu desespero, me acolheu no abraço mais desgraçado e mais amoroso que já recebi na vida. E juro por Deus que tudo quanto me disse foi um par de palavras:

— Eu sei.

Nascido pra cantar e sambar

É como uma flor que, impulsionada pela necessidade de nascer, rompe a dureza do concreto, delicada, espontânea, tamborim. É uma espécie de afronta à tristeza e à melancolia, é a teimosia de um espírito inquieto e feliz por natureza, todo cuíca. É um sorriso aberto a enfrentar a desgraça, é um convite pandeiro para dançar na chuva. É eterno, é ancestral, é pós-moderno, é a encruzilhada onde se encontram todas as gerações, é tambor, é violão, é banjo, é cavaquinho. Como quem não quer nada, a melodia vai sambando miudinho pelo terreiro, de pés descalços, sob a luz da poesia. E quando tu menos espera, tu está seduzido, tu está em transe, tu já não é mais tu, a tua noção individual de ti mesmo se evaporou, tu é o que tudo e todos ali são juntos, tu faz parte daquilo, o samba te pegou. As mãos querem porque querem batucar na superfície mais próxima, os pés querem porque querem acompanhar o compasso, as cadeiras querem porque querem remexer, o corpo inteiro adquire vontade própria, livre para sonhar após quatrocentos anos de grilhões. Por fim, todo aquele embalo te conduz a uma explosão puramente melódica, onde a poesia é mínima e o seu efeito é máximo, onde a razão não tem vez e a alma é senhora: "laiá-laiá".

Gastei muitas horas da minha vida refletindo sobre o "laiá-laiá" apesar de saber que me faltava nutriente histórico para tecer ideias conclusivas a respeito dele. Reparei, claro, na sua característica democrática: qualquer um pode cantar a parte do "laiá-laiá", mesmo que nunca tenha ouvido o samba na vida. Também considerei a sua proeza de atingir o impensável e o seu favor de traduzir o indizível. Mas, conforme sabemos todos, a poesia é uma ferramenta intelectual superior à filosofia, e eu, que nada tenho de filósofo e menos ainda de poeta, jamais poderia conseguir o que conseguiu um certo cidadão chamado Mário Sérgio Ferreira Brochado ao pensar o "laiá-laiá" como alicerce da madrugada:

Vejo que o Sol já vai raiar
A nossa vida é mesmo assim
A gente só "laiá-laiá"
Pra madrugada não ter fim

Para início de conversa, devo dizer que muito antes de tornar-me devoto do Mário Sérgio poeta, já era devoto do Mário Sérgio músico, em linhas gerais, e do Mário Sérgio cavaquinista, em linhas particulares. Como compositor, encontrou soluções harmônicas e melódicas capazes de pôr em dúvida a sua origem, tanto no tempo como no espaço. A prova disso é que, sem qualquer forçação de barra, pode-se fazer à produção musical do Mário Sérgio um par de elogios, os quais, inclusive, alguns se adiantaram e fizeram antes de mim: suas harmonias têm gosto de primeira metade do século XX e suas melodias cheiram a Rio de Janeiro, coisas incompatíveis com o seu nascimento a 1958 em São Paulo. Sua elegância com o cavaquinho foi ímpar. Ouvidos atentos certamente não deixam de perceber que mesmo os sambas dolentes, mais lentos e mais propícios a floreios, mesmo esses, Mário Sérgio costumava conduzir com a palhetada econômica de partido-alto, sem intrometer-se no espaço dos outros instrumentos. Uma postura humilde e generosa, sem dúvida, mas vai muito além disso: é a evidência de que ele assimilou como poucos a natureza coletiva do samba, que se enriquece uma vez que mais gente possa participar dele.

Voltando ao Mário Sérgio poeta, não são poucas as suas características que me agradam. Gosto da sua profundidade:

> *Quem me diz que a paz tem cor de não*
> *Não me diz que o coração sofreu sem par*
> *Se não sofreu doeu demais*
> *E pra que a pressa de errar*
> *Se o mundo não é de uma só manhã*

Gosto do seu olhar atento à gente simples:

> *Na manhã seguinte, ao raiar do dia*
> *Lá vai a Maria com outro gingado*
> *E nem mais parece aquela Maria*
> *Que ainda há pouco sambou um bocado*
> *Na hora ela assume uma outra postura*
> *Jura que é a Maria do Asfalto*
> *E quando ela volta lá da sua lida*
> *Se esquece da vida no partido-alto*

Gosto do seu realismo:

> *Tanto tempo a luz acesa*
> *Mas sem que ninguém perceba*
> *De repente a luz se apagará*
> *Tanto tempo o céu de estrelas*
> *Aproveite para vê-las*
> *Num piscar o céu desabará*

Gosto da forma como ele me pega de surpresa:

Quando o galo cantar
Também vou cantar pra subir
A cidade vai se levantar
Na hora de eu partir

Mas acontece que a cidade não se levantou quando Mário Sérgio partiu. No dia 29 de maio, completaram-se cinco anos do seu falecimento, e a triste verdade é que existe uma chance injustamente grande de o leitor jamais ter ouvido falar dele antes de botar os olhos neste texto. Afinal, vivemos num país que só Fanon poderia explicar; um país que viu nascer o Cartola e chama o Roberto Carlos de "rei".

Alguém escreveu que a vida de todo ser humano é um caminho em direção a si mesmo, e que ninguém nunca consegue trilhá-lo por inteiro antes de morrer. Discordo da segunda afirmação. Para mim, alguns conseguem, sim, trilhar todo o caminho, e penso que o Mário Sérgio foi um desses poucos. Isso me serve de consolo. Se por um lado o mestre nunca teve o devido reconhecimento, por outro gozou, antes de partir, do grande encontro consigo próprio:

O que fazer o que falar
Eu nasci pra cantar e sambar

Fica em paz, meu poeta!

Senhor de todos os músculos

Não posso atestar a veracidade do que vou dizer agora, mas vi por aí que um simples sorriso coloca nada menos do que doze músculos em movimento. A gargalhada, segundo consta, movimenta o dobro: vinte e quatro músculos. E parece que o melhor tipo de conversa — aquela acompanhada de risada — vai ainda mais longe: são, ao todo, inacreditáveis oitenta e quatro músculos movimentando-se.

Porém, quando vi isso, fiquei me perguntando se as pessoas que empreenderam esse estudo — ou que fantasiaram essa história toda — por acaso levaram em consideração o corpo inteiro ou apenas a face. Afinal, engana-se redondamente quem pensa que o sorriso é senhor apenas das bochechas: seus domínios compreendem a cabeça inteira, além dos ombros, dos braços e, na verdade, de todo o resto.

O leitor duvida? Pois bem: tendo em vista que a risada não passa de um sorriso barulhento, e que a gargalhada é apenas um sorriso mais barulhento ainda, não seria ele próprio, o sorriso, o responsável pela agitação total daquele que acaba de ouvir uma boa piada, ou que acaba de testemunhar o inusitado, o cômico, ou ainda que acaba de ser surpreendido com a fabulosa promessa de um futuro pleno, próspero, saudável e feliz? Não seria ele próprio, o sorriso, o responsável pelo chacoalhar de ombros daquela criatura, pelo fechamento de seus olhos, pela dilatação de suas narinas, pela inclinação de sua cabeça, pela dobra de seu corpo sobre si mesmo, pela pulsação de sua barriga, por sua mão esquerda espalmada no umbigo enquanto a direita dá tapas na perna e a sola do pé bate com força e insistência no chão? Qual seria a força por trás de tudo isso senão o sorriso?

A verdade é que o nosso espírito, a nossa alma — ou seja lá o nome que se prefira dar a essa porção imaterial que nos compõe — passa a maior parte do tempo encolhida, borocoxô, submissa a forças externas, refugiada no recôndito de nosso ser. Contudo, à maneira de um sol indeciso, que ameaça nascer e logo torna a recolher-se sem jamais atingir o zênite, assim essa nossa parte, em momentos efêmeros, rebela-se e avoluma-se, ao ponto de não cabermos mais em nós mesmos, e é justamente aí que nos nasce um sorriso. Dessa perspectiva, o sorriso, para além de sua sabida qualidade de expressão máxima da felicidade humana, apresenta-se mesmo como indício de que o mundo material seja insuficiente para a nossa plena existência. Jamais existiremos por completo se não pudermos sorrir.

Sei disso por experiência própria, inclusive. Inibido pelo constrangimento de exibir dentes estragados, sinto o tempo todo — e de maneira tão palpável que quase posso traduzir em números —, sinto o tempo todo que seria capaz de muito mais coisas, que gozaria de uma existência muito mais substancial se conseguisse sorrir sem reservas. Mas, bem, não consigo. Sorrir, para mim, não é tão simples. E foi justamente isso que me permitiu tomar consciência de que o sorriso controla, rege, regula os movimentos do corpo inteiro.

Veja o leitor: um pequeno sorriso há de fazer o risonho estreitar ligeiramente as pálpebras; só um sorriso maior, entretanto, há de fazê-lo fechá-las por completo. Em seguida, maior ainda o sorriso, as narinas do sujeito se dilatam, anunciando a iminência de som. Afinal, quando o sorriso já não tem mais para onde esticar as bochechas, começa a produzir ruídos, e é por ali — pelas narinas, e não pela boca — que escapam as primeiras manifestações sonoras. Só depois é que a boca se escancara e as cordas vocais entram em ação, marcando a transformação do sorriso em risada, e, mais ou menos por essa altura, os ombros começam a ficar livres para balançar. Note que o balanço dos ombros passa de facultativo a obrigatório no exato instante em que o riso se converte em gargalhada; então, a partir daí, as mãos precisam escolher: ou tapam o umbigo, ou tapam os olhos, ou dão tapas na perna, mas alguma coisa devem fazer. E por aí vai até que o corpo inteiro esteja envolvido.

Se boa parte das pessoas — para não dizer a maioria delas — atravessa a vida inteira sem perceber que o sorriso é senhor de todos os músculos, imagino eu que isso se deva ao fato de que normalmente não precisamos pensar em nada disso. É um mecanismo irrefletido por natureza. Contudo, eu — assim como outras pessoas por aí, certamente — rendi-me às cáries e ao desalinho dos dentes, optando por desligar o piloto automático do sorriso. Em outras palavras, sou eu mesmo que calculo cada sorriso meu, sempre tomando cuidado para não mostrar demais os dentes. Não há nada de espontâneo nos meus sorrisos; são todos premeditados; preciso lhes dar forma *manualmente*, na falta de termo melhor. E esse gerenciamento dos mecanismos do sorriso pode parecer simples, mas não é. É algo mais complexo do que se poderia imaginar. Preciso pensar em como mover a cabeça de acordo com a amplitude de sorriso que me permiti em determinada ocasião, preciso imaginar se emitir som combina com aquele tipo de sorriso em particular, preciso calcular se cabe fechar os olhos, ou agitar os ombros, ou tapar a testa com a mão etc., etc., etc.

Quero aproveitar este texto para confessar o profundo rancor que guardo aos donos de bocas saudáveis e de dentes impecáveis. Sinto-me afrontado por sorrisos perfeitos. De todos os privilégios que esfregam na minha cara diariamente, o de ter bons dentes e poder sorrir sem preocupação é, sem dúvida, o que mais revolve as minhas entranhas. Mas o leitor não confunda isso com inveja. Seria mais correto chamar de "senso de dignidade", isto é: a consciência de que eu, assim como todo mundo, mereço ter bons dentes e, se não os tenho enquanto outros os têm, a culpa passa longe de mim. Não, não é inveja. Inveja eu sinto é daqueles por aí afora capazes de se entregarem às mais gostosas gargalhadas, pouco se lixando para o fato de não possuírem um dente sequer na boca. Esses, sim, eu invejo!

Enfim.

Tudo isso, leitor, só para contar o seguinte: dia desses, quando fui forçado a furar a quarentena e ir ao correio, tive uma grata surpresa. Acabei encontrando um amigo muito querido e, de repente, enquanto trocávamos saudações, me percebi faceiro, tomado por uma enorme sensação de liberdade. O piloto automático do meu sorriso estava ligado novamente, depois de muito tempo. Ali, conversando com aquele cara em pleno Centro, eu podia sorrir de maneira espontânea e deixar o próprio sorriso gerenciar os movimentos da cabeça, dos ombros, das mãos, do corpo. Mal pude acreditar, mas, sim, eu estava livre para sorrir o quanto quisesse, limitado apenas pela graça que achasse nas coisas.

Eu estava de máscara.

Anseio e glória

Dê-me a mão.
Meu coração pode mover o mundo
com uma pulsação...
Eu tenho dentro em mim anseio e
glória que roubaram a meus pais.
Oswaldo de Camargo

Há um lugar conhecido por muitos e desconhecido por outros tantos, onde a realidade se desenvolveu de maneira muito diferente da nossa. Para início de conversa, lá, naquele lugar, as divindades não são mera questão de fé: constam nos mais confiáveis registros históricos, e nem mesmo seria possível enumerar as evidências de sua real existência, espalhadas por todo o planeta. Condição invejável, a do povo de lá: ao contrário de nós, eles não precisam lidar com a problemática de tentar descobrir quais religiões são verdadeiras (se é que alguma é verdadeira) e quais não passam de filosofias baratas, fadadas a se tornarem mitologias mais cedo ou mais tarde. Não. Eles não carregam esse peso por lá. Eles simplesmente desconhecem esse nosso medo, esse nosso pavor de eventualmente precisarmos admitir que todas as civilizações de que temos notícia, entre as dizimadas e as dizimantes, todas foram alicerçadas em fantasias insustentáveis. Lá, todos sabem muito bem, todos se lembram muito como foi que tudo começou: a deusa da coragem, a deusa da sabedoria e a deusa do poder criaram tudo e todos.

Nas profundezas dos rios e dos oceanos, peixes evoluíram, adquiriram consciência, aprenderam a falar e fundaram suas próprias civilizações; desenvolveram a capacidade de sobreviver tanto submersos na água, onde nadam a velocidades altíssimas, como em terra firme, onde caminham sobre duas pernas. No alto das montanhas, porções de matéria antes inanimadas foram agraciadas com o sopro da vida e também evoluíram, adquiriram consciência, aprenderam a falar, fundaram suas próprias civilizações, se tornaram bípedes, dominaram a arte do sumô e desenvolveram uma "personalidade" coletiva um tanto orgulhosa, turrona, dura como o seu corpo, literalmente feito de pedra. No recôndito das florestas, uma espécie curiosa de seres igualmente pensantes, falantes, civilizados e bípedes: criaturas pequeninas, que jamais crescem, que são crianças para todo o sempre, que possuem cada qual uma fada guardiã e que acreditam piamente que irão morrer caso ousem abandonar as suas civilizações ocultas, construídas em meio à paz das árvores e dos arbustos. Isso sem falar na raça de seres também pensantes, falantes, civilizados e bípedes que construíram suas civilizações nos desertos: são criaturas muito majoritariamente femininas, porque entre elas nasce apenas um macho a cada cem anos. Na verdade, há, naquele lugar, muito mais tipos de seres, entre racionais e irracionais, humanoides e não humanoides, vivos e mortos (fantasmas existem de verdade por lá); e há, também, uma série de peculiaridades, como a possibilidade de viajar no tempo ou no espaço tocando-se determinadas músicas em determinados instrumentos, a existência de máscaras mágicas que permitem (entre outras coisas) que um tipo de ser se transforme em outro, e por aí vai.

Estou falando do mundo de *The Legend of Zelda*, uma série de jogos eletrônicos da Nintendo.

Passei toda a minha adolescência, e também o início da vida adulta, imerso nesse universo de ficção especulativa cujas histórias, diga-se de passagem, nada deixam a desejar a bons filmes, boas séries e até mesmo bons livros. Mas hoje, quando paro para pensar no enorme fascínio que tive pelo *TLOZ*, os grandes enredos, os grandes objetivos dos personagens, as grandes aventuras, os grandes mistérios, nada disso me parece o suficiente para explicar a forma implacável com que o jogo me seduziu. Na verdade, o que eu suspeito, com boa dose de convicção, é que o que me atraía mesmo no *TLOZ* era justamente o fato de que eu não tinha qualquer perspectiva de que a minha própria vida pudesse se mostrar tão interessante quanto a vida dos protagonistas do jogo, ou minimamente interessante que fosse. Em outras palavras, a minha imersão fanática no universo de *TLOZ* era, como a minha irmã sempre me disse, uma fuga da realidade.

Por aquela época, inclusive, eu e minha irmã travávamos uma batalha: ela, sempre que podia, dedicava todas as suas energias no intuito de me arrancar daquele mundo de faz de conta e eu, ao contrário, dedicava todas as minhas energias tentando introduzi-la nele. Bem, verdade seja dita, eu tentava introduzir todo mundo: não havia quem eu conhecesse que eu não tentasse tragar para dentro do universo de *TLOZ*. Porque eu achava belíssimo. E, como já disse o poeta, a gente não dá conta de ver o que é belo sozinho; a gente precisa convidar mais gente para nos ajudar a olhar.

Foi com esse espírito evangelizador que, na última visita que pude fazer aos meus parentes de Pelotas, levei na mala o inseparável Nintendo 64 e o sagrado cartucho de *The Legend of Zelda: Ocarina of Time*. Eu só não contava com um pequeno detalhe: aqui, na capital gaúcha, a voltagem padrão é de 110v, enquanto em Pelotas, de 220v; e a caixinha de alimentação do meu aparelho não era bivolt.

Seguiram-se dias durante os quais aproveitar a deliciosa praia do Laranjal me parecia um prêmio de consolação insuficiente, tamanha era a frustração de não poder mostrar o *TLOZ* como eu tinha planejado. Mas, de qualquer forma, mesmo sem poder ligar o meu Nintendo 64 para demonstrar como o sol de Hyrule Field brilhava tão forte quanto o sol do

Balneário dos Prazeres, mesmo assim arranjei um jeito de encher o saco de todo mundo: no sofá da sala ou na areia da praia, na hora do café da manhã ou na hora da janta, em todos os lugares, em todos os momentos, era só das maravilhas de *TLOZ* que eu falava.

Desnecessário dizer que a finada tia Íris, a finada vó Helena, as primas Isabel e Juliana e o tio Barriga não ficavam lá muito empolgados. A exceção foi o Lucas, menino um pouco mais novo do que eu que, embora não fosse da família, estava passando as férias por ali: os olhos dele brilhavam toda vez que eu falava sobre as batalhas contra monstros gigantescos, sobre as aventuras em labirintos perigosos, sobre as viagens no tempo. E foi dele a ideia que me salvou da frustração absoluta: podíamos comprar um transformador 220v/110v.

Lá fomos nós dois nos despencarmos do Laranjal para o Centro de Pelotas em busca do tal transformador: o artefato mágico que havia de dar vida a todas as coisas das quais eu tanto falava desde que tinha chegado. O que eu não sabia, claro, era que aquela nossa minúscula aventura no interior do Rio Grande do Sul estava prestes a provocar em mim um lampejo de lucidez tão potente que nunca mais, depois daquilo, eu conseguiria ser indiferente ao mundo real; tão potente que a imersão no faz de conta de *TLOZ* já não faria mais tanto sentido assim.

O Lucas morava ali mesmo, no Centro de Pelotas, e, depois de comprarmos o transformador, decidimos dar um pulinho na casa dele. Ele me apresentou à sua mãe, dona Neiva, que nos serviu bolo e café. Conversa vai, conversa vem, ela me perguntou:

— Então tu és neto da Helena?

— Isso mesmo, sou, sim.

— Mas tu és filho de quem? Do Barriga? És irmão da Isabel e da Juliana?

— Não. Sou primo delas e sobrinho do tio Barriga. O meu pai já morreu. Ele era irmão do tio Barriga. O nome dele era José.

Não tenho, agora, e penso que nunca vou ter, palavras para descrever a emoção que tomou conta daquela mulher quando falei do meu pai. Os olhos dela se encheram d'água imediatamente. Cheguei a pensar que ela estivesse passando mal, fiquei assustado. E só depois de algum tempo foi que ela conseguiu falar de novo e explicar tudo. Ela tinha sido amiga de infância do meu pai. Eles tinham se criado juntos. Tinham crescido juntos. Tinham vivido milhões de coisas juntos, e ela até contou algumas histórias. Depois, o meu pai tinha se casado, tinha ido embora de Pelotas, e nunca mais ela tinha ouvido falar dele.

Pode parecer estranho isto que vou dizer agora, mas, naquele dia, precisamente naquele dia, eu descobri que o meu pai tinha sido uma pessoa real. Uma pessoa que tinha tido infância, que tinha tido amigos. Uma pessoa que tinha tido sonhos, que tinha tido alegrias, que tinha tido frustrações. Uma pessoa que certamente levava algo na mente e no coração quando partiu de Pelotas e veio morar em Porto Alegre. E eu fiquei tentando me colocar no lugar do meu pai. E senti — senti de verdade, não foi só imaginação —, senti todo o medo que ele sentiu ao encarar aquela mudança, senti toda a tristeza que ele sentiu de ter que abandonar tudo para fugir da miséria. Senti. Naquele momento, eu era o meu próprio pai.

Depois daquilo, nunca mais pude ficar em paz sem considerar a existência de todos os que vieram antes de mim. Minha mãe, minhas tias, meus tios, minhas avós, meus avôs, minhas bisavós, meus bisavôs. Todos. São todos pessoas reais, e ainda estão todos vivos, estão vivos dentro de mim, gritando pela minha garganta, chorando pelos meus olhos, sorrindo pela minha boca. Sinto uma saudade quase insuportável de todos, inclusive daqueles que foram parar em Pelotas muito antes de eu nascer, aqueles que conheceram o lugar que negro nenhum queria conhecer, aqueles que foram enviados para as cruéis charqueadas de Pelotas por castigo, aqueles que não resistiram ao frio e à fome, aqueles que foram torturados e estuprados e assassinados e humilhados de todas as formas imagináveis, aqueles aos quais foram negados os direitos de sonhar e de ser feliz e de viver em paz, aqueles que nadaram na praia do Laranjal tendo que puxar uma corda pela boca e, assim, trazendo de arrasto um barquinho, chamado pelota, no qual eram carregados os homens brancos e as mulheres brancas.

Sinto saudade de toda essa gente porque eu *sou* toda essa gente. Eu sou o negro que morreu na mão dos brancos, mas eu sou também o negro que os brancos não conseguiram matar. Eu sou o portador de toda a revolta e de toda a tristeza, mas também carrego dentro de mim a certeza de que dias melhores virão, e de que poderemos finalmente experimentar a liberdade e a paz todos juntos, eu e o meu povo, eu e os que vieram antes, eu e os que virão depois, todos existindo para sempre uns nos outros. Eu não preciso de *TLOZ*. O que eu e o meu povo somos juntos me basta. Eu e o meu povo somos heróis, somos sobreviventes do plano de extermínio em prática contra nós há séculos, somos os lendários homens e as lendárias mulheres que apesar de tudo não enlouqueceram, que apesar de tudo deram um jeito de alimentar as suas crianças. A grande aventura é a minha aventura e a aventura do meu povo, a grande história é a minha história e a história do meu povo, o grande objetivo é o meu objetivo e o objetivo do meu povo. E, a exemplo de Exu, que matou um pássaro ontem com a pedra que arremessou hoje, assim também nós, eu e o meu povo, reinauguraremos o nosso passado, impediremos a tempo todo o mal que já nos foi feito, e seremos livres e felizes, não apenas no amanhã, não apenas no hoje, mas também no ontem.

Sempre.

Eu tinha toda a razão

Para Dalva Maria Soares

E não é que, dia desses, fotografaram um buraco negro? Um feito notável, sem dúvida. Sobretudo porque, na verdade, não é realmente possível tirar uma foto de um buraco negro. Só o que dá para fazer é fotografar um monte de matéria incandescente orbitando um enorme objeto invisível e, com base nisso, concluir que esse objeto é um buraco negro. Afinal, qualquer luz projetada em direção a um buraco negro será aprisionada para sempre em seu campo gravitacional e jamais voltará para contar a história a olho nenhum e a lente nenhuma.

Com o amor, acontece coisa parecida. Do mesmo modo que não se pode aprisionar um buraco negro em uma fotografia, também não é possível encarcerar o amor em um conceito; da mesma forma que um buraco negro jamais será visto por qualquer olho, também o amor nunca será compreendido por cérebro nenhum; do mesmo jeito que não adianta de nada lançar a luz em direção a um buraco negro, também é inútil projetar a razão sobre o amor.

Por outro lado, assim como é possível deduzir que um buraco negro existe a partir das evidências que giram em torno dele, também a existência do amor é denunciada pelos indícios que o orbitam. Tudo bem: tu nunca verá um buraco negro, mas admitir que ele existe é a única forma de explicar a velocidade absurda com que quantidades de matéria também absurdas giram em torno de um ponto do espaço onde os teus olhos insistem em dizer que não há nada; do mesmo modo, tu nunca compreenderá o amor, mas assumir a existência dele é a única forma de explicar tanto zelo, tanta cumplicidade, tanto companheirismo, tanta afinidade, tanto bem-querer, tanta vontade de estar junto, tanta admiração, tanta ânsia de fazer um carinho naquela criatura que o teu cérebro insiste em reduzir a "uma pessoa como outra qualquer". Ah!, mas não é uma pessoa como outra qualquer! É a pessoa que tu ama. E o teu cérebro nunca dará conta de processar isso. Não é da alçada dele.

Confesso que não acreditava no amor. E olhe que eu tinha toda a razão. Era justamente esse o meu problema, inclusive: *eu tinha toda a razão*. Agora, já não tenho mais razão nenhuma: eu amo. Não só amo, como sou também amado. Desaposentei o coração, fiz as pazes com o mundo, tirei o pó da felicidade, pus a alma ao sol, reaprendi o sorriso, respirei aliviado.

E é com a força de todos os astros que eu orbito um grande amor, a mil e setecentos quilômetros de distância.

Dia D

Um tal de Albert Einstein afirmou que $E = mc^2$. Em outras palavras, disse que a energia é igual à massa vezes a velocidade da luz ao quadrado. O que não consigo entender, por mais que me esforce, é o motivo de essa equação ter se tornado tão célebre. Afinal, isso interessa a quem? Qual é a aplicação disso no dia a dia das pessoas? Poxa! Tanta gente formulou equações tão mais úteis do que essa! Eu mesmo, inclusive, já formulei uma equação muito mais útil. O leitor duvida? Pois então veja, aqui está ela: *PPP + MDP + TMP + DMA = CVN*.

Confuso demais? Calma, explico.

No colégio onde cursei a sétima série, havia um troglodita que promovia o terror. Ou seja, distribuía peteletos nas orelhas, socos nas costelas, chutes nas canelas e por aí vai. Não respeitava ninguém. E se ele perturbasse uma pessoa pela primeira vez sem que houvesse qualquer reação, era certo que perturbaria essa pessoa para todo o sempre. Esse fato, na nossa equação, assume a forma *PPP*, que significa "Possibilidade de Perturbação Perpétua". Então, somemos esse fato a um outro: o fato de que eu não queria ser perturbado eternamente por aquele marmanjo depois que ele me deu um tapa na nuca para testar minha paciência; aqui já estamos falando de *MDP*, que significa "Meu Desejo de Paz". Em seguida, somemos, também, o fato de que o camarada tinha o "Triplo do Meu Peso", *TMP*, e o "Dobro da Minha Altura", *DMA*. O resultado da equação é *CVN*, que significa "Cadeira Voando Nele", porque atirei uma cadeira nos beiços do infeliz.

Na avaliação do melhor amigo que eu tinha no colégio, e que sentava ao meu lado na sala, tirei nota máxima e fui aprovado com louvor.

— Perfeito, perfeito! — disse ele, balançando a cabeça. — Foi bom tu mostrar pra esse trouxa que tu não vai ficar aceitando cachorro só porque ele é uma munaia e tu tá na capa da gaita.

Mas a avaliação da professora foi diferente.

— Pombas, tchê, tu não podes resolver os impasses atirando cadeiras nas pessoas!

A sentença: proibido de ir ao passeio que o colégio fazia todo ano ao City Park.

Na noite daquele mesmo dia, comentei com meus amigos sobre o ocorrido enquanto a gente fumava maconha na praça da vila ao som de "Da ponte pra cá". Para a minha surpresa, descobri que todos eles, sem exceção, também tinham sido proibidos de ir ao passeio, por motivos variados.

— Coloquei laxante na merenda.

— Furei o pneu do carro da vice-diretora.

— Joguei uma bombinha na sala dos professor.

— Roubei os doce da festa junina.

Outra vez nós aqui, vai vendo
Lavando o ódio embaixo do sereno
Cada um no seu castelo,
cada um na sua função
Tudo junto, cada qual na sua solidão
Hei, mulher é mato, a Mary Jane impera
Dilui a rádio e solta na atmosfera
Faz da quebrada o equilíbrio ecológico
E distingue o Judas só no psicológico

Oh, filosofia de fumaça, analise
E cada favelado é um universo em crise
E quem não quer brilhar, quem não? Mostra quem
Ninguém quer ser coadjuvante de ninguém

De repente, me dei conta de que só havia malandros de qualidade reunidos ali. Era a nata do colégio. Só os piores, do ponto de vista da diretora; só os melhores, do nosso próprio ponto de vista. Os livres. Os fadados ao fracasso.

Aquela conversa, naquele contexto, ao som daquela música, me inspirou uma das mais brilhantes ideias que já tive na vida. E se a gente fosse ao City Park por conta própria? Mais do que isso: e se a gente fosse ao City Park por conta própria na mesmíssima data em que o colégio iria, só para ter o gostinho de encontrar com os professores que nos proibiram de ir?

Mais uma vez, aprovado com louvor pelos da minha espécie. Apertamos a mão uns dos outros: era uma promessa: acontecesse o que acontecesse, daríamos um jeito de ir ao City Park por conta própria na mesmíssima data em que o colégio iria — o Dia D, conforme começamos a chamar a partir daquele momento. Se as nossas mães não nos deixassem ir, iríamos fugidos; se não conseguíssemos juntar dinheiro, roubaríamos alguma coisa e venderíamos; se o pessoal do parque aquático não permitisse a entrada de menores de idade sem o acompanhamento de algum responsável, pularíamos o muro. Mas iríamos.

E fomos.

Quando o Dia D chegou, parecia que Deus tinha abençoado o nosso plano: não havia uma única nuvem no céu e a temperatura beirava os trinta graus na primeira hora da manhã. Éramos já um grupo muito maior do que o inicial: alunos que nem mesmo tinham sido proibidos de ir ao passeio com o colégio aderiram ao nosso plano e embarcaram na nossa aventura, assim como alguns malandros mais velhos, que já tinham até se formado e, portanto, saído da escola. Todos com dinheiro no bolso, acumulado durante meses.

Foi uma odisseia. Não fazíamos a menor ideia de como chegar ao City Park. Não existia Google naquele tempo. Pelo menos, não para nós. Mas sabíamos de uma coisa: antes de tudo, precisávamos ir ao Centro: se existisse um ônibus que pudesse nos levar ao nosso destino, esse ônibus certamente sairia de lá.

— Mano do céu, tô louco pra ver a cara daquela tropa de filho da puta quando nós chegar chegando no bagulho.

— Pode crê. Já tô até vendo. "Ai, fulaninho, tu não estavas proibido de vires ao passeio?"

— Um dia é da caça; o outro, do caçador. O ano todinho ouvindo desaforo atrás de desaforo daqueles professor pau no cu. Agora nós vamo tá por conta, e com a língua bem afiada. Vai ser a nossa vez de dizer bastante desaforo.

— "Epa, pera lá, muita calma, ladrão." Deixa pra dizer os desaforo depois do almoço.

— Como assim?

— Te liga, mano: o colégio vai fazer a maior churrascada. É assim todo ano. Esqueceu? Os professor não sabe que nós tá indo por conta. E é foda controlar essa parada. Imagina: uma pá de ônibus saindo do colégio, tudo lotado de aluno! Tu acha mesmo que eles vai se tocar que nós tá lá por conta? Deixa eles ficar confuso. Deixa eles pensar que teve engano. Deixa eles pensar que a diretora deu uma colher de chá pra nós na última hora, sei lá. Daí a gente come gordo nas costa do colégio sem gastar um centavo. Quando eles descobrir que alimentaro os animal errado, daí já vai ser tarde.

— Porra, bem pensado!

O Centro, que devia ficar mais ou menos no meio do nosso caminho até o City Park, marcou também a metade do nosso rumo à embriaguez absoluta: foram seis litros de cachaça com refrigerante da vila até o fim da linha do Pinheiro-Viçosa.

Nesse primeiro ônibus, passamos todos por baixo da roleta a fim de poupar ao máximo o nosso dinheirinho tão duramente conquistado e economizado: no City Park, sabíamos, nada que estivesse à venda custaria menos do que os olhos da cara.

Perambulando pelo Centro, perguntando aqui e ali para os fiscais das empresas de ônibus que atendem a população dos municípios em torno de Porto Alegre, descobrimos a linha que deveríamos pegar. Nunca vou esquecer o nome: "Guajuviras via Assis Brasil". O ônibus andava e andava e andava e parecia que não chegaria nunca a lugar algum. Perdi as contas de quantas vezes perguntamos ao cobrador se ainda faltava muito para o ponto onde deveríamos descer, ele sempre respondendo que sim.

Quando por fim desembarcamos no local indicado pelo cobrador, nos vimos no meio do nada. Só o que havia eram três rumos possíveis: podíamos retroceder na rodovia pela qual o ônibus que nos trouxe viera; podíamos avançar nessa mesma rodovia; ou, a exemplo do que acabava de fazer o próprio ônibus, podíamos enveredar pela estrada de terra que ali iniciava.

— O negócio é a gente seguir em frente nessa rodovia mesmo.

— Por quê?

— Pensa comigo, sangue bom: se fosse pra gente voltar pra trás nessa rodovia, o cobrador ia ter falado pra nós descer antes; e se fosse pra gente ir por essa estrada de chão batido que o ônibus foi, o cobrador ia ter falado pra nós descer depois.

Eu tinha ressalvas àquele raciocínio, mas não podia negar que era o melhor raciocínio à nossa disposição no momento. E, de mais a mais, nos levou a eleger o caminho correto: para a nossa completa alegria, após quase uma hora inteira de caminhada, vimos surgir diante de nós, à beira da rodovia, uma placa gigantesca: "City Park a 2 Km".

Estávamos a poucos passos da entrada do parque aquático quando veio se aproximando, às nossas costas, uma porção de ônibus. E quando esses ônibus passaram ao nosso lado, foi grande o alvoroço. Diversos meninos e diversas meninas da nossa idade gritavam o nosso nome e nos apontavam pelas janelas, como se fôssemos heróis. Eram os alunos do nosso colégio chegando ao City Park praticamente junto conosco.

Uma data memorável. Não importa quanto tempo passe, não importa o que aconteça, jamais esquecerei aquele longínquo Dia D. Jamais esquecerei aquele calor, aquele céu azul, aquela felicidade. Jamais esquecerei de como é fácil enfrentar o mundo quando estamos em bando, lado a lado com os da nossa espécie. Jamais esquecerei a cara dos professores quando nos viram empinando caipirinhas e vieram nos dizer que não podíamos consumir bebidas alcoólicas e descobriram que tínhamos ido ao City Park à revelia da escola e perceberam que tínhamos comido o churrasco deles indevidamente. Jamais esquecerei que foi naquele longínquo Dia D que entrei numa piscina pela primeira vez, que andei num tobogã pela primeira vez, que beijei uma boca pela primeira vez, que vomitei de tanto beber pela primeira vez.

Curioso... Na noite daquele mesmo dia passou *O resgate do soldado Ryan* na televisão. Lembro muito bem disso porque, já de volta em casa, são e salvo após a maior aventura da minha vida, assisti ao filme com a mais profunda sensação de que tentava me dizer alguma coisa. E, bem, espero que o leitor me perdoe pela pachorra de trazer *O resgate do soldado Ryan* para uma história que começou com equações, passou por estradas desertas, chegou a tobogãs e poderia muito bem, reconheço, ter se encerrado no parágrafo anterior. Além disso, para evitar de lhe perder de vez a atenção, corro a jurar que não pretendo ser óbvio e falar sobre a famosa cena que retratou os históricos desembarques na Normandia — operação militar que, a exemplo da nossa grande ida ao City Park, também foi batizada de Dia D. Não, não é essa minha ideia. Quero traçar um paralelo muito mais interessante, pelo menos a meu ver. Acompanhe.

Há, no filme, uma cena absolutamente brilhante em que o silêncio termina por dizer mais do que as palavras. O pelotão passa a noite nas ruínas de uma construção, se não me engano em Néville. Então, enquanto os soldados descansam, os dois militares de patente mais alta, que já tinham estado lado a lado em muitas outras missões e combates, começam a conversar, já que não conseguem dormir. Nisso, relembram histórias de diversos soldados que estiveram sob seu comando. Citam o nome daqueles jovens, sorriem ao recordar seus hábitos, seus trejeitos, suas particularidades. Aí, de repente, o silêncio. Um silêncio pesado, incômodo. O sorriso desaparece do rosto deles. E sem que uma única palavra seja dita, o espectador do filme consegue se dar conta do que os dois personagens estão pensando: aqueles jovens, agora, não passam de uma lembrança, porque morreram.

Claro que não fui capaz de relacionar isso com a minha própria vida naquela noite enquanto assistia a *O resgate do soldado Ryan*. Hoje em dia, porém, toda vez que relembro histórias do tempo da escola, como acabo de fazer neste texto, me sinto um pouco como a dupla de militares do filme pareceu se sentir naquela cena. Um dos amigos que foram ao City Park comigo naquela oportunidade morreu, ao capotar um carro roubado na Ipiranga, fugindo da polícia; outro foi assassinado com um tiro nas costas, por causa de um mal-entendido; outro acabou decapitado, por motivos que desconheço; outro ainda entrou para o tráfico e morreu em confronto com uma quadrilha rival. Dois perderam-se nas drogas. Um foi morar na rua.

Nossa vida era uma guerra e ninguém nunca nos avisou.

Pereba eterno

Quando cheguei, meu primo Jorge Rodrigo Falero Cordeiro, o Pereba, já estava aqui, caçando um jeito de burlar a depressão que se abate sobre os da nossa estirpe. É inútil, portanto, que eu tente me recordar do mundo sem ele. Desenterrando as memórias mais antigas, o máximo que consigo é evocar um certo barraco amarelo que ficava bem ao lado do meu, lá no finalzinho dos anos 1980. Um barraco de pau, como o meu. Minúsculo, como o meu. E mesmo nessa lembrança embaçada, quase indistinguível de mera imaginação, mesmo nela já posso encontrar o Pereba, mãos às costas, observando com atenção a fritada das famosas rosquinhas da tia Ângela, sua mãe, até que o óleo quente salpique em seu rosto.

Eis aí uma das poucas vezes em que vi o Pereba chorar. Não que lhe tenham faltado motivos para o pranto ao longo da vida — acho que isso não falta a *quase* ninguém —, mas quem o conheceu de perto sabe muito bem que, apesar dos pesares, ele sempre preferiu exercitar a alegria, decerto orgulhoso das covinhas que o sorriso lhe ocasionava nas faces. Impossível imaginá-lo sem aquelas covinhas. Era ostentando-as que ele enfrentava o mundo. Era sem conseguir disfarçá-las que se fingia de zangado e corria atrás de mim e dos outros mais novos quando o chamávamos pelo recém-inventado apelido de Pereba. E foi também com elas que, anos mais tarde, já morando do outro lado da rua, me ofereceu permissão vitalícia para jogar à vontade em seu Mega Drive 3, desde que eu não contasse à tia Ângela que o tinha flagrado fumando escondido.

Mais ou menos por aquela altura, meu pai, minha mãe, minha irmã e eu nos mudamos para a insuportável Cidade Baixa, de modo que não me foi possível acompanhar os desdobramentos que levaram o Pereba a fortalecer os laços de amizade com o outro Rodrigo da vila, o Bomba. Certo é que a parceria rendeu não apenas os mais rápidos carrinhos de lomba de que se tinha notícia, mas também uma porção de boas histórias, contadas às gargalhadas até hoje nas rodas de malandros da antiga. De minha parte, quando voltei a morar na vila com minha mãe, o que pude testemunhar foi uma outra fase do Pereba. Se antes o primo andara unha e carne com o Bomba, agora integrava de modo igualmente inseparável um quinteto que entraria para os anais da Lomba do Pinheiro: ele, o Badaga, o Carioca, a Zá e a Chã. Era a época de ouro dos bailes da Lomba, e pode-se afirmar com segurança que ninguém poderia tê-la aproveitado melhor do que os cinco aproveitaram, especialmente o Pereba, cujas covinhas passaram de frequentes a quase permanentes durante aquele período.

No entanto, não se confunda com resignação ou alienação a tendência ao riso do primo. O Pereba era justamente o oposto de resignado e alienado. A amargura que o atormentou nos anos seguintes provinha, não tenho dúvida alguma, da insatisfação, da falta de perspectiva, da consciência de que merecemos muito mais do que está ao nosso alcance neste país de merda, do grau exemplar em que abominava as injustiças praticadas contra nós todos os dias em todas as esferas sociais. Apaixonado por rap, foi ouvindo RZO, Facção Central e Racionais que ele desenvolveu consciência de classe e de raça para, depois, em nossas jogatinas de canastra que varavam as madrugadas, travar comigo longas conversas, vindo a ser, assim, o primeiro a me fazer pensar sobre esses assuntos.

E, agora, algo aconteceu com o Pereba. Algo aconteceu. A existência dele mudou de aspecto. Não sei se é correto chamar isso de "morte". Afinal, da mesma forma que não consigo recordar do mundo sem o primo, também não posso imaginá-lo sem ele daqui por diante. O Pereba está presente na própria forma como vejo o mundo uma vez que contribuiu grandemente para que eu pudesse ver o mundo como vejo. O Pereba vive. Vive não só em mim, mas em todo aquele que riu com ele, que bebeu com ele, que jogou canastra com ele, que problematizou a sociedade com ele.

Fica na paz, sangue bom. E deixa eu te brindar com aquele verso que eu tô ligado que tu curte horrores:

Porque o guerreiro de fé nunca gela
Não agrada o injusto e não amarela
O Rei dos reis foi traído e sangrou nesta terra
Mas morrer como um homem é o prêmio da guerra
Mas ó, conforme for, se precisar afogar no próprio sangue,
assim será
Nosso espírito é imortal, sangue do meu sangue
Entre o corte da espada e o perfume da rosa
Sem menção honrosa, sem massagem
A vida é loka, nego

Tamo aqui de passagem.

Já me diverte

Sou o rei dos hipocondríacos. Quando eu morrer, vai tá escrito assim na minha lápide: "Será que agora vocês acreditam?".

Brincadeiras à parte, olha, não tá fácil. Eu, que nunca precisei de mais do que uma dor de barriga pra supor a iminência da morte, agora me vejo num contexto histórico de pandemia global, batalhando pra não imaginar o pior a cada instante, a cada fungada, a cada espirro, a cada coceira na garganta, a cada tossida. O curioso é que os meus esforços conscientes não podem me tranquilizar. Ao contrário: quanto mais energia gasto tentando pensar que vai ficar tudo bem, tanto maior é a clareza com que percebo a minha dificuldade em acreditar que vai ficar tudo bem. O que me salva são as horinhas de descuido, como me diz todos os dias o Guimarães Rosa por intermédio da minha namorada. É só quando esqueço de cogitar o porvir que consigo encontrar alguma paz.

Logo que todo esse inferno começou, eu não saía de casa nem por decreto. A única coisa que me empurrou pra rua foi a necessidade de pagar os boletos. Uma odisseia. Com medo de pegar ônibus cheio, decidi ir de Uber. Na época, eu ainda não tinha o aplicativo instalado no celular nem fazia ideia de como se mexia naquilo. Pra falar a verdade, não sou muito fã de Uber. Normalmente, uso só quando não tem outro jeito. Apesar de toda a precariedade do transporte público, gosto de andar de ônibus. Gosto de estar em contato com as pessoas, gosto de existir *junto* com elas, gosto de me estressar com o que as estressa, gosto de me alegrar com o que as alegra, gosto de me sentir pertencente ao povo, gosto de passar os perrengues que todo mundo passa. Não me sinto confortável com o conforto. Preciso tomar cuidado pra não romantizar as coisas, é claro, e também preciso evitar me acostumar com a tragédia da injustiça. Mas, puta merda, gosto da rua, gosto de experimentar o frio, o calor, a chuva; gosto de caminhar, gosto de cansar de caminhar, gosto de reclamar de caminhar, gosto de dar graças a Deus quando finalmente chego e não preciso mais caminhar. Nem sei explicar o prazer que isso tudo me dá. Eu me sinto uma pessoa de verdade. O Uber, Deus que me perdoe, é uma bolha de aço. Um troço deliberadamente projetado pra impossibilitar que o indivíduo experimente o vento gelado, o sol escaldante, o spam evangélico, o "bom-dia" inesperado de um completo desconhecido, o "eba!" de uma criança cuja mãe decidiu comprar uma pipoquinha doce, o ar fresco das ruas arborizadas, a nuvem de fumaça preta que sai do cano de escape de um caminhão, o tropeço na calçada, o atraso pra um compromisso, a pulsação do mundo, a irregularidade da vida.

 Mas decidi ir de Uber. Pedi que a minha tia chamasse um pra mim.

 — Ui! Que chique! Vai até o Centro de Uber!

 A zoação dela não era sem motivo. Seria uma viagem praticamente intermunicipal. Lembrei do meu mano Duan, que costuma dizer que o Pinheiro não faz parte de Porto Alegre. Ele tem toda a razão. Enfim. A corrida ficou em quase quarenta reais. Uma facada. Uma fortuna. Em época de vacas magras, sei como fazer pra me alimentar durante uma semana inteira com esse dinheiro.

 Não sei o que andaram dizendo sobre o vírus pro cara que me levou, mas ele passava álcool em gel nas mãos o tempo todo. Cada sinaleira fechada era uma passada de álcool em gel.

— Não dá pra bobear, né?

— Ô! Nem me fala. Tô desde o início dessa porra pensando que vou morrer. Não saio da baia por nada. Só tô saindo hoje por causa dos boleto.

— Sim, sim. É incrível: tudo para, mas os boleto não para de chegar.

— Pois é. Mas olha só: tu sabe que eu até gosto de pagar os boleto?

Ele riu.

— Sério! Eu vejo um monte de gente reclamando no Facebook que os boleto isso, que os boleto aquilo. E durante a maior parte da minha vida tudo o que eu queria era poder pagar a porra dum boleto. Saca? Tipo assim: eu ter internet, ou eu ter Netflix, ou eu ter um bagulho que eu busquei na prestação, e aí me chegar o bendito boleto e eu poder ir lá e pagar. Tá ligado? Mas, não. Minha água sempre foi clandestina, minha luz sempre foi clandestina, a Netflix sempre foi uma conta emprestada, a internet sempre foi o Wi-Fi de alguém. Isso é uma bosta, na real. É uma bosta o cara ter que se virar com tão pouco dinheiro. É uma bosta o cara nem sequer entrar no contexto dos boleto. É uma bosta a grana do cara ir toda em comida. Quem paga boleto tinha mais era que dar graças a Deus, na real. Eu gosto de finalmente poder pagar uns boleto. Eu me sinto gente.

— Ah, sim, sim, com certeza.

Percebi que ele ficou ressabiado. Foi visível. Me arrependi de ter me deixado levar pela empolgação e ter feito aquele discurso. Sei o que tava passando pela cabeça dele. Sei qual era a equação que ele tentava solucionar mentalmente. Era esta: "A probabilidade de esse passageiro ser um ladrão querendo me assaltar é igual à raiz quadrada da honestidade possível na Lomba do Pinheiro mais o fato de ele estar indo pro Centro de bermuda e chinelo elevado a toda uma vida de privações dividida pela sua condição atual de poder pagar alguns boletos". Conta difícil. Chegamos no Centro e ele ainda não tinha conseguido resolver. Só quando eu paguei a corrida e lhe desejei bom trabalho é que o rosto dele desanuviou, como se um matemático invisível tivesse sussurrado a resposta em seu ouvido.

Além de pagar os boletos, eu também tinha que transferir uma grana pra editora Venas Abiertas, que tinha colocado uma nova tiragem do meu livro de contos no forno. Não consegui fazer TED. Por alguma razão, não tava funcionando.

O banco, na verdade, já tinha fechado; só a área dos caixas eletrônicos, onde eu tava, permanecia liberada. Mas vi que tinha dois guardas da agência por ali, do outro lado do vidro, e resolvi tentar me informar.

— Ei!
— A agência tá fechada, senhor.
— Sim, eu sei, mas tem alguém pra eu pedir uma informação?
— A agência tá fechada, senhor.
— Sim, eu tô vendo, mas eu só queria perguntar uma coisa simples, pode ser pelo vidro mesmo.
— A agência tá fechada, senhor.

Fiquei olhando pra ele um instante. Uma porta teria sido capaz de interlocução parecida. Deus que me perdoe. A única coisa pior do que um policial é alguém que queria ser policial e não conseguiu. Transferi o dinheiro por DOC mesmo e fui-me embora dali.

Vale lembrar que a pandemia recém tinha chegado por aqui, a nossa quarentena recém tinha começado, o povo todo ainda tinha medo de morrer. As ruas tavam muito menos movimentadas do que o normal e isso me causava uma sensação agridoce, um misto contraditório de apreensão e alívio. Com menos gente circulando, era mais difícil ser contaminado pelo vírus, mas era mais fácil ser contaminado pela tristeza. Pra ajudar, tava nublado e ventando: tudo me inspirava a ideia de uma civilização em seus últimos dias. E desejei, com todas as forças, estar de volta em casa o mais rápido possível.

A maior prova que posso dar do quanto eu tava com medo é que perambulei de cá para lá e de lá para cá, passei na farmácia, enfrentei fila na lotérica, imprimi documento, enfim, fiz tudo o que tinha que fazer no Centro sem tomar *um único* latão. Mas eu tava sem almoçar, sem comida pronta em casa, sem vontade nenhuma de cozinhar e, assim, não consegui resistir ao pastel da dona Lola.

A dona Lola, inclusive, é uma senhorinha interessante. Abriu o negócio dela ali na Salgado Filho, bem no meio da muvuca, *cobrando dois reais e cinquenta centavos o pastel*. Se isso não é tino comercial, então não sei o que é. O que sai de pastel ali é um absurdo. Na contramão da maioria dos pequenos comerciantes, ela vende o seu produto na boa, sem meter a mão no bolso de ninguém. Preço justo. E deve estar ganhando um bom dinheiro, porque logo abriu outra loja, ali na Salgado mesmo. Não vou me surpreender se um dia ela dominar todo o Centro de Porto Alegre e, depois, o mundo, vendendo pastel a dois reais e cinquenta centavos. Aliás, a três reais, porque o preço deu uma subidinha. Enfim.

Mas a dona Lola não tem tanto tino assim quando o assunto é pandemia. Ainda antes de o vírus ter se espalhado por aqui, quando os casos de Covid no país inteiro se contavam nos dedos, eu tava lá, comendo um pastel de carne e tomando um suco de cevada, e ouvi ela dizendo aos clientes o que achava das notícias.

— Bobagem! Tudo bobagem! Tu liga a TV e é só disso que falam. Foi a mesma coisa na época daquela outra gripe, lembra? E aí? O que aconteceu naquela vez? Nada! Fizeram um escarcéu à toa. Eu é que não vou ficar em casa. Eles pensam que a gente não tem mais o que fazer. Vou seguir com a minha rotina normalmente, preciso trabalhar. Basta eu fazer o que já faço aqui sempre desde que eu abri a loja: lavar bem as mãos. Pronto. Não tem isso de ficar em casa.

Só que ela ficou, sim, em casa. Depois que o bicho começou a pegar e a quarentena foi decretada, acho que ela mudou de opinião. Ou não. Talvez tenha ficado em casa a contragosto. O fato é que, quando cheguei na loja, era outra mulher, muito mais jovem, quem atendia. Talvez uma filha ou uma sobrinha da dona Lola. Além disso, havia uma fita de isolamento impedindo que os clientes entrassem: só era possível fazer o pedido à porta, pra levar; não podia comer ali. Peguei quatro pastéis de carne e fui embora, torcendo pra que a dona Lola tivesse bem.

A fome pareceu triplicar com o cheiro dos pastéis. Pensei em me sentar na escadaria da Borges pra comer, como é do meu costume, antes de embarcar na viagem de volta pra casa. Mas logo percebi que essa não era a melhor coisa a fazer. E o motivo de eu ter chegado a essa conclusão foi um exercício mental estratégico que, claro, nem todos estão acostumados a fazer. Acompanha o meu raciocínio, leitor: eu tava com medo de pegar ônibus cheio; eu não podia chamar um Uber porque não tinha o aplicativo instalado no celular; eu não tinha a quem pedir pra chamar um Uber pra mim; eu precisaria pegar um táxi; de cada dez táxis livres pros quais eu faço sinal, apenas três ou quatro param, enquanto os outros seis ou sete preferem seguir procurando um passageiro um pouco mais branco, um pouco mais com cara de Cidade Baixa, com sapatênis em vez de chinelo, com camisa polo em vez de camisa de clube de futebol; dos três ou quatro táxis que param pra mim, se eu tiver sorte, pode ser que pelo menos um não desista da corrida quando eu disser que vou pra Lomba do Pinheiro. Bem, o que eu tô querendo dizer é que preciso sempre parecer o menos suspeito possível. E imagino que um assaltante que se preze não deve andar com uma sacola cheia de pastéis. Assim, decidi comer só em casa.

A estratégia pareceu funcionar. Só um taxista me ignorou quando fiz sinal. Depois dele, dois taxistas resolveram parar pra mim: o primeiro desistiu da corrida quando eu disse que ia pra Lomba do Pinheiro, mas o segundo já topou depois de me olhar de cima a baixo, de baixo a cima, com uma breve estacionada de olhos na sacola com os pastéis.

O assunto na viagem não poderia ser outro.

— Tá difícil. Antes eu conseguia fazer um monte de corrida, todo santo dia. Agora, se eu faço uma ou duas, tenho que dar graças a Deus. E ainda por cima é aquilo: tem que dividir tudo com o dono do carro. Mas tô dando o meu jeito. Tem uma mulher, uma conhecida minha, que vende doce. Mas, tipo, ela vende os doce dela é pros rico. Trezentos, quatrocentos conto cada encomenda.

— Bah, que loucura! Doce pra festa?

— Não, não. Doce pra ter em casa, mesmo. É caro assim, mas não é um montão de coisa. Trezentos, quatrocentos conto por meia dúzia de doce. Uns troço fino. Enfim. Daí eu faço as entrega pra essa mulher. As entrega tu sabe onde é: Moinhos, Bela Vista. Mas é claro que essa minha conhecida me chama pra fazer as entrega muito mais pra me dar uma força. Pra ela era muito mais vantagem chamar um motoboy. Enfim. Tá difícil. Mas tu sabe como é, não sabe? Do jeito que a coisa tá, se eu não passar fome, já tô bem feliz. Do jeito que a coisa tá, feijão e arroz já me diverte.

— É. Sim. Eu sei como é.

Não disse pra ele, mas imaginei algo mais divertido do que feijão e arroz. Imaginei alguém amarrado e amordaçado num apartamento do Moinhos enquanto eu ia embora de lá com a mochila cheia levando todos os seus doces pra distribuir pra molecada da minha vila.

Frente fria

Eu fico falando por aí que não gosto da Cidade Baixa porque lá tem brancos demais, porque lá tem viaturas da polícia demais, porque lá não se pode ser pobre em paz. E eu acho tudo isso mesmo. Mas dia desses, identifiquei outro motivo pro meu rancor. A Cidade Baixa me dá saudade do meu pai.

É estranho, mas quando eu tô na Lima e Silva, ou na José do Patrocínio, ou na Sarmento Leite e, de repente, me lembro do meu pai, me dá uma vontade enorme de ir embora pra casa. É como se o fato de o meu pai estar morto e, portanto, já não ter como surgir na próxima esquina, é como se isso de algum modo drenasse todo o sentido da minha presença ali.

Às vezes, me sinto meio meteorologista. A diferença é que, em vez de estudar e colher dados sobre os fenômenos atmosféricos, eu estudo e colho dados sobre os fenômenos da minha vida interior. Daí, depois de identificar esses fenômenos, depois de classificá-los, depois de analisá-los, fico quebrando a cabeça, tentando, sei lá, fazer uma espécie de previsão do tempo de dentro de mim mesmo.

Desde que tomei consciência desse fenômeno estranho pela primeira vez, tenho ficado atento às suas ocorrências. A última vez foi logo após uma visita à Bamboletras. Depois de sair da livraria, eu ainda tinha que ir ao correio enviar exemplares do meu primeiro livro pra algumas pessoas. Comprei um latão no caminho e segui em direção ao Centro com a sensação de que tudo estava muito bem, de que tudo estava no seu devido lugar, de que eu era parte do céu azul. Um estado de espírito bom. Eu conseguia extrair prazer e alegria até de um simples suspiro. Mas aí, passou um cara de bicicleta indo entregar um galão de água mineral. Um cara gordinho. E foi foda, porque lembrei do meu pai. O meu pai era gordinho. O meu pai me levava pra andar de bicicleta. Também me levava pra fazer compras no Zaffari da Lima e Silva ou no da Fernando Machado. A figura do meu pai dava significado à minha presença na Cidade Baixa, quando a gente morava ali. Mas agora, o meu pai tá morto e lembrar disso fez eu me perguntar que diabos eu tava fazendo ali, afinal de contas. Tive vontade de não estar onde eu estava. Bom, acho que não era exatamente isso, não chegava a ser vontade de não estar onde eu estava, como se sentisse perigo ao meu redor ou aversão àqueles ares; acho que era mais como uma forte impressão de que eu estava em um lugar onde não havia motivo algum pra estar.

O estranho disso tudo é que só fui pra Cidade Baixa porque tinha um compromisso na Bamboletras, e só segui pela Lima e Silva em direção ao Centro porque tinha outro compromisso no correio. Ou seja, sim, havia motivos pra eu estar onde estava. Por que, então, sentia justamente o contrário?

Me sentei no chafariz desativado que tem naquela praça que fica no final da Lima e Silva. Dali, dá pra ver o prédio onde eu morava com o meu pai, quando ele era vivo. Fiquei pensando nele. E também fiquei me perguntando se era possível que, de algum modo, eu arrumasse compromissos na Cidade Baixa de propósito, mas sem querer ao mesmo tempo, só pra passar por ali, por aquelas ruas, movido por uma esperança subconsciente e utópica de, talvez, por acaso, esbarrar com o meu pai ao virar uma esquina.

Que bosta, eu fiquei pensando. Acho que a vida da gente perde um pouco de significado e de propósito a cada ente querido que se vai. A minha existência já não pode ser plena de razão de ser pelo simples fato de que é impossível que aquele cara indo entregar água mineral seja o meu pai. Não é o meu pai. Não importa quantas vezes eu cruze com ele, nunca será o meu pai. Nunca. E, no entanto, a cada "nunca" que digo pra mim mesmo, uma parte de mim insiste em retrucar: "Será? Tem certeza? Quem sabe na outra rua? Não será ele lá, vindo com aquelas sacolas?".

Como é difícil aceitar. Duas décadas e não consigo aceitar. Não se trata de aceitar a morte do pai; trata-se de aceitar a incompletude. Pois nunca voltarei a ser completo como já fui um dia. Ainda sou filho da dona Rita, o que é uma bênção, porém já não posso mais ser o filho do seu Zé. Isso está perdido pra sempre.

Acho que sou um pouco como aquela porcaria daquele chafariz daquela praça que, em algum momento da história, encantou incontáveis olhos jorrando água pra quem quisesse ver, mas agora precisa se contentar em servir apenas de assento pra bundas cansadas.

Entre as tripas e a razão

Preta,

Tu lembra da entrevista do Mujica pro Bial? Acho que foi tu que me falou dela, não? E, inclusive, agora me ocorre que boa parte das coisas interessantes que eu conheço, se não todas elas, foi tu quem trouxe pra minha vida.

O Mujica disse algo como: "Às vezes a gente toma uma decisão com as tripas e, depois, usa a razão para justificá-la". Quando eu vi ele dizendo isso, percebi na hora que essa ideia descreve muito bem o que penso a respeito dos pais e das mães que espancam os filhos. Esses pais e mães têm um discurso pronto: "Se eu não bater, a criança vai crescer achando que pode tudo". Bom, é claro que esse argumento nunca me convenceu. Mas, à luz do que disse o Mujica, parece muito claro o que acontece. Porque, vem cá, tu já viu a cara dos pais e das mães quando estão espancando os filhos? Existe apenas raiva na cara deles. Sempre estão descontrolados, fora de si quando fazem isso. E eu não consigo imaginar que, nesse estado de espírito de besta, eles estejam realmente fazendo uso da razão e pensando: "Se eu não bater, a criança vai crescer achando que pode tudo". Duvido! Batem só de raiva. A criança aprontou alguma — afinal, é o que as crianças fazem, não? —, e esses pais e essas mães, sem o menor preparo para serem pais e mães, perdem o controle e partem para a agressão. Me parece pura incapacidade de refrear os instintos. É uma decisão tomada com as tripas. Então, mais tarde, quando alguém reprova o espancamento, só aí é que os pais e as mães, já de cabeça fria, usam a razão pra tentar justificar o que fizeram. Enfim.

Penso muito na necessidade de me policiar pra tentar evitar atitudes imbecis. E isso que o Mujica disse pro Bial me deixou em estado de alerta, sabe? Fiquei pensando: será que eu também tomo certas decisões com as tripas pra depois tentar justificar com a razão? Provavelmente, sim.

Tô te escrevendo isto pra tentar justificar o bendito celular quebrado em mil pedaços. Mas, mal comecei a escrever e uma sirene de alerta soou dentro da minha cabeça: será que, neste exato momento, tô usando a razão pra tentar justificar uma decisão tomada com as tripas? Bom, eu não sei. Realmente, não sei. De qualquer forma, aqui vai a justificativa que eu elaborei, e que é absolutamente sincera (eu sinto mesmo as coisas como vou explicar agora, mas reconheço a possibilidade de todo este meu discurso ser só uma manobra inconsciente pra não admitir que, na verdade, apenas fui estúpido).

Sabe, as condições de funcionamento daquele celular estavam estragando os meus dias. Meus dias vinham sendo todos mais ou menos parecidos: eu acordava bem, disposto, agradecido por mais um dia de existência. Mas tudo isso já começava a mudar quando pegava o celular pra dar uma olhada no Facebook. Depois de checar as notificações, começava a rolar o *feed*. E o celular parecia que adivinhava: assim que eu batia os olhos em um post legal e me preparava pra curtir, ou comentar, ou clicar no "ver mais", adivinha o que acontecia? O celular desligava. E isso na mesma hora já fazia o meu estômago se encher de um sentimento ruim. Raiva. Imediatamente, eu me lembrava que o simples direito de usar um celular em paz não me pertencia, e que eu não tinha dinheiro pra sair dessa situação, e que talvez nunca viesse a ter dinheiro pra sair dessa situação...

Uma série de pensamentos amargos começavam à ser produzidos dentro da minha cabeça.

Bom, geralmente eu respirava fundo e pensava assim: "Não vou perder a paciência. Calma. Não posso deixar que isso estrague o meu humor". Fiquei bom nesse exercício, sabia? Aprendi a colocar freio na minha raiva. Só que vou te contar uma coisa: conseguir domar a raiva dessa maneira, no fim das contas, é a mesma coisa que conseguir esquecer, conseguir deixar pra lá. Ou seja, em dois minutos já não estava mais pensando nessa situação de bosta e, por isso, conseguia ficar em paz. O problema é que, assim, tornava a me esquecer completamente do problema do celular.

Então, depois de um tempão tentando fazer o bichinho ligar novamente, ele liga. E decido deixar o Facebook pra depois: quero dar "bom-dia" pra ti no *zap*. É um ritual que considero importante. E, além de considerar um ritual importante, quero o afeto que tu me dá, quero também te dar afeto, quero produzir conhecimento contigo, quero te chamar pra gente botar logo a nossa máquina de amor a funcionar. E bem na hora de digitar o "b", de "bom-dia", o que acontece? O celular desliga sozinho de novo.

Nesse segundo apagão, a raiva dentro de mim já vem com mais força. Já dou um tapa na perna. Já faço a casa tremer com um grito: "Mas que porra!". E, agora, é mais difícil conter a raiva. Preciso dedicar mais energia e tempo no exercício de tentar ficar em paz. Geralmente, consigo também nesse segundo apagão.

Mais alguns minutos tentando fazer o celular reiniciar. Já passou meia hora desde que acordei e o que consegui fazer da vida? Quase interagi num post de Facebook e quase te dei "bom-dia" no *zap*.

O celular finalmente liga. Vou direto no *zap*. Clico no rosto da mulher mais linda do mundo. Digito "bom dia". Envio. Está indo... foi! Alguns segundos depois, aparece escrito que tu entrou on-line. Mais alguns segundos. O meu "bom-dia" foi visualizado. Agora aparece escrito que tu tá digitando. E então, adivinha o que acontece? O celular morre.

Geralmente sinto primeiro a vibração do celular na mão antes mesmo de ter tempo de perceber que a tela mais uma vez se apaga. E nesse pequeno instante, durante uma pequena fração de segundo, fico desconcertado, sabia? Eu penso: "Ué?". Mas, logo em seguida, entendo: "Ah, sim, de novo!".

Já é a terceira vez, a raiva vem ainda mais forte, mais tempo se passou. E assim vai indo. Chega um ponto que já não é mais possível pra mim controlar a raiva. Atiro o celular na cama. Vou lavar o rosto. O cachorro late lá fora. Eu lato de volta: "Cala essa boca, cachorro dos infernos!". Pronto. O meu dia já está irremediavelmente estragado.

Entende o que eu tô querendo te dizer? Ficar sem falar contigo é um inferno, Preta. Mas, olha, toda vez que, pelo hábito, penso em olhar o Facebook ou em te dar um "oi" no *zap* e me lembro que já não tenho mais celular, que já não há alternativa a tentar, que não existe forma de fazer funcionar o aparelho que quebrei em mil pedaços, que não há dinheiro pra comprar um aparelho novo, que os meus primos não estão em casa e, portanto, não posso ir lá pedir pra usar o computador deles por uns instantes, francamente, dou graças às deusas. Repito: ficar sem falar contigo é um inferno. Mas não me escapa que, por outro lado, estou livre de dois outros infernos: o inferno de passar raiva e o inferno de perder tempo com um celular que funcionava quando queria. Tô livre pra esquecer um pouco o quanto sou fodido, pra respirar sem fazer barulho, pra tentar escrever alguma coisa, pra trocar uma ideia com a minha mãe, pra ir conversar afetuosamente com o cachorro que fica latindo o tempo todo. Eu apareço na porta e digo assim pra ele: "Psiu! Que é isso? Tá brabão? Que fofo, tu brabão, rapaz!".

Enfim. É isso, Preta. Sinto muito a tua falta. Mas não sinto falta nenhuma do celular. Estou arrependido de ter quebrado o nosso meio de comunicação, mas não tô arrependido de ter quebrado aquela fonte de raiva e perda de tempo. É isso.

Quer dizer: talvez não seja isso. Pode ser que eu esteja só usando a razão pra tentar justificar uma atitude tomada com as tripas. De qualquer forma, aqui, bem aqui, no meio do caminho entre as tripas e a razão, aqui tem um coração e, sabe, ele anda faceiro, fazendo festa toda vez que penso em ti.

Com amor e saudade,

Preto.

As caixinhas

Na primeira vez em que tentei parar de fumar, fiquei mais de seis meses sem colocar um único cigarro na boca. Depois, na segunda tentativa, o período de abstinência caiu pela metade. Na terceira, nem sei: um mês sem fumar, talvez. Hoje em dia, tento largar o cigarro praticamente toda semana: o máximo que consigo é três ou quatro horas sem fumar, se tanto.

É engraçado pensar nisso. Os números não mentem: com o passar do tempo, as tentativas de me livrar do vício se tornaram mais e mais frequentes, e não é necessário um curso de estatística para perceber que isso indica um genuíno desejo de parar de fumar. Por outro lado, sou forçado a admitir, cada novo período de abstinência ao longo desse processo acabou sendo sempre substancialmente menor do que o anterior, e isso também deve significar alguma coisa.

Detesto quando alguém vem me contar sobre algum parente que fumou por anos, ou décadas, ou séculos, ou milênios e, um dia, sem mais nem meio mais, decidiu parar, e parou, assim, com a maior facilidade do mundo. Detesto mesmo essa história. Detesto com força. Às vezes, não satisfeita em me atazanar com isso, a criatura ainda acrescenta que "Vai da força de vontade de cada um". Deus me livre ter uma faca comigo numa hora dessas.

Talvez, eu pudesse me esconder atrás do argumento de que o vício é uma doença e, portanto, uma condição que pode acometer alguns e não outros. Predisposição genética: uma expressão elegante e muito em voga ultimamente. Acontece que eu não tenho propriedade nenhuma para falar disso. Não sou médico, não tenho intimidade intelectual com esse tipo de conceito, não me sinto à vontade para abrir a boca e dizer "predisposição genética", como se soubesse do que estou falando. O que posso dizer é que, para mim, parar de fumar não é fácil. Sei que o cigarro vai me matar algum dia. Não raro, inclusive, tenho mais clareza desse destino do que o chato que vem me encher o saco falando sobre os malefícios do tabagismo. E me espanta que isso — o fato de eu saber que o cigarro vai me matar e mesmo assim não largá-lo —, me espanta que isso não seja o suficiente para convencer as pessoas quando digo que, para mim, parar de fumar não é fácil.

A fissura já me levou a cometer loucuras. Como na vez em que eu era porteiro noturno e achei que a profissão poderia contribuir para que eu largasse o cigarro de vez. O plano parecia infalível: bastava ir trabalhar sem cigarros, sem fósforos e sem moedas. Não poderia fumar meus cigarros se não estivessem comigo, não poderia acender um cigarro que eventualmente encontrasse pelo caminho se os meus fósforos não estivessem comigo, não poderia comprar nem cigarros nem fósforos se não tivesse moedas comigo. Tudo o que eu precisava fazer, logo após vestir o uniforme e assumir meu posto, era aguentar sem fumar até o início da madrugada. Depois disso, por maior que fosse minha fissura, simplesmente não haveria o que eu pudesse fazer, porque toda a cidade estaria dormindo, inclusive os moradores do prédio onde eu trabalhava, de modo que não me restaria sequer o recurso humilhante de mendigar um cigarro quando algum condômino fumante estivesse de passagem pela portaria.

Pus o plano em prática. E, por volta das três da manhã, até os cabelos da minha bunda estavam arrependidos. Era como se cada célula do meu corpo pedisse uma tragada. Era como se minha vida dependesse de um cigarro. Não aguentei. Chutei o balde, como dizem. Abandonei meu posto e saí vagando pelas ruas da Bela Vista até encontrar algum outro porteiro de algum outro prédio que fumasse e estivesse disposto a me dar um cigarro. No condomínio onde eu trabalhava, as visitas no meio da madrugada eram raras, mas aconteciam. Fiquei com medo. Com muito medo. Se chegasse alguém e eu não estivesse lá, na portaria, e se ainda por cima o visitante, depois de gastar o dedo no botão do interfone, me visse virando a esquina e voltando a meu posto para, enfim, atendê-lo, seria questão de tempo, e pouco tempo, até meu chefe ficar sabendo do ocorrido, e eu estaria fodido, porque ele sem dúvida me mandaria embora com uma mão na frente e a outra atrás, e eu precisava daquele trabalho.

Felizmente, nada disso aconteceu. Arranjei o cigarro, voltei a meu posto, tornei a me sentar na cadeira e, ao que tudo indicava, minha ausência não tinha sido percebida por nenhuma viva alma. Mas a adrenalina tinha sido tanta, meu coração ainda batia tão desesperado, que jurei a mim mesmo, com todas as forças, jamais, em hipótese alguma, voltar a fazer aquilo. Uma promessa posta à prova logo em seguida, quando me dei conta de que minha aventura talvez tivesse sido em vão, já que eu tinha deixado meus fósforos em casa e agora não via jeito de acender o maldito cigarro que estava em meu bolso.

Gastei alguns minutos blasfemando contra mim mesmo, dando tapas na testa e me perguntando como tinha conseguido ser estúpido o bastante para arriscar o emprego indo em busca de um cigarro sem que me ocorresse de aproveitar a saída para dar um jeito de acendê-lo também. Depois, gastei mais alguns minutos considerando seriamente a possibilidade de quebrar minha promessa recém-feita e repetir a aventura, dessa vez indo em busca de fogo. Mas o medo foi mais forte. No fim das contas, o que fiz foi o seguinte: revirei o lixo da guarita até encontrar a marmita descartável que eu tinha jogado fora depois de jantar; com ela, fiz uma pequena bola de papel-alumínio; em seguida, fui ao banheiro e peguei uma boa quantidade de papel higiênico; por fim, envolvi a bola de papel-alumínio com o papel higiênico, coloquei tudo dentro do micro-ondas, fechei a porta e apertei o botão de ligar. Vários clarões e estalos dentro do aparelho. Parecia uma tempestade em miniatura. Assustado, recuei um pouco, e fiquei com medo de chegar perto para apertar o botão de desligar. A saída foi arrancar o plugue da tomada.

Passado o susto, abri a porta do micro-ondas e contemplei, orgulhoso, meu feito: o papel higiênico estava pegando fogo. Acendi o cigarro e fiquei tranquilo. Mais um minuto sem fumar e eu teria morrido. Ou pelo menos assim me parecia.

Lembrei dessa história hoje enquanto olhava para estas duas caixinhas que trouxe comigo para Belo Horizonte. Quem me convenceu a comprá-las foi ninguém mais, ninguém menos do que o editor desta revista *Parêntese*, o Fischer. E será que o leitor consegue adivinhar *onde* as comprei? Sim, foi numa farmácia, mas não qualquer farmácia: foi onde trabalha ninguém mais, ninguém menos do que outra contribuidora desta mesma revista *Parêntese*, a Nathallia. Ela me deu todas as dicas de como utilizar corretamente o conteúdo de ambas as caixinhas. Era mais complicado do que eu imaginava.

Uma dessas caixinhas contém chicletes de nicotina; a outra, adesivos de nicotina. Há vários meses que as comprei. Olho para elas quase todos os dias e penso em muitas coisas. Mas ainda não fui capaz de abri-las.

Uma derrota no cais Mauá

Quem me conhece há mais tempo sabe que a maior parte da minha vida foi embargada por sérios problemas de autoestima, os quais me conduziram primeiro à dificuldade de interagir com as pessoas, depois ao completo isolamento e, por fim, à depressão. Durante aquele período amargo, fui incapaz para a arquitetura de novas amizades, e os amigos que já havia feito antes da pane emocional e psicológica, assim como os parentes, não conseguiam compreender o que se passava comigo. Eu próprio não compreendia, embora nutrisse, naquele momento, a ilusão do contrário. Tirando minha mãe e minha irmã, com quem me sentia à vontade mesmo nessa fase, nenhuma outra pessoa do planeta podia chegar perto de mim sem que eu fosse esmagado por uma sensação tão desagradável quanto inexplicável, misto de medo e vergonha. Quando me dirigiam a palavra, então, era um suplício. Um singelo "oi" que eventualmente me dessem produzia em mim o mesmo efeito que uma exigência implacável e inesperada para que eu palestrasse imediatamente no púlpito das Nações Unidas. Daí a perplexidade generalizada entre os que haviam conhecido uma versão, digamos, saudável de mim: de algum jeito misterioso, eu tinha me tornado aquela criatura que fazia de tudo para ficar sozinha e que, quando não estava, fazia de tudo para permanecer em silêncio e que, quando convocada à manifestação, entrava em notável desespero.

Desnecessário comentar que, se eu não tinha uma vida social, muito menos uma vida amorosa. É verdade que a simples presença de qualquer pessoa me angustiava, é verdade que o simples diálogo com qualquer pessoa me levava à beira de um infarto, mas se a pessoa em questão fosse uma mulher, tudo era muito pior, sobretudo quando eu — secretamente, claro — tinha interesse nessa mulher.

Por outro lado, e sou muito grato por isto, aquele estado de espírito deplorável em que eu andava não me impediu de virar um craque dentro das quatro linhas. Sim, estou falando sério. Sempre preciso esclarecer que estou falando sério quando ponho a modéstia de lado para fazer autoelogios futebolísticos: nessas ocasiões, a primeira certeza que as pessoas têm, por alguma razão, é a de que só posso estar contando uma piada. Costumo desfazer essa certeza inicial com muita paciência, insistindo, estalando a língua, repetindo quantas vezes forem necessárias que estou falando sério, até que elas percebam que realmente não estou de brincadeira. É aí que ficam, então, certas de uma outra coisa: de que eu não posso ser tão habilidoso como digo, tão rápido como digo, tão bom no passe como digo, tão bom na marcação como digo. Essa segunda certeza é muito mais fácil de desfazer: basta elas me verem jogando.

Nos empregos pelos quais passei durante esses anos de sofrimento psicológico e emocional, nunca fui capaz de trocar mais do que cinco ou seis palavras por mês com os meus colegas, mas sempre fiz questão de participar das peladas organizadas depois do expediente, onde eu conseguia me destacar como uma figura de inegável valor, e isso foi o mais próximo que consegui chegar de ter uma vida social naquele tempo. Um desses empregos, inclusive, foi no Nacional que havia dentro do shopping Rua da Praia, onde trabalhei como supridor, abastecendo o corredor das bebidas. A percepção de que o trabalho era duro foi imediata, mas levei bastante tempo para ter clareza da bomba que eles tiveram coragem de largar nas minhas mãos, apesar de aquela ser a minha primeira experiência como supridor: o corredor que mais vende produtos em qualquer supermercado é o corredor das bebidas, e, para piorar tudo, aquele não era qualquer supermercado: era a famigerada loja número cem do Nacional, cravada no Centro, visitada por dezenas de milhares de porto-alegrenses todo santo dia: a unidade com maior fluxo de pessoas e de vendas da rede inteira.

    O expediente terminava às dez da noite, de modo que marcávamos as peladas para começar às onze e terminar à meia-noite. Jogávamos ali pertinho, nos bombeiros. Nunca entendi a razão de chamarmos o lugar de "os bombeiros". A quadra ficava no cais Mauá, à beira do Guaíba, e talvez aquele espaço em particular fizesse parte de uma corporação de bombeiros, mas nunca me dei ao trabalho de tirar a dúvida com ninguém. Montávamos os times de acordo com os setores do supermercado: os times dos empacotadores, os times dos açougueiros, os times dos seguranças e, é claro, os times dos supridores, num dos quais eu jogava. A coisa era simples: nunca perdíamos. Só isso. Sério. Era impossível que perdêssemos. Esperar que perdêssemos para um dos outros times do supermercado era como esperar que o Barcelona perdesse uma partida disputando a Divisão de Acesso do Gauchão. Claro que essa supremacia não era só por mim, mas pelos outros supridores do time também: todos tinham bola no corpo. Havíamos montado uma máquina! Com certeza, aquele foi um dos melhores momentos da minha carreira: a única dúvida, quando estávamos na quadra, era de quanto seria a goleada.

    Foi nessa mesma época que, para meu desespero, uma menina do supermercado se interessou por mim — ou pelo menos assim me pareceu. Eu costumava almoçar às pressas e sair correndo do refeitório, subir a escada de ferro em caracol, sair pela porta de funcionários e me aboletar numa mureta na Riachuelo, onde ficava sozinho, fumando cigarros até acabar o intervalo. Eis, então, que a moça — uma operadora de caixa que tinha recém-entrado na empresa — um dia perguntou aos colegas que passavam o horário de almoço inteiro no refeitório aonde é que eu ia com tanta pressa todo santo dia. Logo após obter a resposta, ela seguiu os meus passos: saiu do refeitório, subiu a escada de ferro em caracol, saiu pela porta de funcionários e, ao me ver sentado na mureta, disse:

— Então é aí que tu te esconde!

Gelei. A aparição de um fantasma não teria me causado tamanho pavor. Quando ela se sentou ao meu lado, achei que o meu peito iria explodir.

Natasha.

Não vou ser romântico e mentiroso dizendo que, em toda a minha vida, jamais esqueci a figura. Esqueci, sim. E creio que jamais teria pensado nela novamente não fosse esta edição da *Parêntese* voltada para o cais Mauá, que me levou a desenterrar da memória esta que é apenas uma das minhas tantas histórias de bola na trave. Natasha. Quase não me lembrei do nome. Mas creio que seria capaz de reconhecê-la na rua. Bonitinha, sorridente, esguia, estabanada e infantil. Não foi fácil. É verdade que a esqueci, mas também é verdade que naqueles tempos considerei que seria incapaz de esquecê-la algum dia. Ela seguiu me fazendo companhia na mureta da Riachuelo, e, no decorrer das semanas, quanto mais a gente conversava, mais eu ficava à vontade perto dela; e quanto mais à vontade eu ficava perto dela, mais me sentia atraído pelo seu jeito de ser; e quanto mais me sentia atraído pelo seu jeito de ser, mais claramente pressentia a tragédia. De que adiantava investir um fiapo de esperança que fosse naquilo? A quem eu pensava que estava enganando? Vinte e poucos anos e eu ainda era virgem. Vinte e poucos anos e eu não fazia a menor ideia de como se fazia para passar de uma conversa boba a um beijo. Essa é que era a verdade. Aquilo não poderia terminar bem, e eu sabia disso.

Não demorou muito e um segurança boa-pinta começou a dar em cima dela descaradamente. De pronto, passei a considerá-lo um detestável rival, não obstante a consciência de que eu estava mais perto de me tornar um astronauta do que de descobrir um caminho pelo qual pudesse conduzir a relação com a Natasha para além da amizade. Acho que o meu sentimento não chegava a ser propriamente ciúmes. Não me sentia dono da Natasha. Não achava que ela me devia fidelidade nem nada. Mas gostaria, sim, de ter um pouco mais de tempo com ela. Um pouco mais de tempo para compreender a mecânica do amor e, então, tentar decifrá-la. Sei lá. De certo modo, me parecia injusto que aquele segurança boa-pinta, certamente muito namorador, viesse acabar com as ralas esperanças de um coitado como eu, arruinando uma das minhas raras oportunidades de tentar ser feliz com alguém. Sim, acho que era mais ou menos este o sentimento: eu não sabia a senha do cofre e, de mais a mais, ele não me pertencia, mas não me agradava a ideia de entregá-lo de mão beijada.

A sorte pareceu apostar as fichas em mim. Chegado um determinado dia, algumas das meninas do supermercado, incluindo a Natasha, combinaram de ir assistir ao próximo jogo de futebol nos bombeiros e, por coincidência, o próximo jogo era justamente o meu time contra o time do segurança boa-pinta. Quando fiquei sabendo que todos os planetas do sistema solar tinham se alinhado dessa forma inédita, não pude evitar abrir um largo sorriso. Era isso. Não tinha erro. Eu ia comer a bola naquele jogo. Eu ia humilhar aquele segurança, sem dó. É horrível pôr as coisas nestes termos, eu sei, mas, para ser absolutamente sincero, eis aqui o que pensei naquela oportunidade: aquele bendito jogo valia a Natasha.

Nos dias que se seguiram, uma ansiedade permanente e uma empolgação antecipada tomaram conta de mim. Mal conseguia dormir à noite porque a cabeça insistia em trabalhar a todo vapor, pensando no jogo e na quantidade de dribles com os quais eu faria aquele segurança passar a maior vergonha da sua vida diante dos olhos da operadora de caixa cujos beijos ele disputava comigo, provavelmente sem fazer a menor ideia disso, já que eu era incapaz de expressar o meu interesse por ela.

Não houve surpresa no jogo. Aconteceu a única coisa que podia acontecer. Eu disse que nunca perdíamos, e era verdade. Atropelamos os seguranças. Foi uma surra, com um brilho particular no meu desempenho. Depois, no vestiário, quando já nos lavávamos e trocávamos de roupa, eu era o único feliz com a nossa vitória acachapante. Creio que ninguém percebeu, mas a sensação de triunfo me tornou, inclusive, mais falante do que o habitual.

— Passemo por cima deles, hein, rapaziada?
— É. Na real, esses jogo já não têm mais graça nenhuma.
— É, eu também acho.
— Eu também.

Fiquei contrariado.

— Por que os jogo não têm mais graça?
— Porque a gente só ganha, mano.
— Tá, e ganhar agora é ruim?
— Claro que não. Mas a gente tinha que achar alguém do nosso tamanho pra bater, né?

Saímos do vestiário rindo disso, e foi exatamente aí que houve a queda de um meteoro. Do outro lado da quadra, a Natasha e o segurança estavam se beijando. Mas os guris seguiram conversando normalmente, como se a cidade, o país, o mundo não tivessem sido despedaçados naquele exato instante:

— A gente devia jogar contra times de outros supermercados.
— É verdade.

Eu estalei a língua.

— Quer saber? Na real cês tão certo. Esses jogo já perdero a graça. Larguei de mão. Tô fora. Eu não venho mais.

— Que foi, Zé? Tá com os olho cheio d'água.

— É sono. Acordei cedão. Não consigooooaaaooo, não consigo parar de bocejar. É foda.

No fundo, acho que eles tinham mesmo razão. Não tem muita graça ganhar sempre. Mas eu sabia, melhor do que ninguém, que perder sempre era muito pior.

Referências musicais

Uma lista com todas as canções citadas ao longo
das crônicas reunidas neste livro.

"Alegria" (1974) — Cartola
"Vivão e vivendo" (2002) — Racionais MC's
"Diário de um detento" (1997) — Racionais MC's
"Stayin' alive" (1977) — Bee Gees
"Homem na estrada" (1993) — Racionais MC's
"Negro drama" (2002) — Racionais MC's
"Fórmula mágica da paz" (1997) — Racionais MC's
"Da ponte pra cá" (2002) — Racionais MC's
"V.L. (Parte 1)" (2002) — Racionais MC's
"Nasci pra cantar e sambar" (2009) — Mário Sérgio
"Frasco pequeno" (1994) — Grupo Fundo de Quintal
"Maria do samba" (2009) — Mário Sérgio
"Não tão menos semelhante" (1995) — Grupo Fundo de Quintal
"V.L. (Parte 2)" (2002) — Racionais MC's

© José Falero, 2021

Todos os direitos desta edição reservados à Todavia.

Grafia atualizada segundo o Acordo Ortográfico da Língua Portuguesa de 1990, que entrou em vigor no Brasil em 2009.

capa
Paula Carvalho
ilustração da capa
Fabio Zimbres
foto p. 72
José Falero
preparação
Claudia Ribeiro
revisão
Huendel Viana
Fernanda Alvares

poema pp. 170-1
Miró, "Linha de risco". In: *Miró até agora*.
Recife: Cepe Editora, 2016.

5ª reimpressão, 2025

Dados Internacionais de Catalogação na Publicação (CIP)

Falero, José (1987-)
  Mas em que mundo tu vive? : Crônicas / José Falero. —
1. ed. — São Paulo : Todavia, 2021.

ISBN 978-65-5692-193-8

1. Literatura brasileira. 2. Crônicas. I. Título.

CDD B869.93

Índice para catálogo sistemático:
1. Literatura brasileira : Crônicas B869.93

Bruna Heller — Bibliotecária — CRB 10/2348

todavia
Rua Fidalga, 826
05432.000 São Paulo SP
T. 55 11 3094 0500
www.todavialivros.com.br

fonte
Register*
papel
Pólen natural 80 g/m²
impressão
Geográfica